AF304521

Janka Friedrich lebt mit ihrem Mann und ihren drei Kindern in der Nähe des Edersees. Sie schreibt romantische Liebesgeschichten und genießt es, mit ihren Protagonisten zu lieben, zu leiden und sie zu einem gefühlvollen Happy End zu begleiten. Ihre Ideen entstehen meist bei ausgedehnten Spaziergängen in der Natur, oder sie holt sie sich aus dem wirklichen Leben.

JANKA FRIEDRICH

MEER LIEBE
auf den ersten Blick

Erstausgabe März 2024

Copyright © 2024 dp Verlag, ein Imprint der
dp DIGITAL PUBLISHERS GmbH
Made in Stuttgart with ♥
Alle Rechte vorbehalten

Meer Liebe auf den ersten Blick

ISBN 978-3-98778-610-5
E-Book-ISBN 978-3-98778-608-2

Covergestaltung: : ARTC.ore Design
Umschlaggestaltung: Larissa Siepmann
Unter Verwendung von Abbildungen von
shutterstock.com: © Art Stocker, © Lapse studio, © PhuchayHYB-
RID, © dugday, © Marijs Jan, © ivonnewierink, © Love all this pho-
tography, © Pawel Kazmierczak, © maudanros, © Africa Studio
Lektorat: Mareike Westphal
Satz: dp DIGITAL PUBLISHERS GmbH
Druck und Bindung: Books on Demand GmbH, Norderstedt

Kapitel 1

Auf meinem Bildschirm erschien die Erinnerung an das Meeting, das in zehn Minuten im Konferenzraum stattfinden würde. Ach, verflixt, schon so spät. Rasch setzte ich einen Punkt hinter den letzten Satz meines Artikels über die Frankfurter Clubszene.

Ich reckte mich und gönnte mir einen großzügigen Schluck Kaffee. Die gestrige Nacht hatte Spuren hinterlassen, denn ich hatte mich für die Recherche in die angesagtesten Bars begeben, einige leckere Cocktails probiert und war erst in den frühen Morgenstunden ins Bett gekommen. Natürlich alles rein beruflich. Aber ich musste mir eingestehen, dass ich mit meinen zweiunddreißig Jahren nicht mehr so jung und fit war wie mit zwanzig.

Ich stieß mich mit den Händen von dem Schreibtisch ab, erhob mich, strich meine knöchellange Anzughose glatt und fuhr mir mit den Fingern durch meine blonden Haare, die ich jeden Morgen mit dem Glätteisen glattzog. Derweil sah ich aus dem Fenster in einen wolkenlosen Himmel, in dem die Sonne wie aus dem Bilderbuch schien. Laut Wettervorhersage sollte das wohl auch so bleiben. Was für eine Aussicht. Nach Feierabend würde ich es mir auf dem Balkon meiner Wohnung mit Mainblick gemütlich machen und in meinem Liegestuhl den neuen Roman von Sötje Johansson lesen. Ich liebte ihren bildhaften und romantischen Schreibstil und wie sie ihre Protagonisten zum Leben erweckte. Sie schaffte es immer, die Personen durch fast aussichtslose Hindernisse zu lotsen und ihnen zu einem romantischen Happy End zu verhelfen. Nicht umsonst feierte sie internationalen Erfolg. Einige ihrer Bücher waren sogar schon verfilmt worden. Mit ihren siebzig Jahren lebte sie sehr zurückgezogen irgendwo an der Ostseeküste, schrieb weiterhin fleißig und veröffentlichte regelmäßig. Erst vor wenigen Tagen war der erste Band ihrer neuen Ostsee-Reihe herausgekommen, der sofort zum Bestseller geworden und auf Platz eins der Verkaufsliste gelandet war. Ihre Bücher erreichten das Herz, meins ganz besonders. Dafür ließ ich sogar einen Streifzug durch die Clubs sausen.

Seufzend schob ich die Tür in den Flur auf und folgte dem langen Gang zu unserem Konferenzraum. Von einem glücklichen Ende konnte ich nur träumen. Die waren nur für andere reserviert. Nach meiner letzten Enttäuschung vor zwei Jahren, hatte ich beschlossen, mich erst wieder auf einen Mann einzulassen, wenn ich mir wirklich sicher war.

Ich richtete meine Bluse, ehe ich die Schultern straffte und in das Besprechungszimmer marschierte. Gut gelaunt trällerte ich einen »Guten Morgen« in die

Runde, setzte mich auf meinen Platz und legte mein iPad vor mich.

»Guten Morgen«, murmelten meine Kollegen gemeinschaftlich zurück.

Alle waren schon da, außer Tom, unser Mediengestalter. Auch Herr Arend, Chef und Verleger des Magazins *Ella, die beste Zeit im Leben*, ein Journal für junge Erwachsene, war anwesend. Super, dann konnte es ja bald losgehen, und ich hätte hoffentlich noch Zeit, meinen Artikel fertigzustellen. Gespannt und motiviert, endlich das Brainstorming zu starten, öffnete ich die Notiz-App.

»Du kannst einem echt auf den Sack gehen mit deiner morgendlichen guten Laune«, warf mir Patrick mit finsterer Miene entgegen und vergrub gleich darauf seine Nase in einem Pott Kaffee. Seine dunklen Haare standen wirr nach allen Seiten ab, und die Länge seines Dreitagebartes war längst überschritten.

»Du solltest vielleicht einfach mal früher ins Bett gehen«, gab ich als Tipp zurück und zwinkerte. Patrick war nicht nur unser Marketingexperte, er war auch unser Morgenmuffel, und deswegen nahm ich ihm seine schlechte Laune nicht übel. Bis zum Nachmittag würde er wieder lächeln und sich voller Energie und Freude seiner Arbeit widmen.

Sabine sah mich mit ihren stahlblauen Augen an, die hinter ihren langen Wimpern funkelten. Sie lehnte sich über den Tisch und flüsterte: »Hey, Lilli.«

»Ja?«, antwortete ich leise.

»Ich komme später mal in dein Büro.« Sie ließ ihre perfekt geformten Brauen hüpfen und lächelte verschmitzt.

Sicherlich wollte sie mir von ihrer aktuellen Errungenschaft erzählen. Im Gegensatz zu mir hielt sie nämlich nichts von bedingungsloser Treue und fester Bindung zwischen zwei Menschen. Während ich mich nach einer starken Schulter zum Anlehnen sehnte, nutzte sie diese nur für kurze Zeit, um schnell nach der nächsten zu suchen.

Neben ihr saß Svenja, die für die Rubrik ›Essen & Genießen‹ zuständig war und sich eher im Hintergrund hielt. Brigitte daneben schrieb über ›Gemütliches Wohnen‹. Nebenbei war sie unsere gute Seele und bemutterte jeden von uns.

Wir waren ein richtig gut eingespieltes Team, und ich konnte mir nicht mehr vorstellen, woanders zu arbeiten. Nach meinem erfolgreichen Volontariat hier in diesem Verlag war mir gleich diese Stelle angeboten worden, die ich dankend angenommen hatte. Seit fünf Jahren war ich hier fest angestellt und wollte auch nirgendwo anders hin. Ich war hier glücklich und fühlte mich pudelwohl.

Herr Arend räusperte sich und erlang so unsere Aufmerksamkeit. »Ich würde sagen, wir fangen jetzt an. Vermutlich hängt Tom in einem Telefongespräch.«

Die Tür flog unvermittelt auf. »Bin schon da.« Abgekämpft und aus der Puste schob Besagter sich auf seinen Platz und klappte seinen Laptop auf. Erwartungsvoll blickte er in die Runde. »Wir können dann.«

»Gut«, fing Herr Arend ein zweites Mal an und stoppte auch schon wieder. Es schien, als würde er nach den richtigen Worten suchen, die ihm einfach nicht über die Lippen kamen. Nach einer gefühlten Ewigkeit nahm er den verlorenen Faden wieder auf. »Was soll ich sagen? Wie ihr alle mitbekommen habt, ist die letzte Ausgabe gefloppt.«

Betretenes Schweigen und Blicke in Richtung Boden. Ein flaues Gefühl breitete sich in meinem Magen aus, und ich rutschte auf meinem Stuhl hin und her. Natürlich hatte es sich schon rumgesprochen, dass es dem Verlag schlecht ging und die letzte Ausgabe sich als Ladenhüter herausgestellt hatte. Genauso wie die Male davor und davor und … Zu meinem flauen Gefühl gesellte sich nun auch eine Welle der Panik, denn Herr Arend war ein sehr kooperativer und geduldiger Chef. Er sprach ernste Angelegenheiten erst dann an, wenn es kurz vor knapp war. Und wie es schien, war es nun so weit. Dem Verlag ging es wohl schlechter, als ich vermutet hatte.

»Ich bitte um Vorschläge, damit das endlich ein Ende hat.«

»Wir können doch mal andere Themen ansprechen, statt immer nur Frisuren- und Make-up-Tipps«, schlug Tom vor.

Ich zog eine Augenbraue hoch. »Wenn es nach dir geht, würden wir nur noch Harleys veröffentlichen, auf denen sich ölige Frauen räkeln, anstatt eine breite Palette von Nagellackfarben.«

Tom zeigte seine weißen Zähne, die sich von seiner gebräunten Haut abhoben. »Kann man wohl sagen.«

»Bitte zielgruppenorientiert denken«, erinnerte Herr Arend und klatschte seine Kladde auf die Tischplatte. Er sah mit wachem Blick in die Runde. »Unsere Leserinnen sind alle Mitte zwanzig bis Anfang fünfzig. Höchstens. Was könnte außer trendige Lippenstifte, Gesundheit und Reisen noch interessieren? Ich sage ja schon seit Monaten, dass wir einen Knüllerartikel veröffentlichen müssen. Einen, der ans Herz und unter die Haut geht. Der berührt. Kein Bericht, der sich hinterher als Ente herausstellt.« Herr Arend warf mir einen vorwurfsvollen Blick zu.

Bei der Erinnerung zuckte ich leicht zusammen. In der vorletzten Ausgabe hatte ich über einen recht bekannten Fußballspieler berichtet, den ich in einer angesagten Bar aufgespürt hatte. Obwohl ich mich so gar nicht für Sport interessierte, hatte ich die Gelegenheit genutzt, Fotos von ihm zu machen und ihn zu interviewen. Freundlicherweise hatte er mir dann auch erlaubt, die Bilder und das Gespräch in der Zeitschrift zu veröffentlichen. Und ich hatte gedacht, einen tollen Artikel abliefern zu können. *Lilli Schäfer berichtet über das Nachtleben eines berühmten Fußballstars in einer bekannten Bar.* So in meiner Fantasie.

Später hatte es das böse Erwachen gegeben. Der Mann war kein Superstar, sondern ein Doppelgänger, der sich einen Spaß mit mir erlaubt hatte. Als Tom mich auf meinen Fehler hingewiesen hatte, war es viel zu spät gewesen, den Artikel herauszunehmen. Die Zeitung war bereits gedruckt gewesen. Mir war das unendlich peinlich. Mich tröstete nur, dass sich die Ausgabe sowieso schlecht verkaufte und nur wenige Leserinnen den Patzer bemerkten. Zähneknirschend hatte ich mich in einer Richtigstellung entschuldigt. Daraufhin hatten sich die Gemüter beruhigt und das Thema war vergessen gewesen. Seitdem schwor ich mir, nie wieder über vermeintliche Berühmtheiten zu berichten. Außerdem musste jeder von mir verfasste Artikel auf den Prüfstand, bevor er freigegeben wurde.

»In der nächsten Ausgabe dreht sich alles um den Herbst. Vielleicht könnten wir über eine Halloweenparty, und wie man sie umsetzt, schreiben«, schlug Herr Arend vor.

»Hatten wir letztes Mal schon«, erinnerte Sabine.

»Das wäre ja so, als würden wir Weihnachten ignorieren, weil wir es schon letztes Jahr gefeiert haben«, gab ich zu bedenken. »Darüber können wir ja trotzdem berichten. Aber niemand wird uns deswegen die Hefte aus der Hand reißen. Was wir brauchen, ist eine Sensation.«

»Wir könnten ja auch mal Freizeitparks testen«, warf Brigitte ein.

Herr Arend nickte nachdenklich. »Ja, finde ich ganz gut. Wie wäre es denn, wenn wir mal Schwimmbäder und Thermen unter die Lupe nehmen? Auch den Spa-Bereich.« Er zog seine Kladde wieder näher an sich heran und kritzelte etwas hinein.

»Das würde ich dann glatt übernehmen«, schlug ich grinsend vor.

»Du auf der schnellsten Achterbahn? Das will ich sehen.« Tom hob spöttisch eine Augenbraue.

»Nee, ich meine die Wellnessabteilung. Allerdings glaube ich, dass das auch niemanden vom Hocker hauen wird.«

»Dann machen Sie doch mal einen Vorschlag. Egal was, auch einen Besuch auf der Hühnerfarm. Ich notiere mir erst einmal alles.«

Die Missstände eines Mastbetriebs aufzudecken, womöglich mit Gummistiefeln und Taschenlampe im Gepäck, war jetzt nicht das, was ich mir vorstellte, und das

Thema hatte außerdem wenig Bezug zu unserem Magazin.

Nun war aller Augenmerk auf mich gerichtet. Nervös leckte ich mir über die Lippen. Wegen meiner Zeitungsente hätte ich nichts lieber getan, als meinen Chef mit meinen Talenten zu beindrucken. Ach, die Protagonisten in den Liebesromanen wüssten, was jetzt zu tun wäre. Die wurden immer in die richtige Richtung geführt. Unwillkürlich hielt ich die Luft an. Natürlich, dass ich nicht gleich darauf gekommen war. »Man könnte doch das Geheimnis von Sötje Johansson aufdecken.«

»Was denn für ein Geheimnis? Woher sie die Ideen nimmt, diese rührseligen Schnulzen zu schreiben?« Toms Brust bebte vor Belustigung.

Herr Arend hob die Hand und mahnte ihn zur Ruhe. Beleidigt zog er den Kopf ein und lümmelte sich in die Rückenlehne.

»Erzählen Sie ruhig weiter«, forderte mein Chef mich auf.

Mein Herz klopfte mir bis in den Ohren, zumal niemand etwas sagte und die ganze Aufmerksamkeit auf mir lag.

»Sötje Johansson ist eine bekannte Liebesroman-«

»Ja, ja, das wissen wir«, unterbrach mich Sabine und rollte mit den Augen. »Jeder kennt sie, und jeder liest ihre Romane.«

»Seit geraumer Zeit lebt sie sehr zurückgezogen«, nahm ich den Faden wieder auf und ignorierte die Blicke, die interessiert an mir klebten. »Sie hat schon lange kein Interview gegeben und keinen Kontakt zu ihren Fans gesucht. Dabei hat sie gerade wieder einen Bestseller geschrieben.«

Patrick zuckte unbeeindruckt die Schultern. »Das ist doch ihr gutes Recht. Fans können sehr penetrant und aufmüpfig sein.«

»Früher hat sie sehr wohl in der Öffentlichkeit gestanden und Autogramme gegeben. Sie hat es geliebt, mit ihren Lesern in Kontakt zu treten.«

Herr Arend sagte nichts, stattdessen nahm er seinen Kugelschreiber auf und drehte ihn gedankenverloren in der Hand.

»Was heißt denn früher? Wie alt ist denn die Frau?«, fragte Tom, der wohl der Einzige war, der sie nicht kannte. Vermutlich witterte er eine gut aussehende Autorin hinter dem Pseudonym.

»Siebzig, wenn ich mich nicht täusche.«

»Okay, der Fall gehört dir.« Er zwinkerte und widmete sich wieder seinem Handy, das gerade einen Ton von sich gab.

Wusste ich es doch, dass er nur taufrischen Schriftstellerinnen ein Interview entlocken würde. Abgesehen davon war er ohnehin der Mediengestalter und hatte mit dem Textschreiben eher wenig zu tun.

»Ich notiere mir das mal. Weiß denn irgendjemand, wo genau Sötje wohnt?«

Ja, irgendwo an einem abgelegenen Ort, an dem es nur Sand und Meer gab. Unvorstellbar für mich dort zu leben. Trotz aller Liebe zu ihren Büchern, würde ich es genau aus diesem Grund ablehnen, eine Story über sie zu schreiben. Ich schaute mich um und traf auf ratlose Gesichter. Wusste es sonst keiner? Selbstbewusst richtete ich mich auf und sagte: »An der Ostsee.«

Herr Arend nickte zufrieden. Es dauerte einen Moment, als würde er nachdenken, dann richtete er wieder das Wort an uns. »Wer hat noch andere Vorschläge?«

Wir beratschlagten uns und sammelten Anregungen, bis Herr Arend den Blick von seiner Kladde hob und in die Runde blickte. »Gut, das ist ja schon mal was. Die Achterbahn testet Patrick. Bis zur nächsten Ausgabe sollten Sie mindestens drei bis vier Vergnügungsparks unter die Lupe genommen haben.«

Patrick warf seine Arme in die Höhe und rief ein »Yeah« aus.

»Sie müssen dann auch den Artikel schreiben. Das ist ja klar.«

Pff. Attraktionen waren ohnehin nichts für mich. Ich betete für die Saunalandschaft. In gebannter Erwartungshaltung lächelte ich Herrn Arend an.

»Den Artikel über Bioprodukte, und ob der Inhalt das verspricht, was auf dem Etikett steht, übernimmt natürlich Svenja.«

Sie war weniger überrascht und kritzelte sich gleich ein paar Notizen in ihren Block.

Nun blickte Herr Arend mich an. Ich war voller Hoffnung. Bestimmt bekam ich das Spa-Hotel. So musste es ganz einfach sein. Er kannte mich und wusste, dass ich sehr viel Wert auf mein Äußeres legte und Masken und Thalasso-Therapie liebte.

»Frau Schäfer, Sie fahren an die Ostsee und versuchen ein Interview mit Frau Johansson zu vereinbaren.«

Ich stellte sofort das Atmen ein. »Was? Wieso ich?«

Herr Arend zuckte mit den Schultern. »Es war doch Ihre Idee. Außerdem dachte ich, dass Sie Fan sind. Oder wenigstens ihre Bücher lesen.«

»Ja, das tue ich. Aber nach dem Artikel mit dem falschen Fußballer, haben Sie mir doch verboten, über Promis zu schreiben.« Hatte er das etwa vergessen? Du meine Güte, Herr Arend wollte mich in die Walachei schicken, weit weg von der Stadt, wo es nichts gab außer einem kleinen Tante-Emma-Laden, ganz zu schweigen von einem Nachtleben. Das musste ich zu verhindern versuchen. Ich hob gerade zum Protest an, aber Herr Arend gar mir keine Chance.

»Eine gute Gelegenheit, mir zu zeigen, was in Ihnen steckt und dass es sich beim letzten Ausrutscher um geistige Umnachtung gehandelt hat.«

Er meinte es tatsächlich ernst. »Aber ich will nicht weg«, sprudelte es aus mir heraus. *Schon gar nicht in die Pampa.*

»Warum denn nicht?«, erkundigte sich Patrick interessiert. »Du bekommst sozusagen einen Gratisurlaub hinterhergeschmissen.«

»Na ja. So würde ich es nicht sehen. Sie hat schon eine Aufgabe zu erledigen«, entgegnete Herr Arend.

»Ihr braucht mich doch hier. Außerdem muss ich mich doch um meine Reihe kümmern. Dafür benötige ich noch einiges an Recherche«, gab ich zu bedenken und nickte betont, sodass meine Haare durcheinanderwirbelten.

»Die Nachforschung kann ich für dich übernehmen. Ich schreibe dir alles auf, und du fasst zusammen.« Patrick grinste vielversprechend.

Ich streckte ihm die Zunge heraus. Das hätte er wohl gern. Nein, eine andere Ausrede musste her. Und das ganz schnell. Nur welche? Wenn ich Herrn Arend sagen würde, dass ich schlichtweg nicht in die Einöde geschickt werden wollte, würde er mir nur einen Vogel zeigen. »Ich bin in den Sommerferien immer mit meinen Eltern nach Südfrankreich ans Meer zum Campen gefahren. Das reicht für ein Leben. Ich finde, jemand anderes hat die Reise verdient.« Jemand, der die Abgeschiedenheit liebte. Ich wusste, wie albern sich meine Ausrede anhören musste. Herr Arends Gesichtsausdruck bestätigte mir dies noch einmal. Aufgewühlt leckte ich mir über die Lippe und überlegte mir auf die Schnelle irgendetwas Fadenscheiniges. Aber mir fiel beim besten Willen nichts ein.

»Mieten Sie sich eine hübsche Ferienwohnung. Ich habe ja nichts von Camping gesagt.«

Es schien, als wäre ich chancenlos.

»Hast du es gut«, sagte Sabine etwas neidisch. »Da gibt es sicherlich heiße Surfer und nackte Oberkörper am Strand.«

»Sabine will unbedingt fahren. Sie kann das genauso gut machen.« Ich zeigte auf meine Arbeitskollegin, während ich mit meinem Chef redete.

Herr Arend blätterte in seiner Kladde und fuhr sich dabei mit der anderen Hand über die Wange. »Frau Bell sehe ich eher in den Wellnesshotels.«

Waaas?, schrie ich innerlich.

Sabine setzte sich kerzengerade hin und lächelte selig. »Joa, da sehe ich mich auch, zwischen dem Bademeister in knappen Shorts und dem Masseur mit den großen Händen.«

»Und die heißen Surfer?«

Sabine zuckte unbeeindruckt mit den Schultern.

»Brigitte, du fühlst dich doch sicherlich an der Ostsee wohl.«

»Wann soll denn die Reise beginnen?«, fragte sie interessiert und drehte ihren Kopf zu Herrn Arend.

»Ich würde dann auch deine Rubrik übernehmen und ein Billy Regal aufbauen«, flüsterte ich ihr zu.

»So bald wie möglich. Heute buchen, morgen fahren. Der Artikel sollte in der nächsten Ausgabe auf jeden Fall erscheinen.«

»Ja, nein. Tut mir leid. Mein Rainer hat am Wochenende Geburtstag. Er wird fünfundsechzig. Da habe ich allerhand zu tun.«

Mein Herz rutschte eine Etage tiefer. Da fiel mir etwas ein. »Meine Schwester und ich, wir haben eine Tour durch Frankfurt geplant. Sie ist ein Jahr in Neuseeland gewesen und gerade ganz frisch zurückgekommen. Seitdem haben wir uns nicht mehr gesehen. Tut mir leid. Aber ich bin auch schon verplant.«

»Sie wollen allen Ernstes den Verlag wegen eines Ausflugs im Stich lassen? Also das wird mir jetzt zu bunt, Frau Schäfer. Sie fahren. Und die Versammlung ist somit beendet. Falls jemand noch kurzfristig eine Idee hat, immer her damit. Ansonsten wünsche ich einen erfolgreichen Arbeitstag.« Herr Arend schloss seine Kladde und klemmte sie sich unter den Arm.

Alle anderen Anwesenden erhoben sich und stoben durch die Tür.

»Ist doch toll. Freu dich doch. Ist wie ein Kurzurlaub.«

Sabine fuhr mir freundschaftlich über den Arm und verließ den Raum.

Seufzend schlurfte ich in mein Büro. Hätte ich das mit Sötje mal für mich behalten. Aber wie hätte ich ahnen können, dass der Chef sich gegen seine eigene Anweisung stellen würde, mich keine Promis mehr interviewen zu lassen? Jetzt hatte ich sowieso verloren, da konnte ich gleich mal damit anfangen, mich zu motivieren. Vielleicht hatte er recht und es war eine gute Gelegenheit, mich zu beweisen. Eine andere Wahl blieb mir sowieso nicht.

Zurück am Schreibtisch durchforstete ich gefühlt Hunderte Portale, in denen man seine Traumferienwohnung mieten konnte. Wenn ich wenigstens wüsste, wo Sötje genau wohnte. Das würde die Suche viel einfacher machen. Nachher wohnte ich am ganz falschen Ende der Ostsee.

Die Tür sprang auf und Tom kam bester Laune hereinspaziert. »Ich habe mal meine Kontakte spielen lassen und herausgefunden, wo deine neue beste Freundin wohnt.«

Mein Kopf fuhr hoch. Juhu. Soeben war ich ein Stück weitergekommen. Dann stutzte ich und verengte meine Augen. »Möchte ich wissen, woher du die Adresse hast, oder bekomme ich womöglich selbst Schwierigkeiten, nur weil du sie mir verraten hast? Soviel ich weiß, ist ihre Anschrift geheim.«

Tom zuckte unbeeindruckt mit den Achseln. »Wenn du sie nicht willst. Ich dachte, ich tue dir einen Gefallen.« Er drehte sich bereits um, da hielt ich ihn am Arm fest.

»Schon gut. Es interessiert mich nicht, mit wem du illegale Sachen drehst. Gib sie mir einfach, und ich halte dicht.«

Auf seinem Gesicht erschien ein selbstzufriedenes Grinsen. »In Heartnitz. Das liegt ...«

Meine zu Halbmonden gefeilten Fingernägel flogen über die Tastatur, und sofort erschien ein Einhundert-Seelen-Dorf mit süßen Reetdachhäuschen direkt am Meer. Auweia. Dort wollte noch nicht einmal der Hund begraben liegen. Gab es dort, abgesehen von den Feriengästen, überhaupt Einwohner außer Sötje?

Tom stellte sich direkt neben mich und beugte sich in Richtung Bildschirm. Mit dem Finger deutete er auf das Satellitenbild. »Soll das die Hauptstraße sein?«

Ich lehnte mich ebenfalls etwas näher an den Monitor und begutachtete den braunen Faden, der nun wirklich nicht lang war.

»Da wird bestimmt noch zwischen zwölf und fünfzehn Uhr die Mittagsruhe eingehalten, und abends um halb neun werden die Bürgersteige hochgeklappt.«

Innerlich verkrampfte ich, aber blieb tapfer. Per Befehl suchte ich nach freien Ferienwohnungen. Nichts.

»Du musst die Suche erweitern. Gib mal Ferienhaus ein.«

Gesagt, getan. Prompt erschien ein uriges Reetdachhaus mit weißer Fachwerkfassade auf dem Bildschirm. Das Grundstück war von einer bunten Blumenwiese umgeben. Das Haus erinnerte mich an ein Gemälde auf Leinwand von einem Künstler aus dem Jahr achtzehnhundertirgendwas, der die Einsamkeit und die Abgeschiedenheit mit seinen hauchzarten Pinselstrichen einzufangen versucht hatte. Abgeschiedenheit und Einsamkeit. Na prima.

»Gibt es denn auch Fotos von der Inneneinrichtung?«, fragte Tom wissbegierig, als wollte er gleich einziehen.

Ich klickte auf die Bilder. Das Symbol für *Loading* erschien, aber mehr passierte nicht, auch nicht nach weiteren Versuchen. Hm. Ein Zeichen?

»Dir muss man wirklich alles aus der Nase ziehen. Lies doch mal die Beschreibung vor.«

Augenrollend las ich ohne jegliche Begeisterung in meiner Stimme vor: »Leben wie die Einheimischen früher. Die Ostsee ist bekannt für den natürlichen und landestypischen Charme ihrer Reetdachhäuser. Buchen Sie jetzt Ihr komplett eingerichtetes Traumhaus in unmittelbarer Strandnähe mit Blick auf das Meer. Es gibt eine schöne Sonnenterrasse mit Gartenmöbeln. Ein Fahrrad zum Erkunden steht Ihnen ebenfalls zur Verfügung. Bla, bla, bla. Einkaufsmöglichkeiten sind vorhanden.«

Tom winkte ab. »Siehst du. Einen Aldi gibt es doch überall.«

»Sie sind ja schon fündig geworden. Ich wusste, auf Sie ist Verlass.«

Ich zuckte leicht zusammen, als ich Herr Arends Stimme vernahm. Wo kam der denn her? »Oh, Herr Arend. Ich habe Sie gar nicht reinkommen hören. Ja, also. In manchen Bundesländern sind ja schon Ferien, und deswegen wird das Haus bestimmt viel zu teuer sein.«

»Für eine Woche gerade mal dreihundert Euro. Wow, das ist geschenkt«, las Tom vor und nickte beeindruckt.

Ich mochte ihn gerade nicht besonders, und am liebsten hätte ich ihm einen Tritt gegen das Schienbein verpasst.

Sein Handy gab einen Ton von sich. »In welcher Straße steht das Haus?«, fragte er, ohne den Blick von dem Smartphone zu nehmen.

»Heideweg 8«, sagte ich knapp.

»Was für ein Glück. Sötje wohnt 10 bis 12.« Grinsend hob er sein Handy. »Gut, wenn man Kontakte hat.«

Woher auch immer er diese Informationen hatte, es konnte mir egal sein. Wenn ich in direkter Nachbarschaft wohnte, würde es ganz leicht sein, sie in ein Gespräch zu verwickeln.

»Jetzt buch doch endlich. Worauf wartest du denn?« In der Zwischenzeit hatte sich Sabine in mein Büro geschlichen. Sie stand ebenfalls hinter mir und begutachtete das Objekt. Wenn das so weiterging, würde bald ganz Frankfurt mich anfeuern.

»Meinen Segen haben Sie. Eine Woche sollte genügen, damit alles rechtzeitig zur nächsten Ausgabe abgedruckt werden kann«, hörte ich Herrn Arend sagen.

Ich wusste, dass ich keine Chance hatte, dieser ausweglosen Situation zu entkommen. Also klickte ich auf *Buchen* und stellte mich innerlich auf eine sehr einsame Zeit ein.

Kapitel 2

Pünktlich zum Wochenendstart stand ich am Frankfurter Hauptbahnhof und wartete auf den verspäteten Zug, der mich an die Ostsee fahren sollte. Ich hielt mich an meinem Trolley fest und checkte die Anzeigetafel, während ich das Handy an mein Ohr drückte und mit Pia telefonierte. Meine vier Jahre jüngere Schwester war ständig auf Achse und bereiste die Welt. Sie nahm jeden Job an, den sie finden konnte, und hütete sogar eine Rinderherde, wenn es nötig war. Wir sahen uns viel zu selten, und jetzt, da sie in Frankfurt war, wurde ich weggeschickt. Ich hatte mich wirklich auf die Zeit mit ihr gefreut. Sie endlich wieder in die Arme zu schließen und über alte Zeiten zu sprechen, bevor die Reiselust sie gepackt hatte.

»Wie oft soll ich es dir eigentlich noch sagen? Ich bin dir nicht böse. Wir holen unsere Tour ganz einfach nach.«

»Aber wir haben uns seit Ewigkeiten nicht gesehen, und außerdem wolltest du mir doch endlich mal deine Reisebilder zeigen.«

»Die laufen doch nicht weg. Ich finde das richtig gut, dass du aus deinem Kokon befreit wirst und mal was anderes siehst.«

»Wie meinst du das denn? Ich bin ständig unter Leute, ich kenne ganz Frankfurt. Einmal im Jahr gönne ich mir eine Woche Hotelurlaub in Madrid oder London. Von einem Kokon bin ich weit entfernt. Ich strotze nur so vor Tatendrang.«

Ich hörte sie leise glucksen, bevor sie wieder ernst wurde. »Vielleicht ist das mal eine gute Gelegenheit, dich nicht jeden Abend ins Getümmel zu schmeißen. Das ist nämlich nur eine Flucht vor deiner Einsamkeit.«

»So ein Quatsch«, widersprach ich energisch. Doch ganz Unrecht hatte sie nicht. Manchmal fühlte ich mich tatsächlich einsam, seit Gabriel mich vor einem Jahr ohne Erklärung verlassen hatte. Dann warf ich mich in Schale und stürzte mich ins Nachtleben. Denn dort fand ich Gleichgesinnte.

»Natürlich tust du das.«

Abgekämpft wischte ich mir den Schweiß von der Stirn. Es war ungewöhnlich heiß für Mitte Juni. Ich war froh, dass ich mich für das luftige Sommerkleid entschieden hatte, das ich im Sale einer teuren Modemarke gekauft hatte. Der dünne Stoff schmiegte sich an meine Taille. Die Spaghettiträger zeigten viel Haut, die von der Sonne gebräunt wurde. Nur über die Wahl meiner Riemchensandalen mit Absatz ärgerte ich mich. Sie waren zwar hübsch und passten hervorragend zu meinem Outfit, aber nicht sehr bequem für die lange Reise. Trotz meiner sommerlichen Kleidung schwitzte ich wie verrückt. Was allerdings auch daran lag, dass Pia den Nagel auf den Kopf getroffen hatte. Ich reckte den

Hals und blickte entlang des Gleises. Der Lokführer ließ sich wirklich verdammt viel Zeit. »Es ist gut so, wie es ist. Ich bin glücklich.«

»Und was ist mit der starken Schulter, nach der du dich so sehnst?«

Möglicherweise hatte ich mich nach der Trennung etwas melodramatisch aufgeführt und viel zu viele Taschentücher verbraucht. Das lag längst hinter mir.

»Wie soll ich denn die Liebe meines Lebens finden, wenn ich Hunderte Kilometer von zu Hause weg arbeiten muss? Die Bars in Heartnitz schließen bestimmt alle um zwanzig Uhr.« Wenn es denn überhaupt welche gab.

Pia stöhnte. »Unter Umständen könnten in dem Ort Männer wohnen, die auch gern mal in eine Kneipe gehen. Hast du dir mal Gedanken darüber gemacht?«

Eine Kneipe? »Du meinst einen dunklen Raum im Keller, der ganz aus Holz besteht und an dessen Wänden Wimpel von diversen Fußballclubs und der Freiwilligen Feuerwehr hängen? Nein, also wirklich. Da tummeln sich, wenn überhaupt, die Opis herum. Die jungen Leute sind doch bestimmt längst in die Großstadt gezogen, um zu studieren und zu arbeiten.« Im Grunde konnte es mir auch egal sein, denn ich hatte mir drei, höchstens vier Tage gegeben, Sötje ein Interview zu entlocken.

Endlich hörte ich den Zug einrollen. Das wurde aber auch Zeit. »Du, ich muss jetzt Schluss machen. Ich melde mich, sobald ich angekommen bin. Ciao.«

Und dann war die Verbindung unterbrochen.

Geduldig wartete ich, bis der Zug stehen blieb und die Türen sich öffneten. Die Passagiere strömten heraus, und als der letzte Gast den Wagon verlassen hatte, stieg ich ein und suchte meinen Platz. Ächzend hievte ich meinen Trolley in das Gepäckfach über dem Sitz, bevor ich mich erleichtert in die blaugelbgepunktete Rückenlehne fallen ließ. Vor mir saß ein Mann mit seinem Sohn. Sie sahen sich sehr ähnlich, und beide schmökerten in einem Wanderführer.

Ich bohrte meine Faust in die Wange und schaute den eilenden Menschen nach, bis der Zug sich in Bewegung setzte. Die winkenden Leute wurden immer kleiner, und die graue Fassade wechselte zu einem braungrünen Streifen, der immer mehr verschwamm. In der Zwischenzeit versuchte ich, vorab ein paar wichtige Informationen über Sötje herauszufinden. Ich liebte ihre Romane, aber die Person dahinter hatte mich bisher nur am Rande interessiert. Mit ein paar Klicks öffnete ich einen Wikipedia-Eintrag. Ich erfuhr, dass sie aus einem recht ärmlichen Elternhaus stammte und schon immer an der Küste lebte. Mit ihrem bereits verstorbenen Ehemann hatte sie zwei Kinder. Ich überschlug ihr Alter im Kopf – mit Sicherheit waren sie schon erwachsen. Der Eintrag hatte mir nicht mehr Klarheit verschafft. Das meiste wusste ich bereits. Dennoch machte ich mir rasch einige Notizen. Mit der Vergangenheit einzuleiten, war doch schon mal ein Anfang. Mein Blick wanderte aus dem Fenster, während ich mir überlegte, wie ich sie überhaupt zu einem Gespräch bitten sollte.

Ich könnte auch ganz einfach ihren Verlag anschreiben. Warum war ich eigentlich nicht schon viel früher darauf gekommen? Mit wenigen Zeilen stellte ich mich vor, beschrieb ihnen mein Anliegen und verschickte mit freundlichen Grüßen die E-Mail. Zufrieden lehnte ich mich zurück und gratulierte mir selbst, obwohl ich unsicher war, ob ich auf Antwort hoffen konnte.

Die Fahrgeräusche entspannten mich auf seltsame Weise, und je mehr ich mich dagegen wehrte, desto schwerer wurden meine Lider.

***

Als ich am Bein angerempelt wurde, schreckte ich auf. Träge öffnete ich die Augen und stellte fest, dass ich mich an meinem Zielbahnhof befand. Hastig erhob ich mich und angelte nach meinem Koffer. Die kleinen Härchen auf meinem Arm stellten sich auf, sobald ich auf den gepflasterten Bahnsteig trat. Der Wind frischte auf, verfing sich in meinen glattgezogenen Haaren und wirbelte sie durcheinander. Das Glätteisen hätte ich wohl getrost zu Hause lassen können.

Ich legte meinen Kopf in den Nacken und blickte in den Himmel. Eine tief hängende graue Wolke, die aus ihrem Inneren einen dicken Tropfen verlor, der mich direkt auf der Stirn traf, zog eilig über mich hinweg. Ich seufzte. In Gedanken ging ich den Inhalt meines Gepäcks durch. Hatte ich überhaupt eine Regenjacke dabei? Heute Morgen beim Verlassen meiner Wohnung hatte die Wetter-App den ganzen Tag über Sonne und achtundzwanzig Grad angezeigt. Allerdings für Frankfurt. Eventuell hätte ich Mecklenburg-Vorpommern, beziehungsweise Heartnitz eingegeben sollen. Rasch holte ich das nach und prompt zeigte mir mein Handy Wolken und einen gut gefüllten Tropfen, der den

Niederschlag repräsentierte. Etwas lauter als beabsichtigt schnaubte ich aus und wählte die Taxizentrale.

Zehn Minuten später und bis auf die Knochen durchgefroren saß ich auf der Rücksitzbank des gelben Gefährts. »In den Heideweg 8, bitte.«

Ich sah im Rückspiegel die Augenbrauen des Fahrers skeptisch zusammenfahren. »Machen Sie dort Urlaub?«

»Kann man so sagen«, antwortete ich knapp und rang mir ein Lächeln ab, das aber nur mein Handy sah. »Eigentlich bin ich beruflich hier«, murmelte ich auf das Display. Ein Gedanke kam mir, der mich aufblicken ließ. Mein Lächeln wurde nun breiter und echter. »Ich bin Journalistin und möchte einen Artikel über die Bestsellerautorin Sötje Johansson schreiben.« Vielleicht wusste der Taxifahrer etwas über sie.

»Sötje?«, fragte der Mann und schaute mich neugierig im Rückspiegel an.

Ich nickte.

»Hab sie schon seit einer Ewigkeit nicht mehr gesehen. Soviel ich weiß, ist ihr ein Fan zu dicht auf die Pelle gerückt. So stalkingmäßig.«

»Ach? Lebt sie deswegen so abgeschieden?«

Der Taxifahrer zuckte lediglich mit den Achseln und blieb stumm. Erst nach einer langen Pause sagte er: »Manchmal sehe ich sie im Auto sitzen. Ihr Sohn fährt sie meistens.«

»Was heißt denn meistens?«

Der Blick meines Chauffeurs huschte zum Rückspiegel. »Oft oder normalerweise. Überwiegend.«

Innerlich rollte ich mit den Augen. »Wenn sie allein unterwegs ist, fährt sie dann vielleicht einkaufen? Wo genau erledigt sie ihre Besorgungen? In einem Supermarkt, oder bevorzugt sie Bio-Produkte aus einem Reformhaus?« Wäre doch gut zu wissen, wo ich sie finden könnte.

Abermals traf mich sein Blick.

»Wie gesagt, ich habe sie schon Ewigkeiten nirgends gesehen. Auch nicht beim Einkaufen.«

Dem Anschein nach waren meine Bemühungen umsonst. Etwas enttäuscht, dass die Unterhaltung schon beendet war, sah ich aus dem Fenster. Ich wollte nicht aufdringlich wirken, deswegen beließ ich es dabei und betrachtete im Vorbeifahren die windschiefen Bäume, die am Straßenrand wuchsen. Wir verließen den Ort, und je weiter wir das Städtchen hinter uns ließen, desto seltener wurden die Häuser, bis nur noch weite Wiesen zu sehen waren. Als mich erneut die Monotonie übermannte, tauchte das Ortsschild von Heartnitz auf und meine Lider schossen wach in die Höhe. Nun packte mich meine Neugier, was mich hier erwartete. Einige Häuser lugten neben den schmalen Straßen zwischen hochgewachsenen Kiefern hervor. Eigentlich wirkte alles sehr idyllisch auf mich, doch auch sehr einsam. Keine Menschenseele war hier zu entdecken. Nach der nächsten Kreuzung bog das Taxi ab und blieb neben einer sich endlos erstreckenden Hecke stehen.

»Wir sind da.«

Neugierig sah ich mich um, aber außer einem Haus vor mir und der meterhohen Buchenhecke neben mir entdeckte ich nichts.

Nachdem ich meine Fahrt bezahlt und der freundliche Mann die Kofferraumklappe geschlossen hatte, umfasste ich den Griff meines Trolleys. Der Regen rieselte weiter leise vor sich hin, sodass meine Haare die Feuchtigkeit aufsogen, sich unkontrolliert aufplusterten und kraus abstanden. Na ja. War auch egal. Hier würde mich ohnehin niemand sehen.

Hinter der bunten Blumenwiese lag fast schon schüchtern das urige Reetdachhaus und schien sich vor mir zu verstecken, oder zu schämen. Es sah unheimlich alt und verwittert aus, doch auch irgendwie herzlich, wie eine betagte Oma. An dem Putz, der an manchen Stellen abblätterte, wand sich ein Stock gelber Rosen hinauf, die im Kontrast zum Lavendel standen.

Ich öffnete das rostige Türchen. Es quietsche furchtbar laut in meinen Ohren, dass mich eine Gänsehaut überbekam. Dann folgte ich dem geschlängelten Weg bis zur Haustür. Das Holz wirkte fahl und ausgelaugt und hätte garantiert nichts gegen eine auffrischende Lasur.

In der Mietbeschreibung stand beschrieben, dass der Haustürschlüssel in einem Tresor aufbewahrt wurde. Ich suchte das Kästchen, das laut Schilderung neben dem Briefkasten sein sollte, und wurde fündig.

Die Kombination war recht einfach, ich hatte sie mir gleich gemerkt. Geschickt drehte ich an den Zahlenrädchen, bis sich die Klappe öffnete. Siegessicher nahm ich den Schlüssel und schloss auf. Mein Herz setzte für mehrere Schläge aus, als ich die Tür aufschob.

Argwöhnisch setzte ich einen Fuß auf die dunklen Dielen. Eine schwere Bauernvitrine stand an der Stirnseite und beherbergte blau-weißes Geschirr. Die Wände waren mit einer Ornament-Tapete versehen, als wäre ich einhundert Jahre zurück in die Zeit gereist. Vier Stühle, die furchtbar unbequem aussahen, luden nicht gerade zum Verweilen ein. Neben ihnen standen ein Sofa mit beigem Stoff und ein passender Sessel mit Holzarmlehnen. Ein Tischchen vervollständigte die Sitzgruppe. Ich musste an ein Spitzendeckchen denken, das hier gut passen würde. Aber immerhin war alles sauber und spinnenfrei.

Ich ließ den Blick weiter schweifen und entdeckte ein Regal mit einem Fernglas. Daneben befand sich ein Kamin, der im Winter bestimmt eine gemütliche Atmosphäre erschuf. Einige Holzscheite lagen in einem Weidenkorb, und eine Tür führte in den nächsten Raum. Unter mir knarzten die dunklen Dielen ganz fürchterlich, wie in den Gruselfilmen, in denen das Haus lebendig wurde. Vorsichtig schob ich die nächste Tür auf und trat in die Küche. Der Boden war schwarz-weiß gefliest, wie ein Schachbrett. An der Wand standen Küchenmöbel und ein Buffetschrank. Ich atmete erleichtert auf, als ich eine Spülmaschine neben einem Backofen entdeckte. Über mir hing eine weiße Glasschirmlampe mit winzigen blauen Blümchen darauf. Plötzlich verspürte ich den Drang, das Licht anzuknipsen. Wahrscheinlich nur um zu testen, ob es hier tatsächlich elektrisches Licht gab. Erwartungsvoll schaute ich zur Lampe und drückte den Schalter.

Funktionierte.

Danke, lieber Gott!

Nach dem ersten Schrecken nahm ich das Schlafzimmer genauer unter die Lupe. In gespannter Erwartungshaltung umschloss ich den Treppenhandlauf mit den Fingern und sah hinauf. Was mich wohl dort oben erwartete? Ich setzte den Fuß vor und nahm Stufe für Stufe. Ab der dritten knarrte das Holz unter mir und wurde lauter, je höher ich ging. Bestimmt zog der Wind durch alle Ritzen und würde mir den Schlaf rauben. Ich dachte lieber nicht daran.

Als ich oben angekommen war, musste ich mich entscheiden, ob ich nach rechts oder links gehen wollte. Ich entschied mich für Letzteres und landete im Schlafzimmer. Es wirkte recht freundlich, schlicht eingerichtet, ebenfalls im Bauernstil. Die Wände hier waren hell gestrichen, vor dem Fenster hing eine in Falten gelegte Gardine, die an den Seiten mit einem Raffhalter hochgehalten wurde. Ich trat an das Fenster und bewunderte die herrliche Aussicht. Mein Grundstück grenzte an einen weiten Sandstrand, der zum Meer führte. Obwohl mich das Panorama faszinierte, löste ich mich davon, denn das Nachbarhaus zog meinen Blick magisch an. Mit den zugezogenen Vorhängen sah es etwas verwaist aus, was mir aufzeigte, wie sehr Sötje ihre Privatsphäre schätzte. Doch einige Blumentöpfe und die Gartenmöbel verrieten, dass dort gelebt wurde. Ich drehte mich weg und begab mich weiter auf Erkundungstour.

Das Ehebett war mit weiß gestärkter Leinenwäsche bezogen, die sicherlich unangenehm kratzte. Ich würde mich darunter ganz bestimmt einsam fühlen.

Ganz vage schüttelte ich den Kopf und seufzte. *Drei Tage, höchstens*, redete ich mir gut zu und trat zurück in den Flur. Vor einer Tür, die bestimmt ins Bad führte, blieb ich stehen.

Unwillkürlich erschien mir Sabines überaus glückliches Gesicht, wie sie ihre Bahnen in dem angenehm temperierten Badewasser schwamm. Oder wie sie, mit Handtuchturban um den Kopf gewickelt und flauschigem Bademantel um ihren Körper geschlungen, zur nächsten Hot-Stone-Massage flanierte. Meine Augen brannten, meine Kehle schnürte sich zu. Und ich war hier.

»Nein!«, rief ich mich selbst zur Räson. Das war nicht so schlimm wie das Campen mit Pia und meinen Eltern in Frankreich. Da hatten wir jede Nacht mit Insekten zu kämpfen gehabt, die sich in das Zelt verirrt hatten. Das war dann auch der Zeitpunkt gewesen, an dem ich mir im Teenageralter geschworen hatte, stets Urlaube in Sternehotels zu machen. Warum hatte ich das diesmal ignoriert? Ich kannte die Antwort: weil ich die Nähe zu Sötje gesucht hatte und dem Chef zeigen wollte, was in mir steckte.

Meine Finger umschlangen bereits die Klinke, als ich zwischen Tür und Wand einen Vorhang entdeckte. Vorsichtig schob ich ihn beiseite und hielt mir erschrocken die Hand vor den Mund. Eine Gänsehaut legte sich über meine Haut. In einem Eimer lagen eine zerbrochene grüne Fliese, eine verkalkte Wasserhahnarmatur, eine ausgewaschene Farbrolle und einige Pinsel. Entsetzt ließ ich den Vorhang zurückfallen. Wenn das Bad nun eine einzige Baustelle war und ich mir noch nicht einmal die Hände waschen konnte, geschweige denn die Toilette benutzen? Ich verfluchte den schwachen Moment, als ich Herrn Arend von der Idee erzählt hatte, Sötjes Geheimnis auf die Spur zu kommen.

Da lärmte mein Handy. Es war Pia.

»Hi, Schwesterherz. Wie ist es denn so?«, trällerte sie fröhlich auf der anderen Seite.

»Hey«, begrüßte ich sie und atmete erleichtert aus. »Schön, dass du anrufst. Ich brauche gerade etwas Zuspruch.«

»Was ist denn passiert? Stehst du mit dem Zug im Stau?« Pia lachte, doch mir war nicht danach. Ihre Witze kamen wirklich viel zu flach.

»Ich befinde mich in einem Museum.«

»Wie meinst du das denn? Ist das das einzige Ausflugsziel, das Heartnitz zu bieten hat?«

»Nein, das Haus ist so altmodisch eingerichtet, selbst Oma und Opa würden sich fürchten.«

»Wenn es sauber ist, ist doch alles in Ordnung. Außerdem kommst du spätestens in vier Tagen wieder, so dein Plan.«

»In drei! Vielleicht reise ich sofort wieder ab«, murmelte ich und betrachtete die eichenfarbene Tür, hinter der ein großes Geheimnis versteckt war.

»Warum das denn?«

»Ich weiß nicht, was mich im Bad erwartet. Im Flur lagern Fliesenreste und ein Wasserhahn und ...« Ich brach ab und schluckte den großen Kloß hinunter. »Ach, ich will einfach nur nach Hause.«

»Sei nicht albern. Du hast das Meer vor deiner Nase. Tu einfach so, als wärst du im Urlaub. Verbinde das Nützliche mit dem Angenehmen. So heißt es doch immer.«

»Ich sehe hier nichts Angenehmes.«

Pia stöhnte theatralisch. »Mach die Tür auf. Es ist bestimmt nichts.«

»Weißt du noch in Frankreich damals? Die Waschräume auf dem Campingplatz?«

»Natürlich weiß ich das noch. Du hast ein Trauma von den Hockklosetts bekommen und bist drei Tage nicht aufs Klo gegangen.«

Ich schniefte.

»Das wird dir diesmal nicht passieren. Weißt du was? Du machst dir jetzt eine Flasche Rotwein auf und trinkst sie. Und wenn der Alkohol seine Wirkung zeigt, dann linst du einfach mal rein in das Zimmer.«

»Du meinst, ich soll mir Mut antrinken?« Ich kicherte bei dem Gedanken, wie ich angetrunken mit einer Flasche im Bad stehen würde.

»Kann man so sagen.«

»Nein. Keine Chance. Der Wein hat nicht mehr in meinen Koffer gepasst.« Leider!

»Dann geh und kauf dir eine Flasche. Ganz nebenbei erkundest du den Ort. Vielleicht triffst du sogar schon auf Sötje, und umso schneller bist du wieder bei mir und wir holen unseren Tripp nach.«

Diese Aussicht katapultierte meine Laune von ganz unten etwas höher in den mittleren und somit guten Bereich. Mir gefiel der Gedanke, etwas Abstand zu dem Haus zu bekommen. Etwas Warmes in meinem Bauch wäre gar nicht schlecht. Mein letzter Snack lag Stunden zurück. Ob es hier ein Restaurant gab? »Danke, dass du bei mir bist.«

»Nur gedanklich. Wenn du später noch mal Beistand brauchst, dann ruf an.«

»Danke.«

»Kein Ding, bis später.«

Seufzend steckte ich das Handy in meine Handtasche und schürzte die Lippen. Für einen kurzen Moment überlegte ich, ob mein Aufstand zu melodramatisch war. Kein Mensch würde ein Ferienhaus vermieten, in dem das Bad in Schutt und Asche lag. Und wenn die Wände giftgrün gefliest wären, war es doch kein Grund, die Sachen zu packen. Der Chef sollte nicht meinen, ich wäre etepetete. Nun gut, vielleicht war ich das ein klein wenig. Aber das war alles nur die Schuld meiner Eltern und ihrer Campingausflüge.

Mein Bauch knurrte. Dann erst mal etwas futtern. Danach sähe die Welt bestimmt ganz anders aus.

Kapitel 3

Ein lauer Wind umschmeichelte meine Wangen, als ich die Haustür hinter mir schloss. Nur ein paar Wolken erinnerten an das nieselgraue Wetter. Zur Sicherheit hatte ich mir meinen Blazer über das Sommerkleid gezogen. Vorsichtig tastete ich nach meinen Haaren. Durch die Feuchtigkeit fühlten sie sich wie Zuckerwatte an, und wahrscheinlich sahen sie auch so aus. Hoffentlich saß mein Make-up überhaupt noch da, wo es hingehörte. Egal. Ich wollte ja niemanden beeindrucken, sondern mir eine Kleinigkeit zu essen besorgen.

Mein Blick wanderte entlang der Hecke, hinter der ich Sötjes Haus vermutete. Das Einzige, was über dem Blätterwerk hervorlugte, war das Reetdach. Die Hecke war so hoch, dass selbst Hüpfen nichts bringen würde. Wie würde das außerdem aussehen? Ich schüttelte mahnend den Kopf. Ich war Journalistin, kein Paparazzo. Mit dem Entschluss, mich morgen auf die Lauer zu legen, schlenderte ich entlang des Bürgersteigs, der mit Betonplatten versehen war und zwischen dessen Fugen Unkraut wuchs. Als ich das nächste Mal links abbog, glitzerte das Meer in den Farben des Himmels, der rosa und orange leuchtete. Einige Jugendliche und Erwachsene plantschten noch eifrig oder lagen auf ihren Strandmatten faul im Sand. Etwas entfernt von hier erstreckte sich die Seebrücke. Sie reichte bis zum Horizont.

Wow, so schön hatte ich das Meer gar nicht in Erinnerung, was daran liegen könnte, dass ich das Meeresrauschen rückblickend mit Liebeskummer und gebrochenem Herzen verband. Ich war damals süße sechzehn gewesen, als ich das allerletzte Mal mit meinen Eltern verreist war. Damals war ich in Pierre verknallt gewesen. Ein waschechter Franzose, der mir gehörig den Kopf verdreht hatte. Von ihm hatte ich den ersten richtigen Kuss bekommen. Mit allem Drum und Dran. Mit Zunge und einer Menge Gefühl. Zwei Wochen lang hatten wir uns getroffen und eine tolle Zeit gehabt. Meine erste große Liebe. Bis der Abschied bevorgestanden hatte.

Eine Fernbeziehung käme für ihn nicht infrage, hatte er mir vor der Abreise erklärt und mich mit gebrochenem Herzen zurückgelassen. Innerlich grinste ich. Du meine Güte. Zu dem Zeitpunkt hatte ich gedacht, ich würde nie wieder Gefühle für einen Jungen entwickeln. Doch meine Mutter hatte recht behalten. Ich war, noch ehe ich in die Oberstufe gekommen war, darüber hinweg gewesen. Pierre war nach gut drei Monaten Geschichte gewesen.

Ob das mitunter ein Grund gewesen war, warum ich die Reise nicht antreten wollte? Saß der Schmerz noch so tief? Nach all den Jahren? Amüsiert über mich selbst und mein Teenagerherz schüttelte ich grinsend den Kopf. So ein Unsinn. Meine Vorlieben, wie ich meinen

Urlaub verbrachte, hatten sich einfach geändert. Außerdem war ich zum Arbeiten hier. Weder wollte ich mich verlieben noch machte ich hier Urlaub. Ich hatte einen Auftrag.

Ich riss mich von dem faszinierenden Anblick des Meeres los und marschierte weiter. Kleine Lädchen, die sich wie auf einer Perlenkette aneinanderreihten, tauchten vor mir auf. Wow, hier gab es sogar eine Promenade. Ich entdeckte ein schnuckeliges Café, mehrere Souvenirshops und einen Spielzeugladen. Auch eine Eisdiele mit Straßenverkauf befand sich dort.

Sie waren allesamt geschlossen.

Etwas irritiert sah ich auf die Uhr. Gut, es war halb sieben abends. Kaffee wollte vermutlich um die Zeit niemand mehr trinken. Die Kids waren vom langen Baden todmüde, und wer kaufte schon überteuerte Souvenirs in Form von Seehunden und Strandkörben?

Ich wandte mich wieder dem Meer zu und atmete die schwere Luft ein. Während ich überlegte, wie ich an Sötje herankommen würde, stellte sich jemand neben mich. »Wahnsinn, oder? Die Zeit verliert ihre Bedeutung, wenn ich den Wellen dabei zusehe, wie sie sanft ans Ufer rollen und sich die Farben des Himmels darin spiegeln. Das ist der Zauber des Meeres.«

Ich wandte mich der tiefen, angenehmen Stimme zu.

»Es ist atemberaubend, wie die Liebe auf den ersten Blick«, schwärmte er, ohne sein Augenmerk davon abzuwenden. Dann tat er es doch. Der Fremde drehte seinen Kopf und sah auf mich hinab. Er lächelte, und seine braunen Augen strahlten so viel Wärme aus, dass ich mich wie in eine weiche Decke gekuschelt fühlte.

»Hi«, sagte ich, weil mir gerade nichts Besseres einfiel. Der Mann war groß, sodass ich den Kopf in den Nacken legen musste, um ihn genauer betrachten zu können. Seine schokobraunen Haare standen ihm verstrubbelt nach allen Seiten ab, was eindeutig dem Wind geschuldet war. Denn meine wirbelte er ebenfalls durcheinander.

Die Mundwinkel des Mannes hoben sich noch ein bisschen mehr, als ich vergeblich versuchte, meine Strähnen hinter das Ohr zu klemmen. Nach mehreren Anläufen gab ich es auf. Ich sah bestimmt total bescheuert aus.

Schließlich löste er unseren intensiven Blickkontakt und verabschiedete sich. »Tschüss, dann. Vielleicht sieht man sich mal.«

Er schlenderte mit den Händen in den Shorts davon, als wäre nichts gewesen. Ich murmelte ein leises »Ja, tschüss« und bewunderte seinen breiten Rücken und seinen eleganten, aber sportlichen Gang. Seine Muskeln spielten, als er sich mit der Hand durch sein Haar strich.

Ich schluckte trocken und zwang mich regelrecht wegzuschauen.

Abermals knurrte mein Magen, der mich daran erinnerte, dass ich das ändern wollte. Ratlos sah ich mich um und überlegte, welche Richtung ich nun einschlagen sollte. Nach ein paar Schritten blieb ich an einem Wegweiser stehen, dessen Pfeile in alle Himmelsrichtungen zeigten. Zum Strand, zur Promenade, nach links und zu den Einkaufsmöglichkeiten nach rechts. Prima. Die Beschilderung war für Fremde übersichtlich und warf keine Fragen auf.

Ich folgte dem Weg und lief an den niedlichen Häuschen vorbei, deren Vorgärten von pingelig-gepflegt bis hin zu insektenfreundlich gestaltet waren. Vor einem kleinen Lädchen, das in ein Wohnhaus integriert war, blieb ich stehen. *Frischmarkt* stand als Leuchtschrift über der Schiebetür, die stur und unbeweglich geschlossen blieb. Meine Augenbrauen schoben sich zusammen, als ich nähertrat und feststellte, dass der Laden jeden Tag um achtzehn Uhr schloss. Samstags sogar schon um vierzehn Uhr. Auweia. Selbst die Öffnungszeiten in diesem Dorf waren so museumsreif wie die Inneneinrichtung meines Häuschens. Meine Mutter erzählte mir gern aus der Zeit, in der zwischen dreizehn und fünfzehn Uhr Mittagsruhe geherrscht hatte und selbst die Supermärkte für eine Stunde geschlossen gewesen waren, ehe der Verkauf wieder losging. Auch die Bäcker hatten damals sonntags Ruhetag gehabt. Das war alles, bevor ich geboren worden bin. Heutzutage konnte ich mir das gar nicht mehr vorstellen, aber hier in Heartnitz stand es wohl an der Tagesordnung.

Mein Magen schleifte bereits auf dem Boden. Ich lief ein kleines Stückchen weiter und stellte fest, dass ich mich wieder in der Nähe des Meeres und der Promenade befand. Ich musste wohl im Kreis gelaufen sein. Mein Blick fiel auf einen wenig einladenden Holzverschlag, der sich als ein Restaurant herausstellte. Entschieden trat ich an die in einem Glaskasten hängende Speisekarte. Angefangen von einem Salat und einer kleinen Auswahl an Vorspeisen bis hin zu Fisch sah die Karte recht reichhaltig aus.

Sicherlich handelte es sich um kein Sternerestaurant, aber hier gab es Essen und meinem Magen war es gerade ziemlich egal, was mich darin erwartete. Also atmete ich ein letztes Mal aus und schob die Tür auf. Stimmen und Gelächter sowie Besteckgeklapper empfingen mich, als ich den Gastraum betrat. Es roch herrlich nach Gedünstetem. Mir lief bereits das Wasser im Mund zusammen. Neugierig machte ich mir ein Bild von der Inneneinrichtung.

Wow! Es war schlimmer als erwartet. Dunkles Holz, wo ich auch hinsah, selbst die Wände waren damit verkleidet. Unter der Decke hingen zur Dekoration alte Fischernetze mit Plastikfischen und Seesternen. Die Bestuhlung war ebenso rustikal wie die Theke. Die weißgestrichenen Wände zierten alte Gemälde, die den Fischfang von vor Hunderten von Jahren zeigten.

Dem Anschein nach musste die Küche einen guten Ruf haben, denn die Tische waren alle besetzt.

Heute war aber auch nicht mein Tag. In meiner Überlegung, das Restaurant wieder zu verlassen, hielt mich eine Stimme hinter dem Tresen auf. »An der Bar sind noch Plätze frei.« Der große, sportlich gebaute Mann mit dunkelblonden Haaren, die ihm etwas zu lang waren, polierte ein Glas und deutete mit dem Kopf auf eine Reihe freier Hocker.

Ich überlegte kurz, nahm sein Angebot aber dankend an.

»Möchtest du was trinken? Ein Bier?«

Ich schüttelte den Kopf. »Habt ihr Wein?«

»Sicher.«

»Einen trockenen Roten?«

»Da muss ich mal ins Lager gehen. Hab eben die letzte Flasche leer gemacht.«

In der Zwischenzeit ließ ich den Blick genauer durch das Lokal schweifen. Dabei kam mir die Idee, auch mal die Frankfurter Restaurants auf Herz und Nieren zu testen. Bestimmt hätte Herr Arend nichts dagegen. Mein Herz machte einen nervösen Hüpfer, als ich den unbekannten Mann von der Promenade entdeckte. Er saß an einem Einzeltisch und starrte auf sein Handy. Kurz darauf legte er es an die Seite und kritzelte etwas in sein neben sich liegendes Notizheft. Ich fragte mich, ob er ein Einheimischer oder ein Feriengast war.

»Geht auch ein Lieblicher?«, riss mich der Barmann aus meinen Gedanken.

Ich seufzte und stützte meinen Kopf mit dem Arm ab. Vielleicht wäre es ohnehin besser, nüchtern zu bleiben. »Hast du Wasser?«

»Stilles?«

»Mit Kohlensäure, bitte.«

Der Mann griff unter die Bar und schraubte eine Glasflasche auf. »So schlimm?«, fragte er schmunzelnd, füllte das Glas vor sich und schob es mir entgegen.

Ich ließ meinen Kopf zwischen den Schultern hängen, während kleine Kohlesäurespritzer auf meiner Haut landeten. »Ich sitze hier und trinke Sprudelwasser, mein Magen brüllt so laut, dass ich Sorge habe, dass ich wegen Ruhestörung angezeigt werde. Gibt es hier eigentlich so 'ne Art Sperrstunde? Ab zwanzig Uhr bitte nur noch atmen? Sogar euer Supermarkt schließt um sechs.«

Der Mann lachte und ließ seinen Blick über mich wandern. »Du kommst aus der Stadt, richtig? Hier

drehen die Uhren etwas langsamer, das stimmt schon.
Aber das gehört ja zum Urlaub dazu.« Er zwinkerte und
goss nun ein Schnapsgläschen mit einer hellen, klaren
Flüssigkeit voll, das er mir neben mein Wasser stellte.
»Hier, ein Aperitif. Was möchtest du essen, ich sage in
der Küche Bescheid.«

Wenn ich jetzt zu Hause wäre, würde ich mir ein gla-
siertes Huhn mit Hoisin-Soße und Cashewkernen bestellen, aber das war ich nicht. Zu Hause.

»Irgendwas, was schnell geht. Die Nudeln wären mir
recht«, sagte ich und drehte an meinem Wasserglas.
»Sogar pur, ohne alles«, murmelte ich.

Aus dem Augenwinkel sah ich, wie ein Tisch gerade
abgeräumt wurde. Prima. Dann hatte ich wenigstens
einen Platz zum gemütlichen Essen für mich ganz allein. Ich war schon drauf und dran den Platz zu wechseln, als die etwas pummelige, schwarzhaarige Bedienung ein Reserviertschild mittig auf den Tisch stellte.

Warum überraschte mich das nicht?

»Gruß aus der Küche. Spaghetti Bolognese. Geht aufs
Haus.«

»Sehe ich so bemitleidenswert aus?« Es waren bestimmt meine Haare.

»Nein, du siehst aus, als wärst du nicht aus freien Stü-
cken hierhergekommen.«

»Du machst das hier schon sehr lange, oder? Angeblich ersetzt ja ein Barmann den Psychologen«, sagte ich,
während ich mit Gabel und Löffel die Nudeln ein-
drehte. Die waren gar nicht mal schlecht.

»Ich leite das Restaurant in der dritten Generation. In
all den Jahren habe ich mir so manche Menschen-

kenntnis aufgebaut.« Er hielt mir die Hand entgegen und stellte sich vor. »Mein Name ist Kjell.«

»Lilli.«

»Freut mich.« Er nahm wieder seine Spültätigkeit auf und tunkte ein schmutziges Bierglas in die schillernde Wasserlauge. »Was verschlägt dich wirklich hierher?«

»Meine Schwester hat mir aufgetragen, mich zu betrinken, bevor ich mir das Bad angucke.«

»Was denn für ein Bad?«

»Das im Heideweg.«

Für einen kurzen Moment hielt Kjell in seiner Tätigkeit inne und musterte mich unverhohlen. »Du bist der Gast, der sich dort eingemietet hat. Das kommt nicht so häufig vor.« Er schien sich köstlich über mich zu amüsieren, denn seine Mundwinkel kräuselten sich.

Nun wurde mir wieder etwas mulmig zumute. »Wieso? spukt es in dem Haus?«

»Nein, das nicht. Es entspricht nur nicht mehr ganz dem Standard, deswegen kommt es vor, dass es mehr als ein halbes Jahr leer steht.« Kjell musterte mich eingehend. »Ehrlich gesagt, hätte ich dir mehr Luxus zugetraut, mit Sauna und dem ganzen Firlefanz, aber nicht ein einfach ausgestattetes Haus wie dieses.«

Ich runzelte die Stirn. Nur weil ich einen recht eleganten Blazer über mein Kleid gezogen hatte, passte ich seiner Meinung nach nicht in das Haus? Das war doch eine zu oberflächliche Einschätzung von ihm, wie ich fand. »Eigentlich bin ich auch nur zum Arbeiten hier. Und wenn alles glattläuft, bin ich spätestens überübermorgen wieder weg«, klärte ich ihn zwischen zwei Gabeln Nudeln auf.

»Du bist zum Arbeiten hier?«, fragte er erstaunt. »Was machst du denn?«

Wie schon bei dem Taxifahrer kam mir die Idee, ihm ein paar Informationen über Sötje zu entlocken. Könnte gut sein, dass sie sich unter den Gästen aufhielt. »Ich bin Journalistin«, gab ich knapp zurück. Vielleicht war es besser, nicht gleich mit der Tür ins Haus zu fallen und den wahren Grund erst mal für mich zu behalten.

»Journalistin, also. Davon tauchen ja immer mal wieder welche auf.«

Meine Nudeln lagen plötzlich wie Steine in meinem Magen. Hatte jemand die gleiche Idee? Etwas panisch schaute ich mich um.

Saß der Konkurrent etwa unter uns? Es war doch nicht etwa der attraktive Mann von vorhin. Ich sollte keine Zeit verlieren, damit mir niemand zuvorkam. »Die den Ferienort genauer unter die Lupe nehmen wollen?«, fragte ich gespielt naiv.

Kjell schnaufte amüsiert aus. »Eigentlich erhoffen die meisten sich ein Interview mit Sötje Johansson.«

Aha, wusste ich es doch. »Weißt du zufällig, wo ich sie am besten treffe? Sie wird doch ganz sicher einen Lieblingsplatz haben«, erkundigte ich mich beiläufig und gab meine Tarnung auf.

Kjell hob seine breiten Schultern und schürzte die Lippen. »Früher ist sie öfter hier gewesen. Dann auf einmal nicht mehr.«

Interessiert lauschte ich Kjells Worten und war überrascht, dass er mit dem Erzählen schon wieder aufgehört hatte. »Okay«, zog ich das Wort in die Länge. »Vielleicht schmeckt es ihr hier nicht mehr und sie geht jetzt immer woanders essen.« Ich zwinkerte und schob mir noch eine Portion Nudeln in den Mund. Das konnte ich mir allerdings beim besten Willen nicht vorstellen. Das waren die besten Spaghetti Bolognese, die ich jemals gegessen hatte.

Kjell lachte. »Möglicherweise, aber eher ausgeschlossen.«

»Warum bist du dir so sicher?«

Für einen kurzen Moment schaute er in den Gastraum, als würde er jemanden suchen. Sötje vielleicht? Ich folgte seinem Blick, aber es waren zu viele Personen, die infrage kamen.

»Weil man hier das beste Essen bekommt«, gab er mir als Erklärung.

»Dann muss es doch einen anderen Grund geben, warum sie deine Kochkunst meidet.«

Kjell beugte sich der Theke entgegen und stützte das Kinn auf seinem angewinkelten Arm ab. »Vielleicht will sie ja auch nur ihre Ruhe vor neugierigen Journalisten haben.«

Der Punkt ging an ihn. »Meinst du, die Chancen stehen gut, sie zufällig am Strand oder beim Spazierengehen zu treffen?«

Nun richtete er sich zu voller Größe auf und sah wieder in die Richtung, in der er eben schon geblickt hatte. »Hey, Nils!«, rief er einen mir unbekannten Namen über meinen Kopf hinweg. »Hier sitzt der Gast aus dem Heideweg. Sie ist Journalistin.«

Na prima. Jetzt wusste es auch wirklich jeder in diesem Restaurant. Dennoch drehte ich mich in die Richtung, in die Kjell gerufen hatte, und ehe ich verstand, wen er meinte, schob sich der attraktive Mann von vorhin neben mich und grinste frech. Die Gäste schienen sich zum Glück nicht für mich zu interessieren. Ungeachtet der Information plauderten sie weiter.

»Nils, darf ich vorstellen. Das ist Lilli. Sie ist …«

»Journalistin«, beendete er den Satz, ohne den Blick von mir zu nehmen. Lächelnd hielt er mir seine Hand entgegen und stellte sich mir vor. »Nils. Freut mich, dass wir uns nun richtig kennenlernen.« Seine warmen Augen ruhten auf mir, und ich musste aufpassen, nicht darin zu versinken.

War er etwa wirklich mein Konkurrent, der mir das Interview streitig machte? »Lilli«, stellte ich mich vor.

»Wir sind uns schon über den Weg gelaufen«, erklärte er Kjell mit einem Hauch Sehnsucht in der Stimme. »Am Meer.«

»Bist du auch Journalist?«, fragte ich und leerte mein Glas.

Nils' Augen weiteten sich. »Wie kommst du darauf?«

»Na ja. Kjell meinte, dass ich nicht die Einzige wäre, die nach Sötje fragt und ein Interview will. Und weil ein Notizblock neben dir lag …«

»… dachtest du, ich wäre Reporter«, schloss er den Satz und lächelte, dass mir ein wenig schummerig dabei wurde.

»Als Vermutung mal in den Raum geworfen. Denn wenn du tatsächlich mein Konkurrent bist, dann …« Ich stoppte und ließ meinen Blick über Nils' Körper wandern.

»Dann?«, fragte er, wobei seine beachtliche Brust bebte.

»Dann muss ich dich irgendwie ausstechen.«

»Oder wir versuchen, irgendwie beide an das Interview zu kommen.«

Ich schenkte ihm einen skeptischen Blick. »Nein. Auf keinen Fall, ich will ganz allein im Erfolg baden.«

Nils' Grinsen wurde immer breiter.

»Wenn du auch noch Informationen über Heartnitz gebrauchen kannst, ich bin übrigens hier geboren«, unterbrach uns Kjell in unserer Inaugenscheinnahme.

»Und hiergeblieben? Man hört ja ganz oft, dass die jungen Leute wegen der Ausbildung oder des Studiums in die Stadt gehen.«

Nils wusste etwas beizusteuern. »Die meisten machen das auch und kommen nach einiger Zeit wieder. Wenn sie verstanden haben, dass weniger durchaus auch mehr sein kann.«

Das hörte sich ja an, als würde er sich auskennen. »Dann gehörst du auch zu den Ureinwohnern?«

»Kann man wohl so sagen.« Nils lachte, dass es angenehm zwischen meinen Rippen vibrierte.

»Okay«, murmelte ich und fragte mich, warum es so schwer für ihn sein sollte, Sötje zu treffen. Egal ob er Reporter oder Einwohner war. Am Ende scheiterte das Projekt, wenn noch nicht mal die Dorfbewohner wussten, wo sie sich aufhielt, was mir vor Augen führte, wie kompliziert die Sache war.

Es entstand eine peinliche Stille, die Kjell gekonnt umschiffte. »Lilli hat ein bisschen Bammel in das Bad ihres Ferienhauses zu gehen.« Seine Brust bebte vor Belustigung.

Nils lachte ebenfalls. »Warum denn?«

Ich steckte mir die letzte Gabel Spaghetti zwischen die Zähne und kaute genüsslich. Mit der Serviette wischte ich mir über den Mund. »Weil ich in der Nische Bauschutt gefunden habe. Irgendwie befürchte ich, dass dort eine Baustelle ist.«

»Was machst du, wenn du recht behältst?«

Ich zuckte mit den Schultern. »Heimfahren.«

Überrascht fuhren Nils' Augenbrauen hoch. »Ohne Interview?«

Wie recht er doch hatte. Was würde Herr Arend nur von mir denken, wenn ich mir keine Mühe gab und gleich wie ein trotziges Kind die Flinte ins Korn warf. Der Artikel war wichtig. Er sicherte meinen Arbeitsplatz. »Entweder ich reklamiere das Haus und kann anderweitig unterkommen, oder ich enttäusche meinen Chef auf ganzer Linie.« Seufzend schielte ich zu dem Schnaps, den Kjell mir hingestellt hatte.

»Das hört sich sehr deprimierend an.«

Ich nickte.

Nils' Mundwinkel hoben sich zu einem breiten Lächeln, das eine Reihe weißer Zähne offenbarte. »Ich versichere dir, dass du weiterhin in dem Haus bleiben kannst und deinen Chef nicht enttäuschst.«

»Wie kannst du dir da so sicher sein?«, fragte ich Nils und runzelte die Stirn.

»Und falls doch, unser *Heartnitz-Bote* könnte jemanden wie dich gebrauchen. Gunnar macht das nicht mehr lange, und er braucht dringend einen Nachfolger.« Kjell nahm sich ein frisches Geschirrtuch und polierte die Gläser.

Diese Zeitungen kannte ich. Zufällig war ich mal auf eine Anzeige gestoßen, als ich mich auf dem Markt nach Stellen umgeschaut hatte. Darin fand man Gästeinformationen, Ausflugtipps und wann der nächste

Ausflugsdampfer startete. »Danke für das Angebot, aber ich mag meinen Job und möchte ihn gern behalten.«

»Dann bleibt dir wohl nichts anderes übrig, als nachzuschauen, ob das Bad tatsächlich eine Baustelle ist.« Kjell schob zur Erinnerung den Schnaps etwas näher an mich heran.

»Ich bin mir nicht sicher, ob Alkohol die richtige Lösung ist. Mentale Unterstützung wäre sicherlich hilfreicher.«

»Wenn du magst, begleite ich dich«, schlug Nils vor.

Ich fühlte mich etwas überrumpelt. Einerseits empfand ich die Geste als sehr freundlich von ihm, andererseits war er ein Fremder, und ich hatte keine Ahnung, wie er hinter seiner gut aussehenden Stirn tickte. Sein freundliches Aussehen könnte nur Fassade sein.

Nun zeigte er wieder sein Lächeln. »Du überlegst gerade, ob du mir trauen kannst. Das ist völlig okay. Ich schlage dir vor, dich bis zum Haus zu begleiten. Ich habe nämlich den gleichen Weg.« Zwinkernd erhob er sich und lief zurück an seinen Tisch.

Gedankenverloren kaute ich auf meiner Wangeninnenseite und überlegte, ob ich sein Angebot annehmen sollte.

»Nils tut keiner Fliege was zuleide. Er ist der hilfsbereiteste Mensch, den ich kenne.«

Während Nils seinen Notizblock einsteckte, beobachtete ich ihn heimlich dabei. Als er seinen Kopf hob und unsere Blicke sich abermals trafen, sagte mir mein Instinkt, dass er ganz bestimmt harmlos war.

»Wie viel schulde ich dir?«, erkundigte ich mich und prüfte den Inhalt meines Portemonnaies.

Kjell winkte ab. »Lass mal. Geht aufs Haus. Die Portion Spaghetti war eigentlich mein Abendessen.«

»Du hast mir dein Essen überlassen? Das ist sehr nett von dir.« Mein schlechtes Gewissen meldete sich. Ordnungsgemäß schob ich den Hocker wieder an die Theke. »Dann bezahle ich wenigstens das Wasser.«

»Obwohl du eigentlich Wein wolltest? Nee, nee. Stimmt schon. Trink den Schnaps, dann sieht die Welt gleich wieder ganz anders aus.«

»Und wenn ich es nicht tue?«

»Ärgerst du dich vielleicht«, sagte Nils und trat so dicht neben mich, dass ein Hauch seines Aftershaves in meine Nase wanderte.

Blinzelnd schaute ich zu ihm hoch, während er eine Portion Wärme aus seinen Augen zu mir herunterschickte. *Ach, na ja. Was soll's.* Ich erhob das Gläschen und kippte den Inhalt in einem Zug hinunter. Hinterher schüttelte ich mich und kräuselte zur Belustigung der zwei Männer die Nase.

»Bist du so weit?«, fragte Nils.

»Jetzt schon.« Ich fasste mir ein Herz und richtete meine Kleidung.

Nils legte Kjell einen Zehneuroschein auf den Tresen und klopfte zur Verabschiedung mit der Faust auf das dunkle Holz. »Bis morgen und gute Nacht.«

Gute Nacht? Etwas verwirrt schaute ich auf die Uhr. Es war noch nicht einmal halb acht.

Als wir nach draußen traten, legte sich sofort eine salzige Schicht auf meine Lippen. Ich sog die reichhaltige Luft bis tief in die Lungenflügel ein und entspannte mich.

Nils lächelte. »Wenn du willst, können wir vorher einen Abstecher ans Meer machen.«

»Solange der Alkohol mich noch ganz leicht macht, möchte ich das jetzt hinter mich bringen.« Ich ließ mich von dem unebenen Weg nicht aufhalten. Geschickt ging ich in meinen Absatzsandalen, als wären sie Turnschuhe. Dank seines sportlichen Gangs schloss er recht schnell auf.

»Wie lange, sagtest du, bleibst du hier?«

»Sobald ich das Interview in der Tasche habe, bin ich weg«, entgegnete ich lächelnd.

»Dir gefällt es hier wohl nicht. Das ist wirklich schade, denn wenn du Heartnitz erst mal kennengelernt hast, wird es schwer sein, sich von dem Örtchen zu trennen.«

»Da, wo ich herkomme, ist es auch schön«, widersprach ich und drosselte ein wenig die Geschwindigkeit. »Vor allem sind die Geschäfte bis um einundzwanzig oder sogar zweiundzwanzig Uhr geöffnet, auch samstags.«

»Wer geht denn um die Uhrzeit einkaufen?« Nils steckte seine Hände in die Hosentaschen und kickte einen Stein mit der Fußspitze weg.

In den Bäumen raschelten die Blätter, und ein Vogel trällerte im Geäst. Sonst war es unglaublich still, und obwohl allmählich die Dämmerung einbrach, war es noch recht warm. »Na ja. Wenn man vielleicht lange im Büro gearbeitet und vorher keine Gelegenheit gehabt hat, seinen Einkauf zu tätigen.«

»Ach so, ja. Ich habe wohl vergessen, wie es ist, von der Hektik getrieben zu werden.«

Mein Kopf fuhr herum. Er wirkte nun in sich gekehrt, und seine leichte, lockere Art war für einen kurzen

Moment wie weggeblasen. Er erwiderte meinen Blick und lächelte mich an.

Dann hatte er vorhin also aus eigener Erfahrung gesprochen, als er behauptet hatte, dass die meisten zurückkommen würden. Woher sollte er sonst das Gefühl kennen, von der Hektik getrieben zu werden? Hier gab es doch sicherlich keine. Es sei denn, man machte sie sich selbst. Ich schluckte die Frage hinunter, die ich für die kurze Zeit, die wir uns kannten, als zu neugierig empfand.

Stattdessen versuchte ich lieber, ihm noch ein paar andere Details zu entlocken. »Wir Journalisten unter uns: Was würdest du Sötje als Erstes fragen, wenn sie vor dir säße?«

»Mmh? Mal überlegen. Das ist echt schwer.«

Ich runzelte die Stirn. »Du bist ja null vorbereitet. Gut zu wissen, dann brauche ich mir keine Sorgen zu machen.« Grinsend konzentrierte ich mich wieder auf den staubigen Weg.

»Was wäre denn deine Frage?«

»Woher sie die ganzen Ideen nimmt.«

»Woher wohl. Aus ihrer Fantasie«, meinte er, mich belehren zu müssen.

»Aber die kommen einem doch nicht einfach so in den Sinn. Mit Sicherheit recherchiert sie erst. Je nachdem, was für Berufe die Protagonisten haben.«

»Ganz bestimmt entspringen ihre Einfälle irgendeiner Situation, und dann strickt sie das alles zusammen.«

Ich überlegte kurz, ob er recht haben könnte. Hörte sich plausibel an, aber ich wollte es aus ihrem Mund hören. »Die zweite Frage wäre, ob sie sich je darüber geärgert hat, Bücher zu veröffentlichen und dadurch so bekannt geworden zu sein. Ehrlich gesagt, kann ich mir das gar nicht vorstellen, berühmt zu sein und im Fokus der Medien zu stehen«, sinnierte ich und sah einem Schmetterling nach, der in die Büsche flog.

»Bestimmt hat sie ihr Päckchen zu tragen«, sagte er, plötzlich in sich gekehrt.

»Du weißt also mehr?«, fragte ich wissbegierig.

Nils zuckte mit den Achseln und gab sich gleichgültig. »Jeder hat doch irgendwas, was ihn belastet.«

Ich seufzte. Da hatte er wohl recht.

In einvernehmlichem Schweigen folgten wir dem Weg und hingen beide unseren Gedanken nach. Was ihm wohl gerade durch den Kopf ging? Ein paar Schritte später holte mich eine aufgeregte Stimme aus meinen tiefschürfenden Überlegungen.

»Nils! Nils!«

Zeitgleich drehten wir uns um.

Eine Frau, circa in meinem Alter, eilte auf uns zu. Ihre dunkelbraunen Haare hingen feucht auf ihren Schultern, als hätte sie diese gerade erst gewaschen. Ob sie Nils' Freundin war?

Sie blieb vor uns stehen und musterte mich neugierig aus ihren großen Augen, die denen von Nils so ähnlich waren. Ohne ihr freundliches Lächeln zu vergessen, streckte sie mir ihre Hand hin. »Hi, ich bin Marieke.«

Waren alle Einheimischen so kontaktfreudig? Derartige Herzlichkeiten gegenüber Fremden waren mir völlig unbekannt. Das lag wahrscheinlich an der Anonymität einer Großstadt.

»Lilli«, entgegnete ich lächelnd.

»Lilli wird die nächste Zeit hier wohnen.«

Mariekes Brauen schossen überrascht in die Höhe.
»Wirklich? Das ist ja eine tolle Neuigkeit.«

»Sie ist Journalistin und möchte Sötje interviewen.«

»Ach. Wie interessant.« Einen Tick zu lang musterte
sie mich, ehe sie sich wieder ihrem Gegenüber zuwandte und ihn am Arm griff. »Entschuldigst du uns
ganz kurz?«, fragte sie und zog Nils in sichere Entfernung von mir weg. Sie redete auf ihn ein, und obwohl
absolute Stille herrschte, trug der Wind ihre anscheinend aufgeregten Worte einfach fort. War sie etwa ei-
fersüchtig, weil wir so vertraut miteinander umgin-
gen? Darüber brauchte sie sich keine Sorgen zu machen. Ich war hierhergekommen, um einen Artikel zu
schreiben, nicht um irgendwelche Männerbekannt-
schaften zu pflegen. Verlieben kam für mich nicht infrage, da könnte er in zweifacher Ausführung vor mir
stehen und mich mit seinem attraktiven Gesicht anlä-
cheln. Es wäre etwas anderes, wenn er in Frankfurt leben und wir uns jeden Tag begegnen würden, aber das
war nicht der Fall.

Nils runzelte seine Stirn und fuhr sich fahrig über den
Nacken. Er streifte mich kurz mit seinem Blick, ehe er
Marieke zunickte. Danach schlossen beide wieder zu
mir auf, und Marieke trat vor mich. »War nett, dich
kennengelernt zu haben. Wir sehen uns ganz sicher
noch mal.«

»Hat mich auch sehr gefreut, und ja, ganz bestimmt.«
Lächelnd sah ich ihr nach. Ganz sicherlich war sie nicht
seine Freundin.

»Deine Schwester ist nett.«

Nils' Augen fielen ihm fast aus dem Kopf. »Woher
weißt du, dass Marieke meine Schwester ist?«

Ich zuckte mit den Schultern. »Ihr habt die gleichen Augen, und gewisse Gesten haben euch verraten.«

»Das passiert wohl, wenn man zusammenlebt.«

Sie lebten zusammen? Man sagte ja, dass die Mieten in Feriengebieten für Einheimische furchtbar überteuert wären, aber dass das für Heartnitz zutraf, war eher unwahrscheinlich. Ehe ich darauf eingehen konnte, lief er weiter. Ich folgte ihm, und keine zehn Schritte später befanden wir uns vor meinem Häuschen. Ich schloss auf und trat hinein. Als ich bereits vor der Treppe stand, fiel mir auf, dass Nils nicht mitgegangen war.

»Warum kommst du nicht rein?«, fragte ich und ging ein Stück zurück.

»Du hast mich vorhin angeschaut, als wäre ich ein fieser Vergewaltiger.«

Ich lachte. »Ein bisschen Misstrauen hat noch niemandem geschadet. Außerdem, woher willst du wissen, dass ich keine wehrlosen Jungs zum Abendessen verspeise? Vielleicht solltest du derjenige sein, der auf der Hut ist.«

Nils Augen flackerten und seine Lippen hoben sich zu einem Lächeln. »In gewisser Weise würde ich es gern herausfinden.«

»Sag hinterher nicht, ich hätte dich nicht gewarnt.« Zwinkernd drehte ich ihm den Rücken zu und eilte die Stufen hinauf. Vor der Badtür blieb ich stehen. Ich starrte sie an, als wäre sie das Tor zur Hölle.

»Soll ich vorgehen?«, fragte Nils ohne jeglichen Spott in der Stimme.

Ich kam mir vor wie bei einer Mutprobe auf einem Kindergeburtstag. *Entweder du gehst da jetzt rein, oder du musst Leon küssen. Auf den Mund!*

Die Aussicht, Nils zu küssen, empfand ich seltsamerweise als sehr reizvoll. Das wiederum ängstigte mich so sehr, dass ich unüberlegt und aus lauter Panik die Tür aufschob.

Was ich dann sah, stellte alles in den Schatten. Mit aufgeklapptem Mund trat ich auf die dunklen Fliesen und blieb mitten im Raum stehen.

»Jetzt hat es dir glatt die Sprache verschlagen.«

»Wow, das ist ... Damit habe ich nun wirklich nicht gerechnet.« Das Bad war modern und fast schon luxuriös eingerichtet. Eine riesige Badewanne, die für zwei Personen gedacht war, stand in einer gemütlichen Schräge. Wenn man den Kopf hob, konnte man durch das Dachfenster in den Himmel schauen. Ich stellte mir vor, wie romantisch es wäre, bei Kerzenlicht und Sekt in der Wanne zu liegen und die Sterne zu beobachten. Aber auch der Waschtisch mit jeweils zwei ovalen Becken und großem Spiegel darüber gefiel mir.

»Ich ziehe hier ein«, entschlüpfte es mir, und ich kicherte. Mit der Hand vor dem Mund drehte ich mich im Kreis und war hin und weg. Die verchromte Mischbatterie glänzte im Schein des Lichts, und ich konnte nicht anders, als sie auf ihre Tauglichkeit zu testen. Das Wasser sprudelte wie aus einer frischen Quelle. »Sie funktioniert.«

»Den Schnaps hättest du dir also sparen können.« Nils zwinkerte und sah sich selbst um.

Ich kniff meine Augen zusammen und funkelte ihn gespielt empört an. »Wenn du es mir gleich gesagt hättest, dann wäre ich vielleicht auch etwas weniger melodramatisch rübergekommen. Ihr habt mich ganz schön an der Nase herumgeführt.«

»Ich habe es dir doch versichert, aber du hast mich nicht ernst genommen.« Nils zuckte mit den Schultern. »Dein überraschter Gesichtsausdruck war es mir wert.« Den Kopf in den Nacken gelegt, lachte er tief, sodass mir ein angenehmer Schauer den Rücken hinunterlief. Sein Lachen war ansteckend, und ich kam nicht umhin, ebenfalls einzustimmen.

»Das war richtig gemein von dir.«

Nachdem er sich von dem Flash erholt hatte, deutete er mit dem Daumen über seine Schulter und grinste. »Dann bin ich ja jetzt überflüssig.« Er zog seinen kleinen, zerfledderten Notizblock hervor und kritzelte etwas darauf. Anschließend übergab er mir den Zettel und steckte seine Hände, genau wie seinen Block, in die Hosentaschen. »Wenn irgendetwas sein sollte, kannst du mich gern unter der Nummer anrufen.«

Erst jetzt bemerkte ich, dass es sich bei dem Gekritzel auf dem Papier um seine Handynummer handelte.

»Der Bäcker ist übrigens neben der *Alten Jolle*.« Nils musste mir das Fragezeichen vom Gesicht abgelesen haben. »Neben Kjells Restaurant. Falls du morgen früh Lust auf frische Brötchen hast«, setzte er hintendran.

»Ganz bestimmt«, antwortete ich und nickte. Ehrlich gesagt hatte ich mir noch keinen genauen Plan gemacht, wo ich mein Frühstück herbekam. Aber was ich als Proviant dabeihatte, hätte mich bestimmt über den Vormittag gebracht.

»Wenn du möchtest, bringe ich dir eine Brötchentüte mit und hänge sie dir an die Türklinke.«

Vehement hob ich die Hände vor meine Brust und schüttelte den Kopf. »Wirklich. Mach dir wegen mir keine Umstände.«

»Quatsch. Ich drehe sowieso ganz zeitig meine Runde und schaue mir den Sonnenaufgang an.«

»Ich verkneife mir jetzt mal zu fragen, wann genau der ist.«

Wieder lachte Nils so tief, dass es hinter meiner Brust vibrierte. »Du musst ihn wenigstens ein Mal gesehen haben, bevor du wieder abreist.« Er drehte sich auf dem Absatz um und joggte die Treppen nach unten.

Ich folgte ihm, allerdings weniger flott. Vor der Tür blieb er stehen und nahm mich in Augenschein. »Die Wettervorhersage ist für die kommende Woche ideal.«

War das eine Einladung, das Spektakel mit ihm anzuschauen? Einen Sonnenaufgang am Meer hatte ich zuvor noch nie gesehen. Noch nicht einmal in Frankreich. »Vielleicht richte ich es mir ein«, entgegnete ich und lächelte. Dabei ignorierte ich dieses seltsame Kribbeln in meiner Bauchgegend. Das sich verstärkte, solange Nils mich betrachtete. Es schien, als läge ihm noch etwas auf der Zunge, das ihm einfach nicht über die Lippen wollte. Er hob zum Reden an, schloss aber sogleich wieder den Mund. Stattdessen drehte er mir den Rücken zu und schlenderte davon.

Ich sah ihm nach. Wenn ich binnen kürzester Zeit schon drei Einheimische kennengelernt hatte, sollte es doch ein Klacks sein, Sötje ein Interview zu entlocken. Mit dieser willkommenen Aussicht schob ich die Tür zu und speicherte mir vorsichtshalber Nils' Nummer ein. Warum gab es solch nette Männer eigentlich nicht in Frankfurt?

Kapitel 4

Als ich am nächsten Morgen die Augen aufschlug, stahlen sich Sonnenstrahlen zwischen den zugezogenen Vorhängen hindurch und kitzelten meine Nase. Selig reckte und streckte ich mich, ehe ich mich mit den Armen hochstemmte. Blinzelnd sah ich mich um und sortierte meine Gedanken. Tatsächlich, es war kein Traum. Ich befand mich noch immer in Heartnitz.

Schlaftrunken nahm ich mein Handy und schaute auf die Uhr. Ich war hellwach. Ach Gott. So lange und ausgiebig hatte ich die letzten Jahre nicht geschlafen. Bevor ich aufstand, streckte ich noch mal alle viere von mir und krabbelte schließlich aus dem Bett. Schwungvoll schob ich den schweren Stoff des Sichtschutzes beiseite. Das grelle Licht veranlasste mich dazu, meine Lider fest zuzudrücken. Es dauerte etwas, bis ich mich allmählich an die Helligkeit gewöhnte. Nun sperrte ich das Fenster auf und atmete in tiefen Zügen die reichhaltige Luft ein, die so viel kühler und frischer als die stickige in Frankfurt war. Das sanfte Rauschen des Meeres, das sich vor dem fast leeren Strand ausbreitete, war das einzige Geräusch, das ich hörte. Kein Wunder also, dass ich wie ein Baby geschlafen hatte. Der Lärm des Verkehrs, der direkt an meiner Wohnung in Frankfurt vorbeizog, weckte mich beizeiten, auch an den Wochenenden.

Plötzlich spürte ich das riesige Loch in meinem Magen, was mich an Nils' Angebot erinnerte, mir frische Brötchen zu liefern. Die Aussicht auf ein reichhaltiges Frühstück trieb mich dazu an, nachzuschauen.

Nachdem ich mir meinen flauschigen Morgenmantel übergeworfen hatte, hüpfte ich die Treppen hinunter und öffnete die Haustür. Mein Herz machte einen Purzelbaum. An der Klinke hing tatsächlich ein Leinenbeutel. Vorsichtig lugte ich hinein. Es waren so viele, dass ich auch morgen noch davon satt werden würde. In freudiger Erwartung ging ich damit in die Küche und schaute genauer nach. Überrascht zog ich ein Marmeladenglas mit der Geschmacksrichtung Sanddorn heraus. Ein Zettel klebte auf dem silbernen Verschluss. In ordentlicher Schrift stand darauf:

Lass es dir schmecken.

Ein leises Grinsen huschte über mein Gesicht. Aber mein Glücksgefühl war nur von kurzer Dauer. Denn obwohl ich extra Kaffeepulver von zu Hause eingepackt hatte, hatte ich die Filtertüten vergessen. Etwas panisch durchsuchte ich jeden Schrank, bis in die hinterste Ecke. Fehlanzeige.

Seufzend setzte ich mich auf den Holzstuhl und stützte meinen Kopf ab. Da nützten mir die leckersten Brötchen nichts, wenn mir mein Muntermacher fehlte. Grübelnd bohrte ich die Faust noch etwas fester in meine Wange und überlegte, ob ich rasch in den Frischmarkt gehen sollte. Stand in der Beschreibung nicht etwas von einem Fahrrad? Mit ihm wäre ich viel schneller als zu Fuß. Entschieden erhob ich mich und öffnete die Terrassentür. Eine leichte Brise verfing sich in meinen Haaren, als ich hinaustrat. Da ich mich ohnehin noch nicht um mein Spiegelbild gekümmert hatte, war es mir egal, in welchem Zustand sich meine Haare befanden. Hier sah mich ohnehin niemand. Deswegen konnte ich auch ganz getrost in meinem Bademantel vor die Tür gehen.

Die Terrasse bot reichlich Platz für einen großen Tisch mit sechs verwitterten Plastikstühlen. In einer anthrazitfarbenen Box stapelten sich grüngestreifte Sitzauflagen. Auch wenn die Ausstattung etwas in die Jahre gekommen war, sprach nichts dagegen, das Frühstück draußen zu mir zu nehmen.

Etwas ratlos, wo das Fahrrad unterstehen könnte, streifte ich durch den Garten auf der Suche nach einer Garage, einem Carport oder einer Laube und blieb vor der hohen Buchenhecke stehen, die mich von Sötjes Privatleben trennte. Die Blätter wuchsen so dicht, dass es schier unmöglich war, hindurchzuspähen.

Mein Magen meldete sich auf erschreckende Weise und erinnerte mich an meine eigentliche Suche. Das Fahrrad. Mit langen Schritten durchquerte ich die Wiese, dessen lange Grashalme sich um meine Waden wickelten. Ich ignorierte das piksende Gefühl und scheuchte die Bilder von den kleinen Käfern und Insekten fort, die sehr wahrscheinlich jetzt auf meiner nackten Haut krabbelten.

Etwas versetzt, hinter dem Haus, stieß ich auf einen Holzverschlag, der noch windschiefer war als das, in dem ich wohnte. Vorsichtig rüttelte ich an der Tür. Sie öffnete sich wie von Geisterhand.

Ein moderiger Geruch schlug mir entgegen. Außer ein paar ausrangierten Blumentöpfen, einem Rechen und einem Rasenmäher, der wahrscheinlich nicht funktionierte, befand sich das angepriesene Fahrrad in einem Zustand, der mich verzweifelt aufstöhnen ließ. Dennoch zerrte ich den Drahtesel aus der muffigen Laube, damit ich mir im Hellen ein richtiges Bild machen konnte.

Das silberne Gestell war so schwer, dass ich mehrere Anläufe brauchte, es über die Schwelle zu hieven.

Okay, das Fahrrad stammte wohl aus der Zeit, in der das Haus erbaut worden war. Besaß es überhaupt eine Gangschaltung? Ein Blick genügte, um festzustellen, dass das hintere Rad einen Platten hatte.

»Kann ich dir helfen?«, fragte mich eine Stimme, die nur von Nils kommen konnte.

Erschrocken drehte ich mich um und traf genau auf diesen. Seine Finger umschlagen eine Tasse, die ich ihm fast schon neidisch aus der Hand gerissen hätte, wenn mein Blick nicht beeindruckt über seinen Körper geglitten wäre. Er trug ein helles T-Shirt und eine kurze Hose und sah mal wieder verdammt gut aus in den legeren Klamotten. Meine Wangen fühlten sich heiß an, was sich unter seiner unverhohlenen Musterung verstärkte. Er grinste von einem Ohr zum anderen, wobei er seine geraden Zähne zeigte. Da ging mir ein Licht auf, warum er sich so köstlich amüsierte. Ich präsentierte mich ihm in meinem Bademantel. Verlegten zurrte ich den Gürtel etwas fester und tat souverän.

»Eigentlich wollte ich nur mal gucken, ob das Fahrrad fahrtauglich ist. Wie du siehst, ist es kaputt.« Mit dem Finger deutete ich auf den Platten.

Nils beugte sich über das Gefährt und schürzte die Lippen. Fast wäre ihm der Inhalt seiner Tasse über den Rand geschwappt. Was ich wirklich schade gefunden hätte, denn mein Körper schrie regelrecht nach Koffein.

»Halt mal, bitte«, murmelte er, ohne mich dabei anzuschauen.

Während er sich bückte und das Fahrrad inspizierte, schnupperte ich heimlich an dem würzig duftenden Kaffee. Mein Magen knurrte und weckte vermutlich den letzten schlafenden Gast in Heartnitz.

Nils erhob sich mit zusammengeschobenen Augenbrauen. »Respekt! Entweder liegt dein Frühstück schon länger zurück, oder du hast meine Brötchen nicht gefunden.«

Ich lächelte verlegen. »Die Wahrheit ist, dass ich keine Filtertüten habe und ohne Kaffee nicht zu gebrauchen bin.«

Nils' Mundwinkel hoben sich zu einem ausgedehnten Lächeln. »Dann geht es dir wie mir. Warte einen Augenblick. Meine Thermoskanne ist randvoll.« Ein Widerspruch war ausgeschlossen. Er verließ bereits das Grundstück.

In der Zwischenzeit eilte ich in mein Schlafzimmer und schlüpfte in ein schlichtes rosafarbenes Kleid. Im Bad checkte ich mein Spiegelbild. Ich sah etwas fahl aus, was definitiv daran lag, dass ich kein Make-up trug. Da Nils mich ohnehin schon ungeschminkt gesehen hatte, verzichtete ich auf aufwendiges Schminken.

Stattdessen spritzte ich mir etwas Wasser ins Gesicht. Danach bändigte ich meine krausen Haare zu einem Pferdeschwanz.

Ein für mich unbekannter Ton ertönte. Die Klingel?

Im Takt meines hüpfenden Herzens hopste ich die Treppe hinunter und öffnete die Tür. Nils streckte mir eine silberne Thermoskanne entgegen und übergab mir sogar zu meiner Überraschung Filtertüten. Wie aufmerksam er war.

»Du bist meine Rettung«, sagte ich und nahm ihm alles ab. Wir schauten uns einander an, und eine gewisse Unbeholfenheit hing zwischen uns.

»Magst du mitessen? Du hast so viele Brötchen mitgebracht, die schaffe ich allein auf keinen Fall.«

»Vielen Dank für das Angebot, aber ich habe leider keine Zeit. Die Arbeit ruft.«

Innerlich schrie alles in mir ›Stopp!‹. Er würde doch nicht Sötje auflauern? Oder hatte er gar schon einen Termin mit ihr vereinbart? Warum sonst scharwenzelte er hier rum? Nun gut, er wohnte hier in der Nachbarschaft, wie wäre er sonst so schnell an den Kaffee gekommen? »Okay«, sagte ich, als wäre es für mich völlig in Ordnung. Ich inspizierte meine Fingernägel. »Hat deine Arbeit etwas mit Sötje zu tun?« Die Nägel außer Acht lassend, hob ich den Blick.

Er grinste bis über beide Wangen. »Möglicherweise.« Zum Abschied hob er den Arm und wandte sich bereits zum Gehen, schien es sich aber im selben Moment anders zu überlegen. Mit einem langen Schritt kam er wieder auf mich zu. »Im Keller habe ich einen Schlauch und einen neuen Mantel für das Hinterrad. Bei Gelegenheit repariere ich dir das Fahrrad.« Er sah mich an, und ich hielt seinem Blick stand. »Falls es okay für dich ist«, setzte er hintendran.

»Sicher«, antwortete ich rasch und merkte, wie heiß meine Wangen schon wieder geworden waren. Da hatte ich ihn wohl zu lange angeschaut.

Er grinste und wandte mir dann den Rücken zu. Diesmal drehte er sich nicht noch einmal um. Ich schloss die Tür und bereitete nun für mich allein das Frühstück zu. Gedankenversunken, wie es mit Sötje jetzt weitergehen sollte, genoss ich die Ruhe, die mir in Frankfurt fehlte und der ich mir jetzt erst bewusst wurde. Eine angenehme Müdigkeit kroch in meine Glieder und ließ mich tief in den Stuhl sinken, während ich Nils' Kaffee genoss. Der Wind verfing sich in den Baumkronen und schüttelte sie auf, sodass sich einige Vögel gestört fühlten und davonflogen. Von Ferne brummte eine Propellermaschine. Eine Biene umschwirrte einen Klecks Marmelade, den ich vergessen hatte zu entfernen. Von den monotonen Geräuschen wurden meine Lider immer schwerer.

***

Das Klingeln meines Handys riss mich aus dem Halbschlaf.

Du meine Güte, das war mir noch nie passiert, während der Arbeit einzunicken. Mein schlechtes Gewissen meldete sich. Gearbeitet hatte ich ja noch nicht. Ich beugte mich vor und prüfte, wer mich kontaktierte. Es war mein Chef, Herr Arend. Ausgerechnet. Allmählich sollte ich mich auf die Suche nach Sötje machen.

»Hallo, Herr Arend«, trällerte ich in mein Smartphone und erhob mich aus meinem Stuhl.

»Guten Tag, Frau Schäfer. Sind Sie gut angereist?«

»Ja, ja. Alles gut gelaufen. Der Zug hatte zwar Verspätung, aber das ist ja nichts Ungewöhnliches.«

»Mit dem Haus ist auch alles in Ordnung? Haben Sie denn Sötje mal gesehen, wenn sie schon in direkter Nachbarschaft wohnt?«

Abermals tigerte ich an dem meterhohen Sichtschutz vorbei und versuchte durch das dichte Blätterwerk zu linsen. Nichts. »Das Haus würde Ihnen ganz bestimmt gefallen«, beantwortete ich seine erste Frage. »Das ist ganz nach Ihrem Geschmack eingerichtet.« Herr Arend und seine Frau verreisten gern nach Österreich. Sie bevorzugten das Ländliche und das Rustikale, während ich das moderne Badezimmer mochte. »Das Bad ist ein Traum. Das mag ich besonders.«

»Und Sötje?«

»Bin ganz nah dran«, versuchte ich ihn zu besänftigen.

»Gut, gut. Dann melde ich mich später noch einmal. Hoffentlich dann mit aussichtsreichen Informationen.«

Verdattert hielt ich mir das Handy vor das Gesicht. Huch. Seit wann war er denn so ungeduldig? Bestimmt war ihm der Artikel wichtiger als angenommen. Ich sollte ihn nicht enttäuschen und straffte entschlossen die Schultern. Es wartete eine Menge Arbeit auf mich.

***

Nachdem ich mich gut mit Sonnenmilch eingecremt hatte, checkte ich mein E-Mail-Postfach in der Hoffnung, der Verlag hätte sich auf meine Anfrage hin zurückgemeldet, was er immer noch nicht getan hatte. Enttäuscht schulterte ich meine Handtasche und lief entlang der Hecke. Am einfachsten wäre es, bei ihr zu klingeln, doch dann würde ich mit der Tür ins Haus fallen, so unangemeldet. Nein! Ganz bestimmt würde sie mich verärgert wegschicken.

Am besten hörte ich mich ein wenig bei den Souvenirgeschäften um. Sofort verwarf ich die Idee. Besser in Buchhandlungen.

Okay, dann los.

Hier umwehte immer ein leises Lüftchen mein Haar, sodass ich mir einen Zopf band. Bevor ich mich auf den Weg machte, suchte ich mir die Adresse heraus. Das Geschäft befand sich laut Google ganz in der Nähe der Promenade an der Fußgängerzone.

Entschiedenen Schrittes stiefelte ich los.

Die Häuser standen nicht wie in Frankfurt dicht aneinandergedrängt, sondern hielten gebührenden Abstand zu ihren Nachbarn. Zu meiner Linken hörte ich schon das Meer rauschen, aber ich ging gezielt zu der Flaniermeile.

Ein buntes Angebot an Sonnenschirmen, Sandspielzeug, praktischen Handtaschen, Hüten und noch viel mehr erschlug mich, weil die gleiche Auslage auch beim dritten Haus präsentiert wurde. Wie überlebten die Händler, wenn sie sich alle gegenseitig Konkurrenz machten?

Mir war klar, dass Sötje sich auf keinen Fall hier zwischen dem Kram, der ausschließlich für die Urlauber bestimmt war, aufhalten würde, deswegen ließ ich die Angebote unbeachtet links liegen und suchte weiter nach meinem Ziel. Schließlich blieb ich vor einem gedrungenen Häuschen stehen, das als Buchhandlung ausgewiesen wurde. Die rotgestrichenen Fensterläden waren aufgeklappt und die Tür stand offen. Je näher ich dem Eingang kam, der mich fast schon magnetisch anzog, desto mehr fing mich der Geruch von alten verstaubten und neuwertigen Büchern ein. Ganz sicher ging Sötje hier ein und aus.

Als ich eintrat, hielt ich mich erst in der Abteilung für Bestseller auf, in der natürlich auch der neuste von Sötje zu finden war. Obwohl ich den Roman selbst mein Eigen nennen durfte, blätterte ich ihn mit dem Daumen grob durch.

»Kann ich Ihnen helfen?«, holte mich eine angenehme Frauenstimme aus meinen Gedanken.

»Oh, ja. Schon. Irgendwie.« Mein Lächeln fühlte sich schief an, denn eigentlich wollte ich kein Buch kaufen, sondern nur an ein paar Informationen kommen.

»Wenn Sie gern Liebesromane lesen, dann empfehle ich tatsächlich dieses Buch. Ich konnte es nicht aus der Hand legen.« Auf ihrer Nasenspitze balancierte ihre goldene Lesebrille, sodass ich dachte, sie würde jeden Augenblick herunterfallen. Ihre rotbemalten Lippen betonten ihren schwarzen Bob, unter dem ebenso auffällige rote Ohrringe hervorblitzten. Bestimmt schmökerte sie den ganzen Tag nur Romane, wenn sie nicht kauffreudige Kunden beriet.

»Danke für den Tipp. Ist es denn möglich, ein signiertes Buch der Autorin zu bekommen?«

Plötzlich sah sie nicht mehr so fröhlich aus. Sie presste ihre Lippen fest zusammen und senkte den Kopf. »Mehrmals habe ich bereits versucht, Frau Johansson und den Verlag zu erreichen. Ich hätte es sehr begrüßt, wenn sie eine Lesung hier veranstalten würde. Das wäre nicht nur gute Werbung für sie, sondern auch eine Chance, mein kleines Geschäft bekannter zu machen.«

Mein Herz zog sich zusammen. Sie wirkte, als stünde sie vor der Schließung. Ich sah mich um. Außer mir befand sich nur ein weiterer Kunde in dem Ladenlokal. Der würde das Tagesgeschäft sicher nicht retten. Die meisten Urlauber vergnügten sich wohl lieber am Strand, statt bummeln zu gehen.

»Ja, für die Kundenbindung wäre das ganz sicher ein guter Schachzug. Aber gemeldet hat sich keiner von denen?« Ich musste daran denken, dass auch meine Anfrage bisher unbeantwortet geblieben war.

Sie schüttelte den Kopf und seufzte theatralisch. »Früher ist Frau Johansson hier ein- und ausgegangen. Sie ist immer so eine fröhliche Person gewesen. Na ja, jetzt kommt ihr Sohn und schaut nach Ratgebern.«

Nun wurde ich hellhörig. »Ach, und ist es denn nicht möglich, ihn zu fragen? Wegen der Lesung, meine ich.«

Abermals schüttelte sie den Kopf. »Er verweist mich nur an den Verlag. Schade, früher ist das alles viel einfacher gewesen, als sie noch den Kontakt zu den Lesern gesucht hat.«

Ich nickte, als wüsste ich ganz genau, was sie meinte.

Als wäre ihr eine ganze Last von den Schultern genommen worden, schenkte mir die Verkäuferin nun ein offenes Lächeln. »Möchten Sie denn jetzt das Buch kaufen?«

Erst jetzt fiel mir auf, dass ich den Roman noch immer in der Hand hielt. Meine Wangen wurden ganz heiß, doch eine Frage hatte ich noch. »Wie wahrscheinlich ist es denn, dass sie mir gleich über den Weg läuft und es mir signiert?«

»Eher unwahrscheinlich.« Wieder schüttelte sie mit zusammengekniffenen Lippen den Kopf, sodass ich es ihr einfach glauben musste.

»Okay, ich nehme das Buch trotzdem. Vielleicht treffe ich sie ja doch noch, und hinterher ärgere ich mich, wenn ich nichts zum Signieren habe«, sagte ich übertrieben enthusiastisch und übergab ihr den Roman zum Bezahlen.

Lächelnd packte sie mir alles in eine braune Papiertüte und wünschte mir viel Spaß damit.

Draußen ließ ich die Informationen Revue passieren. Wenn ich irgendwie an Sötje herankommen wollte, wäre es durchaus sinnvoll, ihren Sohn kennenzulernen. Aber wie und wo? Ich stand genauso ahnungslos da, wie zu Anfang. Nur mit zwei Bestsellern in meinem Besitz.

Kapitel 5

Am nächsten Morgen ging ich mit einer Tasse Kaffee in der Hand durch das Wohnzimmer. Mit Schwung öffnete ich die Terrassentür und setzte mich auf einen der Stühle. Die Sonne wärmte meine Wangen, während ich darüber nachgrübelte, wie ich so schnell wie möglich ein Treffen mit Sötje organisieren könnte. Insgeheim ärgerte ich mich, dass ich die freundliche Verkäuferin nicht mehr über Sötjes Sohn gefragt hatte. Nach dem gescheiterten Versuch in der Buchhandlung hatte ich kein Glück mehr gehabt, den Roman von ihr signieren zu lassen. Obwohl ich mich wirklich ins Zeug gelegt und Augen und Ohren offen gehalten hatte. Außerdem hatte ich mein E-Mail-Postfach stündlich überprüft. Natürlich ohne Erfolg.

In Gedanken war ich schon so weit, dass ich mich an ihre Tür klopfen sah. Aber aus diversen Gründen, die alle dagegen sprachen, schob ich die Idee beiseite. So würde ich mich gleich ins Abseits manövrieren.

Als mein Handy klingelte, zuckte ich zusammen. Es war schon wieder mein Chef. »Hallo, Herr Arend. Meine Recherche läuft«, erklärte ich knapp.

»Guten Tag, Frau Schäfer. Denken Sie jetzt bitte nicht, dass ich Sie kontrollieren will. Aber sind Sie denn jetzt schon ein Stück weitergekommen? Ich frage deshalb, weil ein Konkurrenzblatt wohl eine ähnliche Idee hat. Zufällig bin ich darauf gestoßen, wie es mit dem Titel *Auf den Spuren von Sötje Johansson* wirbt.«

Ich erstarrte. So ein Ausgefuchster war Nils also?

»Das wäre natürlich ärgerlich, wenn ein anderer Ihnen zuvorkommt. Wenn ich da nur an die Kosten und Spesen denke.«

Herr Arend hatte es geschafft, mich unter Druck zu setzen, obwohl diese Info nicht neu für mich war. Niemals hätte ich gedacht, dass der Artikel bereits beworben wurde. Allmählich löste ich mich aus meiner Schockstarre und schlenderte über das Grundstück. Ich versuchte mir nichts anmerken zu lassen und blieb souverän. »Das wird schon nicht passieren. Ich verspreche es Ihnen.« Vor der Hecke blieb ich stehen. Als es auf der anderen Seite raschelte, ließ ich vor lauter Schreck das Handy fallen. Ach herrje. Auch das noch. Mit klopfendem Herzen hob ich es wieder auf und flüsterte: »Sobald ich mehr weiß, melde ich mich.«

»Auf gutes Gelingen«, kam es zurück, ehe ich das Gespräch wegdrückte.

Das war meine Chance, ihr endlich zu begegnen. Auf Zehenspitzen legte ich mich auf die Lauer. Wie ein Detektiv lief ich entlang der Hecke und spähte nach einer Verästelung mit wenig Blättern, die mir freie Sicht verschaffen sollte.

Etwas Buntes huschte plötzlich auf der anderen Seite vorbei. Wie erstarrt hielt ich die Hand vor den Mund, um meinen Schreckensschrei zu unterdrücken.

»Sötje!«, murmelte ich ganz leise und duckte mich. Ob ich sie rufen sollte? Besser nicht. Sie könnte sich von mir belästigt fühlen, und da sie bereits wegen eines aufdringlichen Fans unter einem Trauma litt, hielt ich mich lieber zurück. Ich brauchte eine Alternative, um an sie heranzukommen. Vielleicht könnte ich behaupten, dass ein Federball bei ihr versehentlich gelandet wäre. Wenn sie allerdings irgendwann herausfinden würde, dass ich das Haus allein bewohnte, würde sie mich als Lügnerin enttarnen. Also verwarf ich den Gedanken.

Unschlüssig sah ich mich um. Mein Blick fiel auf das Fenster im Dachgeschoss, das mir eine gute Sicht auf sie ermöglichte. Ohne lange zu überlegen, lief ich mit langen Schritten los. Doch als ich aus dem Augenwinkel das Fernglas in dem Regal stehen sah, nahm ich mir den Feldstecher und ging wieder raus. Was auch immer ich mir davon versprach, ich steckte die Gläser zwischen das Blätterwerk und drehte an dem Rädchen, das die Schärfe einstellte. Irgendwie kam ich mir so furchtbar schäbig vor, eine alte, wehrlose Frau auszuspionieren.

Mit dem Arm schob ich ein paar störende Äste und Blätter beiseite. Ich sah nur noch dunkelblau. Stirnrunzelnd drehte ich weiter an dem Gerät, um noch deutlicher zu sehen. Unverkennbar entpuppte sich die blaue Wand als ein Oberkörper, der in einem T-Shirt steckte. Auweia. Mein Herz sackte zu Boden.

»Hast du etwas verloren?«, fragte eine mir bekannte Stimme. Riesengroße Augen guckten mich nun durch die andere Seite der Gläser an.

Erschrocken ließ ich das Fernglas sinken und krabbelte aus der Hecke. So ein Mist, jetzt war ich auch noch erwischt worden. Und dass ausgerechnet von Nils. Was machte er überhaupt auf der anderen Seite?

Besagter verschaffte sich freie Sicht, indem er das Geäst mit Kraft zur Seite schob. Schief grinsend versteckte ich das Beobachtungsgerät hinter meinem Rücken, während mir das Blut in die Wangen lief. Wie unangenehm. »Ich ... ähm ...«, stotterte ich und leckte mir nervös über die Lippe. »Habe nach seltenen Käfern gesucht.«

Nils presste sein Kinn auf die Brust und schaute mich skeptisch an. »Was für welche?«

»Tja, ich ... hab den Namen vergessen.« *O Lilli, du bist so eine verdammt schlechte Lügnerin.*

Nils schnaufte aus und schüttelte amüsiert den Kopf. Natürlich glaubte er mir nicht. Was sollte ich ihm auch etwas vormachen? Er wusste, warum ich das Ferienhaus gemietet hatte, und hatte wahrscheinlich längst eins und eins ... Moment mal! Das war doch Sötjes Haus!

»Was machst du hier? Du kannst dich doch nicht auf wildfremden Grundstücken herumtummeln und so tun, als würdest du dort wohnen. Das ist verboten.«

Nils grinste breit. »Du bist einfach unverbesserlich.«

Was meinte er denn bitte damit?

Von Weitem hörte ich eine Stimme rufen, aber weil mein Herz so heftig in meinen Ohren dröhnte, verstand ich kein Wort. »Du musst da weg. Sofort! Sonst wirst du noch erwischt.« Panik mischte sich in meine Stimme der Vernunft, die mir sagte, dass es ja sein Problem war und es mir eigentlich nur recht sein könnte, wenn er im hohen Bogen rausgeschmissen werden würde. Dennoch wiederholte ich meine Worte. »Schnell!«

Als wieder diese Stimme ertönte und er sogar noch seinen Kopf in die Richtung drehte, sagte er: »Vielleicht ist es wirklich besser, zu gehen. Am besten komm ich mal rüber.« Er ließ die Hecke in ihre Ursprungsposition zurückschnellen.

Kurz darauf erschien er auch schon joggend und blieb vor mir stehen.

Ich konnte nicht anders, als ihm Vorhaltungen zu machen. »Spinnst du? Beinahe wärst du gesehen worden.« Nicht auszudenken. Auch meine Chance wäre für immer dahin gewesen.

Nils zuckte unbeeindruckt mit den Schultern. »Wirklich diskret bist du aber doch auch nicht gewesen. Bei deiner Käferbeobachtung.«

Als ich seinen amüsierten Blick einfing, zuckten auch meine Mundwinkel. »Tu nicht so. Du weißt ganz genau, was ich damit bezwecken wollte. Nur gut, dass du nicht erwischt worden bist. Sonst könnte ich gleich meine Sachen packen.« Ich setzte mich auf einen Stuhl, und er tat es mir gleich.

Etwas länger als nötig betrachtete er mich. Er legte seine Hand an seine Wange und rieb sie, sodass ein leises Knistern ertönte. »Du bist doch nicht gleich arbeitslos, nur weil du einen Artikel versemmelst.«

»Meinem Verlag geht's grad nicht so gut. Wenn ich das versprochene Interview in den Sand setze, dann stehen wir alle mit dem Karton vor dem Bürogebäude.«

»Oh«, kam es aus Nils' Mund. »Es tut mir leid, wenn du gedacht hast, ich hätte dich in Schwierigkeiten gebracht.«

Ich runzelte die Stirn. »Wie meinst du das?«

»Na ja. Eigentlich wollte ich nur den Garten auf Vordermann bringen.«

»Du bist der Gärtner?«, kam es aus mir herausgesprudelt. »Kein Journalist?« Kein Wunder also, dass er sich so oft hier aufhielt.

Nils lachte. »Ich mähe den Rasen, schneide die Rosen, sammle heruntergefallene Stöcke auf. Aber Gärtner bin ich in dem Sinne nicht. Genauso wenig wie ich Journalist bin.«

Wie peinlich, und ich hatte ihn fast durch die Hecke gezerrt, weil ich gedacht hatte, er würde sich straffällig machen. Andererseits fiel mir ein Stein vom Herzen. Dann war er wenigstens kein Konkurrent, was wiederum bedeutete, dass es jemand anderes sein musste. Das erschwerte die Situation erheblich. Mit Nils wäre ich ganz bestimmt fertig geworden, aber jetzt musste ich herausfinden, wer mir den Artikel wegschnappen wollte.

»Was arbeitest du denn sonst, wenn du nicht ...« Ich unterbrach den Satz. Es dauerte einen Moment, bis ich begriffen hatte, wer da vor mir saß. »Sag mal, bist du etwa Sötjes Sohn?« Innerlich schlug ich mir die flache Hand gegen die Stirn. Das durfte doch nicht wahr sein. Jetzt ergab alles einen Sinn.

»Ja, das bin ich.«

Alles in mir schrie auf. Ich hätte mir die Haare raufen können. »Nils ...«, fing ich an und schluckte gegen die Trockenheit in meiner Kehle an. »Es tut mir unendlich leid, das mit dem Fernglas. Ich weiß auch nicht, was ich mir dabei gedacht habe. Eigentlich bin ich gar nicht so aufdringlich. Nur völlig verzweifelt.«

Etwas länger als nötig betrachtete er mich und legte seinen Kopf schief. »Schon gut. Auf dich kann ich gar nicht lange böse sein. Du schaffst es immer wieder, mich zum Lachen zu bringen.«

Ich war mir nicht sicher, ob ich das tatsächlich als Kompliment annehmen sollte. Es wäre mir lieber gewesen, ihn auf andere Weise aufzuheitern. »Kommt bestimmt nicht noch mal vor.« Wie ein begossener Pudel ließ ich den Kopf zwischen den Schultern hängen und ärgerte mich über die unüberlegte Aktion. Nils war so unglaublich nett zu mir, und ich trampelte auf seiner Freundlichkeit herum wie eine Elefantenherde auf einem Blumenbeet. Meinen Artikel konnte ich mir garantiert abschminken.

»Was passiert, wenn du ohne Interview nach Hause gehst?«, fragte er schließlich.

Mein Blick verschwamm allein bei dem Gedanken. »Es läuft wahrscheinlich auf eine Kündigung hinaus, und die Chance, den Verlag zu retten, ist dahin.«

»Du meinst, er braucht eine gute Story, um zu überleben.«

»Sonst stehen wir alle auf der Straße, nicht nur ich. Herr Arend ist ein guter Chef und Redakteur. Sein Familienunternehmen hängt ihm wirklich sehr am Herzen, wie mir auch.«

Nils nickte und rieb sich gedankenverloren die Hände. Nach einem furchtbar langen Moment sagte er: »Was hältst du denn davon, wenn ich dich auf ein Eis einlade und wir uns ein bisschen unterhalten?«

Damit er mir etwas über Sötje erzählen konnte? *Jaaa*, schrie ich innerlich. Es war noch nichts verloren. Am liebsten hätte ich wie ein kleines Kind in die Hände

geklatscht, aber ich konnte mich gerade noch zurück-
halten. »Okay«, sagte ich so gelassen wie möglich.

Nils' Mundwinkel kräuselten sich. »Sofern du Aus-
künfte aus erster Quelle haben möchtest. Dir bleibt sowieso nichts anderes übrig, als mit mir Vorlieb zu nehmen.«

»Du willst mir tatsächlich etwas über deine Mutter erzählen?« Und das, obwohl ich mich gerade voll zum Af-
fen gemacht hatte? Irgendjemand da oben hatte mich
wohl sehr lieb.

»Du bekommst deine Story und vielleicht dein Interview.«

Wie an einem unsichtbaren Seil gezogen, setzte ich
mich auf. »Du willst deine Mutter fragen?«

»Ich kann dir nichts versprechen.« Nils schaute auf
sein Handy, das sich bemerkbar gemacht hatte, und
stand auf. »Entschuldige. Ich muss los.«

Warum hatte er es denn plötzlich so eilig? Und was
war mit dem Eis? Enttäuscht erhob ich mich ebenfalls.
»Es bleibt aber doch bei der Einladung?« Mein Herz
stolperte spürbar in meiner Brust, sodass ich Sorge
hatte, Nils könnte es hören. Ich hatte richtig Angst vor
einer Zurückweisung.

»Wir sehen uns morgen«, versicherte er mir nach-
drücklich. Dann marschierte er über das Grundstück
und präsentierte mir wie so oft seinen beachtlichen Rücken. Ich konnte es kaum fassen, was für eine glückli-
che Fügung.

Nachdem er gegangen war, ließ ich mich wie nach einem anstrengenden Marathon in den Gartenstuhl
plumpsen. Ich musste das alles erst verdauen. Anstatt
meine Neuigkeit mit Herrn Arend zu teilen, entschied

ich, Pia anzurufen. Keine zwei Atemzüge später trällerte sie freundlich: »Hey, Süße! Warst du mittlerweile im Bad? Oder testest du aus, ob dein Deo tatsächlich zweiundsiebzig Stunden durchhält?«

Ich grinste. »Glaubst du mir, wenn ich dir sage, dass das Bad der Hammer ist?«

»Was? Und deswegen hast du so einen Aufstand geprobt?«

»Ja, ich weiß. Ich habe eventuell etwas theatralisch reagiert. Aber ich sage dir, es ist auf dem neusten Stand.«

»Und wie hast du das herausgefunden?«

»Nachdem du mich zum Betrinken weggeschickt hast, bin ich auf Nils gestoßen.« Der Reihe nach erzählte ich ihr die ganze Kennenlerngeschichte und dass er on top Sötjes Sohn war.

»Nicht dein Ernst.«

»Mir ist das wirklich sehr unangenehm, wie ich mit dem Fernglas versucht habe, sie auszuspionieren.« Bei der Erinnerung schoss mir gleich wieder das Blut in die Wangen.

»Anders wärst du vielleicht gar nicht an sie herangekommen. Du musst einfach nur das Positive daraus ziehen. Du bist manchmal viel zu verstockt.«

»Ich bin doch nicht verstockt«, empörte ich mich und vernahm ein leises Stöhnen durch den Hörer.

»Sieht er denn wenigstens einigermaßen passabel aus?«

Automatisch fanden meine Mundwinkel den Weg nach oben. Wenn sie wüsste. »Ja, doch«, antwortete ich und inspizierte meine Fingernägel. Wenn ich an seinen breiten Rücken dachte, und an seine Bizepse, die ganz unverschämt unter seinen T-Shirt-Ärmeln hervorblitzten ...

»Das wird ja immer interessanter. Könnte sich denn etwas zwischen euch entwickeln?«

Ich rollte mit den Augen. »Natürlich nicht! Hast du vergessen, dass ich abreise, sobald ich den Artikel in der Tasche habe? Mein Leben ist in Frankfurt, genauso wie meine Arbeit.« Etwas zu abrupt stand ich auf und streifte durch den Garten. Im hintersten Teil blieb ich stehen und sah direkt auf das Meer. Mit sanften Wellen lag die See vor mir und strahlte genauso viel Kraft wie auch Ruhe aus.

»Manchmal ist man wehrlos gegen ein derart starkes Gefühl, das sich Liebe nennt«, hörte ich Pia mit einem Hauch Wehmut in der Stimme sagen. Ob auch sie in Neuseeland einen Mann kennengelernt hatte? Irgendwie klang sie verliebt. Das wäre allerdings sehr ungewöhnlich für sie. Eine längere und ernsthafte Beziehung zu führen, war für sie genauso unvorstellbar, wie für mich das Nachtleben in Frankfurt aufzugeben. Spätestens nach drei Monaten war die Haltbarkeitsdauer ihrer Liebe erreicht und sie schnürte ihren Rucksack für die nächste Tour. Sie war eine Weltenbummlerin, und kein Kerl der Welt würde das ändern.

»Dieses Gefühl, das du so anpreist, durfte ich doch tatsächlich auch schon mal spüren, wie du weißt.«

»Komm schon, wir wussten alle, dass Gabriel nicht der Richtige für dich war.«

»Mag sein«, murmelte ich und verdrängte die Leere, die sich jedes Mal in mir einnistete, sobald das Thema auf meinen Ex kam. »In wenigen Tagen werde ich abreisen. Punkt. Mein Herz werde ich unter Verschluss halten. Nils soll mir einfach nur mit dem Artikel helfen, und das so schnell wie möglich.«

Ein leises Geräusch lenkte meine Aufmerksamkeit auf sich. Mit gerunzelter Stirn horchte ich konzentriert und starrte auf einen säuberlich aufgeschichteten Strauchschnitt vom letzten Jahr. Darin raschelte es, sodass ich mich vor lauter Schreck abwandte. Ich belächelte mich und fuhr mir mit dem Arm über die Stirn. Bestimmt war es nur eine Maus.

»Selbst wenn du morgen auf Sötje triffst, bleib und schreib den Artikel. Das Haus ist für eine ganze Woche gemietet, und wenn ich das richtig sehe, kannst du noch verlängern. Danach ist alles grün.«

»Hast du etwa den Belegungskalender vor dir liegen?«

»Jap.«

»Sind da auch Bilder von dem Haus?«

Für einen Moment blieb es still, dann kam wieder Bewegung in unsere Unterhaltung. »Wow. Das ist echt spooky.«

Na prima. Jetzt, da es zu spät war, wurden sie angezeigt. »Ich wohne da.«

Pia verfiel in ein herzliches Lachen, sodass auch ich nicht anders konnte als miteinzustimmen. »Ach, du schaffst das schon. Den Campingurlaub in Frankreich hast du auch überstanden.«

»Seitdem habe ich ja das Trauma«, gab ich zu bedenken.

»Denk immer an dein Ziel und an den sexy Nils.« Sie gluckste. »Du, ich muss jetzt Schluss machen. Melde dich. Tschüss.«

Ich und die unsagbare Stille waren allein. Sie wirkte auf mich eigenartig beruhigend, fast schon tröstend.

Ich mochte das Gefühl. Ohne es zu wollen, erschien Nils' freundliches Gesicht vor meinem inneren Auge, und ein warmes Gefühl durchströmte meinen Körper, was mich wieder einmal erschreckte.

Kapitel 6

Am nächsten Tag fühlte ich mich richtig lebendig. Frisch und voller Tatendrang. Meine Haare ließ ich an der Luft trocknen. Ich hatte es aufgegeben, meine widerspenstigen Locken zu bändigen. Der Wind und die feuchte Luft ließen meine Haare immer wieder in ihre ursprüngliche Form zurückspringen. Im Nacken band ich sie zu einem lockeren Pferdeschwanz zusammen.

In der Küche brühte ich mir frischen Kaffee auf und schlenderte mit der dampfenden Tasse in der Hand über die Wiese, die mit schillernden Tautropfen überzogen war. An der Grundstücksgrenze blieb ich stehen. Die Ostsee lag ruhig vor mir, als wäre sie selbst noch müde, während Boote und Stand-Up-Paddler über das spiegelglatte Wasser zogen. Eltern mit ihren Kindern tollten umher und schippten Sand in ihre Eimerchen oder bauten Burgen. Ein Stich durchfuhr mich. Plötzlich fühlte ich mich fruchtbar allein. Vielleich hatte Pia doch recht damit gehabt, dass meine Flucht in das Nachtleben tatsächlich eine Flucht vor der Einsamkeit war. Dabei war ich doch gar nicht so richtig einsam. Ich hatte meine Kollegen. Sabine, Tom, Brigitte, Patrick …

den gesamten Verlag. Sie waren wie eine Familie für mich, die mir Halt gab. Und nur dank der klaren und unmissverständlichen Anweisungen von Herrn Arend, das Interview zu führen, hatte ich in der kurzen Zeit nette Menschen kennengelernt, die mich freundlich aufgenommen hatten. Hier fühlte sich alles ein wenig unkomplizierter an.

Einen kurzen Moment lang beobachtete ich noch die sanften Wellen und hing meinen Gedanken nach, ehe ich mich wegdrehte und weiterlief. An dem aufgestapelten Strauchschnitt vernahm ich wieder dieses seltsame Geräusch, das ich einfach nicht zuzuordnen wusste. Mit gerunzelter Stirn suchte ich den Bereich ab, doch egal wie sehr ich mich anstrengte und einige Äste von rechts nach links schob, ich entdeckte nichts. Schließlich gab ich auf, setzte meinen Spaziergang fort und landete vor der Laube.

Mein Herz machte einen albernen Dreher, als ich Nils kniend und mit ölverschmierten Händen vor dem Fahrrad entdeckte. Hochkonzentriert hebelte er mit einem Schraubenzieher den Mantel ab. Dabei presste er seine sonst geschwungenen Lippen fest zu einer schmalen Linie zusammen.

»Nils?«, fragte ich sinnfrei. Seinen Namen kannte er wohl, und was er hier machte, war unübersehbar.

Erschrocken glitt er mit seinem Werkzeug ab, das polternd zu Boden fiel.

»Tut mir leid. Ich wollte dich nicht erschrecken«, entschuldigte ich mich rasch.

Seine Mundwinkel schnellten in die Höhe, als er sich zu voller Größe aufbaute. Mit einem Lappen wischte er sich über die Hände. »Guten Morgen. Schon gut, ich war wohl in Gedanken.« Lächelnd schaute er mich an, während er noch immer versuchte, mit dem Lumpen das Öl von seiner Haut zu entfernen. »Entschuldige, wenn ich dich so überrumpele. Ich habe geklingelt.«

»Das muss ich wohl überhört haben. Der Garten ist sehr groß.«

Nils' Blick haftete wie ein Tropfen Honig auf mir. Diese Geste machte mich schier nervös. Vor allem, weil mir jedes Mal eine angenehme Wärme von meinen Füßen bis hoch in die Haarspitzen stieg.

»Es macht dir doch nichts aus, wenn ich das Fahrrad jetzt repariere?« Er nahm den Lappen und schmiss ihn in den Werkzeugkoffer neben sich.

»Nein, ganz und gar nicht.«

»Gut. Außerdem wollte ich dich fragen, wann wir uns treffen wollen.«

»Unsere Verabredung zum Eis«, erwiderte ich fröhlich.

»Ich bin flexibel«, setzte er nach, ohne dass ich nach einer Uhrzeit gefragt hatte.

»Dann musst du dich heute nicht um euren Garten kümmern?«, fragte ich vorsichtshalber und zwinkerte.

Er lachte. »Ich kann mir meine Zeit frei einteilen und gönne mir Ruhe, wenn mir danach ist.«

»Ja, das ist viel wert. Pausen erhöhen die Kreativität. Manchmal lösen sich die Blockaden wie von selbst, sobald ich nur vom Schreibtisch aufstehe und ein paar Schritte laufe.«

»Dann weißt du ja, wovon ich rede. So ist das Bad in deinem Ferienhaus entstanden.«

Mir fielen fast die Augen aus dem Kopf. »Du hast das Bad renoviert?« Ich biss mir auf die Unterlippe. Eindeutig hatte ich das Wort *du* zu sehr hervorgehoben.

»Traust du mir das denn nicht zu?«

Mein Blick wanderte automatisch zu seinen Händen. Sie waren groß und konnten sicherlich gut zupacken. Doch für einen Fliesenleger oder Installateur wirkten sie zu gepflegt, auch für jemanden, der einen Garten bewirtschaftete. Abgesehen von dem aktuellen ölverschmierten Zustand, der von der Reparatur herrührte.

»Doch, natürlich.«

Nils' amüsierter Gesichtsausdruck ließ mich beschämt wegschauen. Ich war ein hoffnungsloser Fall.

»Die handwerklichen Tätigkeiten mache ich als Zeitvertreib, um mich abzulenken und meinen Kopf freizubekommen.«

Ah. Und sicherlich auch als Freundschaftsdienst. Aber warum musste er sich denn ablenken? Aus Frust, gar aus Liebeskummer? Männer gingen sicherlich anders mit Gemütsverfassungen um, als Frauen das taten. Während ich meinen Kummer mit einer Tafel Schokolade hinunterschluckte, legte er vielleicht ein Bad in Schutt und Asche, um es hinterher wieder schön zu machen. Die Strategie gefiel mir, sie war wenigstens kalorienarm. »Du hast Talent, schöne Dinge zu gestalten. Überleg dir doch, deinen Beruf an den Nagel zu hängen und nur noch Bäder zu renovieren. Die Baubranche sucht händeringend Leute wie dich.«

Nils lachte so echt und frei, dass es in meinem gesamten Körper kribbelte. »Das, was ich jetzt mache, werde ich so schnell nicht aufgeben. Ich liebe meine Arbeit.«

»Was genau arbeitest du denn?«, platzte es so schnell aus mir heraus, dass ich mich sofort darüber ärgerte, als Journalistin reagiert zu haben.

Nils' Augen funkelten, als hätte er längst auf die Frage gewartet. »Neugierigen Reporterinnen unverschämte Fragen beantworten.«

»Dann fang damit doch endlich an.«

Überrascht fuhren seine Brauen in die Höhe. Er wirkte etwas irritiert, doch dann leuchten seine Augen und die Fältchen an seinen Schläfen zeichneten sich auf seiner sonnengebräunten Haut ab. »O Lilli.«

»Was?« Er hatte mir doch seine Hilfe angeboten. Er würde doch jetzt keinen Rückzieher machen?

»Ich mag deine resolute Art. Was hältst du davon, wenn wir uns um drei in der Eisdiele bei der Promenade treffen?«

Erleichtert atmete ich aus. »Passt.«

Dann räumte er wie selbstverständlich seinen Werkzeugkoffer ein und stellte ihn neben das unfertige Fahrrad in die Laube. Plötzlich schien er es furchtbar eilig zu haben. »Tut mir leid, wenn ich die Reparatur abbrechen muss. Mir ist da gerade etwas eingefallen. Bevor ich es vergesse, will ich das noch schnell erledigen.«

Was konnte das denn sein? Eine andere Baustelle vielleicht, bei der er mitanpackte? Ich winkte ab. »Das Fahrrad ist nicht so dringend«, entgegnete ich, ohne mir meine Enttäuschung anmerken zu lassen.

***

Als ich wenig später über die Wiese Richtung Meer marschierte, vernahm ich ein leises, undefinierbares

Geräusch aus dem aufgeschichteten Strauchschnitt. Und wieder sah ich nichts. Ich schüttelte den Kopf und schlängelte mich durch das Gestrüpp hindurch, welches das Grundstück von dem Strand abgrenzte.

Je näher ich der Brandung kam, umso windiger wurde es. Mit der Zunge leckte ich mir über die Lippen. Sie schmeckten salzig. Ich zog meine Flipflops aus, die ich wohlweislich in den Koffer gepackt hatte, jedoch in der festen Überzeugung, sie nicht zu benutzen. Der weiche Sand drang zwischen meine Zehen. Es war ein angenehmes Gefühl, auch wenn die Schritte immer schwerer wurden und meine Füße immer tiefer darin verschwanden.

Irgendwann wurde der Boden fester und nasser. Kleine heranrollende Wellen, die sich immer wieder zurückzogen, um gleich darauf schmatzend zurückzukehren, bedeckten die Brandungszone. Ich schloss die Augen und atmete tief ein und wieder aus. Dann öffnete ich die Lider und schaute Richtung Horizont. In der Ferne schaukelte ein Boot. Möwen flogen über meinem Kopf hinweg und landeten schließlich im Wasser. Für einen Moment vergaß ich, weswegen ich überhaupt angereist war. Es war merkwürdig. Ich spürte zum ersten Mal seit Langem eine Ruhe und Gelassenheit in mir, obwohl die Zeit mir davonlief. Meinen Plan, alles in drei Tagen zu schaffen, musste ich wohl aufgeben, was mich allerdings weniger störte als am Anfang der Reise.

Ein schreiendes Kind holte mich zurück an den Strand, sodass ich meinen Spaziergang fortsetzte und meine Gedanken verdrängte. Das Wasser umspielte meine Füße, und wenn sich die schäumenden Wellen zurückzogen, bückte ich mich nach den Muscheln. Eine besonders schöne landete direkt vor meinen Zehen. Ich hob sie auf und steckte sie in meine Handtasche.

In meinem Schlendern bemerkte ich nicht, wie weit ich gelaufen war. Ich sah hinüber zur gegenüberliegenden Seite auf die Promenade. Eine gute Gelegenheit, shoppen zu gehen. Entschieden unterbrach ich meinen Strandspaziergang vorerst, um die Geschäfte genauer unter die Lupe zu nehmen. Ich schlüpfte wieder in meine Flipflops und befand mich schneller als erwartet auf dem von niedlichen Lädchen umsäumten Weg. Hier war es viel weniger windig als am Meer, und so merkte ich erst jetzt, wie heiß es wirklich war. Eine kleine Erfrischung täte mir sicherlich gut.

Vor dem Verkaufstand der Eisdiele blieb ich stehen, während Urlauber mit Strandtaschen beladen an mir vorbeizogen. Eine bunte Auswahl verschiedenster Eissorten präsentierte sich wie ein Kunstobjekt in den silbernen Aluschalen. Das Wasser lief mir im Munde zusammen. Ob ich mir schon mal eine Kugel genehmigen sollte? Ich schielte auf die Uhr. Es war bereits halb drei. Auweia. Hatte ich die Zeit am Strand wirklich so aus den Augen verloren?

»Hey, Lilli«, kam es von hinten. Verwundert drehte ich mich herum und stieß auf Kjell.

»Hey«, begrüßte ich ihn lächelnd.

»Warum zögerst du? Hier gibt es das beste Eis weit und breit. Ach, was sage ich. In ganz Deutschland.«

»Oh, ich zögere gar nicht«, beeilte ich mich zu sagen. »Es ist nur so, dass ich eigentlich mit Nils verabredet bin und mir den Appetit nicht verderben möchte.«

Verwundert musterte er mich. »Du bist mit Nils verabredet?«

Warum tat er so, als wäre das etwas Ungewöhnliches? Ein eigenartiges Gefühl keimte in mir auf, und nervös zupfte ich an meiner Nagelhaut. Was wenn er eine Freundin hatte und sie uns bei einem gemütlichen Kaffeetrinken und Smalltalk erwischte? Das wäre mir sehr unangenehm.

»Warum bist du deswegen so überrascht?«, fragte ich und schob die von mir erfundenen Bilder, wie Nils' Freundin ihm eine Szene machte, fort.

Kjell zeigte seine weißen Zähne. »Na ja, sein letztes Date ist gefühlt drei Jahre her, und ich habe gedacht, er wäre still und heimlich zu einem Mönch mutiert.«

Einerseits fiel mir gerade ein mächtig großer Stein vom Herzen, andererseits erstaunte mich seine Aussage doch. »Ist das wahr? Ein Mann wie Nils hat doch bestimmt an jedem Finger zwei Verehrerinnen.«

»Die lassen ihn allesamt kalt.« Grinsend hob er seine Schultern und sah mir fest in die Augen. »Vermutlich wartet er auf die Richtige.«

»Weißt du es nicht? Man sollte doch über das Gefühlsleben seines besten Freundes Bescheid wissen.«

Kjell legte seinen Kopf in den Nacken und lachte. »Dass du Journalistin bist, verrät dich spätestens jetzt. Deine Fragen kommen direkt und ungefiltert.«

Seine Worte fasste ich jetzt mal als Kompliment auf. »Ich liebe meinen Job.«

»Nils ist mein Freund, das ist wahr. Für ihn würde ich meine Hand ins Feuer legen. Allerdings glaube ich, dass auch ich nicht alles über ihn weiß.«

»Du meinst, er hat ein Geheimnis?« Jetzt wurde es interessant.

»Das musst du selbst herausfinden.« Er zwinkerte und deutete dann mit dem Kopf hinter mich.

Verwundert wandte ich mich um. Mit den Händen in den Taschen kam Nils auf uns zugeschlendert. Sein Haar leuchtete wie ein Glas Whisky in der Sonne, und sein Mund schien immer zu lächeln. Er sah so furchtbar gut aus, dass ich nicht umhin kam, ihn heimlich zu bewundern. Mir war es ein Rätsel, warum er keine Frau an seiner Seite hatte.

»Hallo, Kjell. Hi, Lilli.«

Mir wurde ganz anders, wenn er wie so oft den Blick länger auf mich richtete, als es für eine Begrüßung üblich war. Obwohl mir schon sehr warm war, schwitzte ich nun, als würde ich direkt aus der Sauna kommen.

»Ich bin etwas früher. Ich hoffe, das ist okay.«

»Natürlich.«

Nils' Mundwinkel näherten sich seinen Ohren. »Was ist mit dir Kjell? Lust auf Kaffee und Eis?«

Kjell hob seine Hände abwehrend vor die Brust. »Liebend gern, aber ich muss ins Restaurant. Meine Mitarbeiterin ist krank geworden.« Die Wangen aufblasend fuhr er sich durch die Haare. »Puh, das wird 'ne anstrengende Woche. Leider sind gute Arbeitskräfte rar geworden, also muss ich die Bar abdecken und gleichzeitig bedienen.« Kjell hob zur Verabschiedung den Arm und ging zwei Schritte rückwärts, bevor er sich umdrehte und davonhastete.

»Wollen wir?«, fragte Nils. Wie auf Kommando meldete sich mein Magen. Der kleine Snack nach meinem Frühstück lag länger zurück. Sanft, aber bestimmt führte Nils mich mit seiner Hand an meinem Rücken durch die Tür.

Die moderne Inneneinrichtung überraschte mich. Schwarze Stühle mit bequemen Armlehnen standen um quadratische, ebenso dunkle Tische. Es duftete nach Kaffee und frischen Waffeln. Mir lief schon das Wasser im Mund zusammen.

Nils dirigierte mich auf einen freien Platz und nahm erst jetzt die Hand von meinem Rücken.

Die Stelle, an der er mich berührt hatte, kribbelte verräterisch, sodass ich mir sofort die Speisekarte angelte, in der Hoffnung, dieses Gefühl würde genauso schnell vergehen, wie ich umblätterte.

Die Abbildungen sahen alle sehr verführerisch aus. Da würde es mir bestimmt schwerfallen, mich schnell zu entscheiden. »Kannst du mir etwas empfehlen?«, fragte ich, ohne aufzuschauen.

»Ich werde das Spaghettieis nehmen.«

»Ein Klassiker«, murmelte ich und blätterte weiter.

»Eigentlich ist es egal, was du nimmst. Hier bekommst du das beste Eis weit und breit.«

Ich klappte die Karte zu und steckte sie zurück in die Halterung. »Kjell hat das Eis auch schon in den höchsten Tönen gelobt. An dem Gerücht muss wohl was dran sein.«

»Ich verspreche dir, dass du voll auf deine Kosten kommen wirst.« Nils lachte, was seine Augen besonders zur Geltung brachte. Ich verfing mich in seinem warmen Blick und fühlte mich gleich geborgen. Und während wir uns so anschauten, entstand eine Stille, die ich unter normalen Umständen, genauer gesagt mit einem anderen Mann, als unangenehm empfunden hätte. Nicht aber mit Nils. Es schien fast, als wollte er mir etwas sagen, ohne Worte. Nur mit einem einzigen Blick. Aber was? War es etwas Gutes? Etwas Schlechtes? Ging es um Sötje?

»Ich habe Neuigkeiten für dich.«

»Tatsächlich?« Ich straffte meine Schultern, und meine Laune hob sich sofort.

Er nickte und öffnete gerade den Mund, da kam die Bedienung mit gespitztem Bleistift und Block um die Ecke. Keine Ahnung, wann ich das letzte Mal auf so altertümliche Weise bedient worden war. In Frankfurt wurden die Bestellungen in Geräte eingegeben.

Nachdem die junge Frau abgeschwirrt war, richtete ich meinen Blick wieder auf Nils. Ich war so voller Ungeduld, dass ich ihn am liebsten an den Schultern geschüttelt hätte.

»Morgen früh würde es meiner Mutter passen«, sagte er und grinste. »Vorausgesetzt, dir passt es.«

Machte er Witze? Mir blieb das Herz fast stehen. Ich hatte einen Termin mit Sötje Johansson. Ich konnte es noch gar nicht glauben. »Echt?«, entwischte es mir etwas zu laut, sodass die anderen Gäste verwundert aufschauten. Peinlich berührt legte ich mir die Hand vor den Mund und kicherte. Am liebsten wäre ich ihm um den Hals gesprungen, aber ich wollte nicht noch mehr Aufsehen erregen.

»Begeistert war sie nicht, muss ich zugeben.«

»Oh«, erwiderte ich und sackte wieder etwas in mich zusammen.

»Ich habe ihr erklärt, dass du harmlos bist und nicht vorhast, sie zu stalken.«

Entsetzt hielt ich die Hand vor meine Brust. »Nein, also das will ich wirklich nicht. Es ist ja auch so, dass ich danach wieder nach Hause fahren werde.«

»Du willst deinen Artikel wirklich in Frankfurt schreiben?«

Hörte ich da etwa Enttäuschung in seiner Stimme? »So der Plan, ja. Das Interview und dann heim.«

»Versuch ihn mal hier zu verfassen, mit Blick aufs Meer, wie Sötje das macht.«

»Sie lässt sich also vom Meer inspirieren.« Diese Information tippte ich gleich in mein Handy. In der Zwischenzeit wurden uns das Eis und die Getränke serviert. Ich vergrub meinen Teelöffel in die schaumige Krone meines Cappuccinos, ehe ich den Milchschaum auf der Zunge zergehen ließ.

»Was für eine Aussicht hast du denn bei dir zu Hause, wenn du deine Artikel schreibst?« Er streifte sich etwas Eis ab und steckte es sich zwischen seine geschwungenen Lippen.

»Nun ja.« Ich überlegte kurz, aber es lag auf der Hand. »Kommt drauf an. Wenn ich im Büro sitze, auf den riesengroßen Wandkalender, und wenn ich zu Hause arbeite, dann auf den Main.« Ich zwinkerte und probierte selbst von dem Eis. Mmh, lecker.

»Das hört sich gar nicht übel an.«

Als ich den nächsten Löffel in den Mund schob, stand Marieke plötzlich in der Tür und sah sich um. Ihr angespanntes Gesicht wurde etwas milder, als sie uns entdeckte.

»Hi«, flötete sie und schob sich neben Nils auf die Sitzbank. Frech stibitzte sie sich seinen Löffel und nahm sich von seinem Eis. »Worüber redet ihr?«

»Ich habe Lilli gerade gesagt, dass sie morgen ihr Interview bekommt.«

Marieke stoppte kurz in ihrem Vorhaben, an Nils' Cappuccino zu naschen. Doch schließlich lächelte sie und vergrub ihre Nase in die perfekt aufgeschäumte Milch. Nachdem sie ihren Milchbart mit der Zunge beseitigt hatte, zog sie ihr Handy hervor und schürzte die Lippen. »Nils, du hast ihren Pressetermin vergessen.« Sie warf mir einen entschuldigenden Blick zu. »Sorry, morgen geht's überhaupt nicht.«

»Mist, ja. Das habe ich total vergessen. Der Verlag hat sie nach Hamburg eingeladen. Sötje hat das wohl selbst verbaselt. Tut mir wirklich leid. Ich versuche, unseren Termin zu verschieben.«

Einen Pressetermin? Das wäre seit Langem der erste. Schade. Wie gern hätte ich ihn mir zugeschrieben. *Das erste Interview nach drei Jahren mit Bestsellerautorin Sötje Johansson, verfasst von Lilli Schäfer.*

Enttäuscht kauerte ich auf dem Stuhl.

»Nils, bitte versprich Lilli nicht so viel. Mama ist eine viel beschäftigte Frau.«

»Ich werde mich wirklich kurz halten«, versprach ich und sah die beiden flehend nacheinander an.

»Wenn sich die Gelegenheit ergibt, kann ich dir ja ein bisschen von ihr erzählen«, schlug Nils lächelnd vor.

Mein Herz machte einen eigenartigen Hopser. Ob das Phänomen von seinem Vorschlag, Details aus ihrem Leben zu erzählen, herrührte, oder ob die Extraschläge mit der Gewissheit zusammenhingen, Zeit mit Nils zu verbringen, konnte ich nur erahnen.

»Am Mittwoch findet ja das traditionelle Drachenfest am Strand statt. Du bist doch dabei?«, wollte Marieke wissen.

»Das hört sich amüsant an. Lässt du auch einen steigen?«, fragte ich Nils und widmete mich wieder meinem Eis, das schon an den Rändern schmolz.

»Selbstverständlich. Wenn du magst, kannst du mich dabei unterstützen.«

»Sehr gern. Und ganz nebenbei kannst du mir etwas über deine Mutter erzählen.« Und schon hob sich meine Laune.

Wir lachten, und zur gleichen Zeit kam ein großgewachsener, breitschultriger Mann in das Lokal und sah sich um. Ich hatte ihn vorher noch nie gesehen. Erst glättete sich seine Stirn, doch als sein Blick an Marieke hängen blieb, verfinsterte sich seine Miene. Sie selbst versteifte sich und mied den Mann offensichtlich. Er kam auf uns zu. Als wären ich und vor allem Marieke unsichtbar, begrüßte er Nils, der offenkundig sein Freund war. Warum in aller Welt hatte er keinen Gruß für uns übrig? Sein Benehmen empfand ich als sehr unreif und arrogant.

Nils klopfte seinem Freund auf den Oberarm, nachdem sie ein paar Floskeln gewechselt hatten. »Darf ich dir Lilli vorstellen? Sie ist vorübergehend unsere Nachbarin.«

Als er seinen Blick auf mich richtete, streifte er Marieke, die jedoch nur Augen für ihr Handy hatte. Sein Ausdruck war so undurchdringlich wie eine zähe Nebelschwade in einem verwunschenen Wald. Unter seinem unrasierten Kinn bewegte sich sein Kiefer, was seinen Unmut nochmals bestätigte. Ich war mir sicher, dass zwischen den beiden etwas faul war. Eine nicht erwiderte Liebe vielleicht? Ich würde Nils nachher fragen, wenn wir irgendwann einmal unter uns sein würden.

»Freut mich. Malte«, stellte er sich knapp vor und wandte sich auch schon wieder von mir ab. Immerhin hatte er seinen Namen rausgequält.

»Lilli«, entgegnete ich genauso knapp.

Marieke rutschte auf ihrem Stuhl hin und her und erhob sich schließlich. »Muss dann mal los. Viel Vergnügen noch. Wir sehen uns dann ja auf dem Drachenfest.«

Dann sah ich nur noch ihrem wehenden Pferdeschwanz hinterher.

Die beiden Männer empfanden ihren übereilten Abgang wohl für weniger seltsam, als ich es tat. Sie unterhielten sich ausgelassen.

Malte fuhr sich über sein helles, von der Sonne ausgeblichenes Haar. »Aber ich suche weiter. Eigentlich ist es nicht ungewöhnlich, wenn trächtige Katzen einen ruhigen Platz zur Geburt suchen.« Er hob den Arm. »Nett, dich kennengelernt zu haben«, sagte er, aber so richtig nahm ich ihm das nicht ab.

»Ja, das finde ich auch«, murmelte ich und schenkte ihm ein gestelltes Lächeln.

»Man sieht sich«, rief Nils ihm hinterher.

Nun waren wir endlich wieder allein.

»Bevor du mich jetzt mit Fragen bombardierst: Malte ist unser Tierarzt und ein wenig beunruhigt, weil seine trächtige Katze ständig abhaut. Sie ist kurz vor der Niederkunft, und natürlich macht er sich Sorgen.«

Ob er deswegen so kurz angebunden gewesen war, weil er mit den Gedanken woanders war? Ich hoffte, das Verschwinden klärte sich bald auf. Der Katze zuliebe.

»Ja, das verstehe ich natürlich. Aber eigentlich interessiert mich eher, warum die beiden so tun, als würde der andere nicht existieren.«

Nils entwich ein undefinierbarer Laut. »Dir kann man wohl nichts vormachen. Marieke und Malte waren ein Paar. Meine Schwester hat vor zweieinhalb Jahren mit ihm Schluss gemacht.«

Hatte ich es doch gewusst. Gebrochene Herzen waren im Spiel. »Und Malte ist nach so langer Zeit noch immer gekränkt? Oder warum tut er so, als hätte Marieke die Luft, die sie atmet, nicht verdient?«

»Wenn die Freundin eine Woche vor der Hochzeit mit einem Schluss macht, steckt das selbst der härteste Kerl nicht so einfach weg.« Nils kippte den letzten Schluck Cappuccino in sich hinein und überprüfte dann den Inhalt seines Portemonnaies.

Erschüttert hielt ich mir die Hand vor den Mund. »Das ist wirklich hart. Hat sie sich in einen anderen verliebt?«

»Nein. Sie hat nur geglaubt, dass ihr Verstand der bessere Ratgeber sei, und eine Entscheidung getroffen, die nicht aus ihrem Herzen kommt.«

»Das Zitat stammt aus dem Roman *Gefühle sind Herzensangelegenheiten*.« Überrascht neigte ich den Kopf und fragte: »Liest du etwa Sötjes Bücher?«

»Ein Zitat aus ihrem Roman?«, fragte er verwundert. Mit einer Geste wischte er meine Frage beiseite. »Manchmal liest sie ihr Geschriebenes laut vor, damit hört sie ihre Formulierungen und kann eventuell nachsteuern und umändern. Bestimmt hat sich der Satz in mein Unterbewusstsein eingeprägt, ohne dass ich es gemerkt habe.«

»Ah, verstehe. Du bekommst also hautnah mit, wenn sie fleißig in die Tasten haut.«

»Kann man so sagen.« Schmunzelnd legte er einen Zwanzigeuroschein auf den Tisch.

Mein Herz rutschte in die Hose. Oh, er wollte doch nicht etwa schon bezahlen?

»Jedenfalls hat Marieke entgegen ihren Gefühlen mit Malte Schluss gemacht. Das ist das, was ich sagen wollte.« Nils schüttelte kaum merklich den Kopf. Ein Hauch Wehmut legte sich über seine Miene.

Was ihn wohl gerade bedrückte? Ob auch ihm das Herz gebrochen worden war? War das der Grund, warum er es gerade so eilig hatte? Weil er Sorge hatte, ich könnte ihn ausfragen? Kjell hatte mir verraten, dass Nils die letzten drei Jahre wie ein Mönch gelebt hatte. Wenn ich ihn so betrachte, stimmte alles mit ihm. Er war attraktiv, nett, zuvorkommend, alles, was eine Frau begehrte. Etwas anderes musste ihn davon abhalten, eine ernste Beziehung zu führen. Ich entschied, meine Neugier dann zu befriedigen, wenn es passte. Eventuell Mittwoch, während des Drachenfestes.

Plötzlich erhob er sich.

»Musst du denn schon gehen?«

»Ja, tut mir leid. Heute bin ich dran.«

Ich runzelte die Stirn. »Womit denn?«

Nils fuhr sich über die Wange, sodass ein leises Knistern an mein Ohr drang. Er sah kurz an mir vorbei, ehe er meinen Blick wieder einfing. »Mit dem Kochen«, erwiderte er schließlich. »Tut mir leid. Das habe ich vergessen. Sonst hätte ich mehr Zeit für dich gehabt.«

»Das muss es nicht«, sagte ich entschieden. Was für ein Mann war Nils denn bitte? Er war handwerklich geschickt und offenbarte mir jetzt auch noch, dass er kochen konnte.

Gemeinsam verließen wir die Eisdiele. Mein Blick heftete sich auf das Meer, und ich sah zu, wie die weißschäumenden Wellen an das Ufer rollten. Die See schien etwas aufgeregter als vorhin zu sein, bevor ich mich mit Nils getroffen hatte.

»Wir können ja gemeinsam zurücklaufen.«

»Das ist wirklich sehr nett von dir. Aber ich denke, ich werde noch ein bisschen am Strand entlangspazieren.«

»Wenn ich die Wahl hätte, würde ich mich wie du entscheiden. Sobald ich Sand unter den Füßen spüre, fühle ich mich unbeschwert.«

Nun standen wir uns gegenüber und sahen uns an. Ich konnte nicht anders, als in seinen liebevollen Augen zu versinken. Eine angenehme Wärme durchströmte mich, je länger wir dem Blick des anderen standhielten. Darüber hinaus klopfte mein Herz mit jedem Atemzug schneller.

»Aber was sein muss, muss sein«, sagte er in unser Schweigen hinein und kappte somit den Bann.

Das Blut strömte in meine Wangen. Wie unangenehm, Nils die ganze Zeit angestarrt zu haben. Räuspernd legte ich mir eine Strähne hinter das Ohr, die sich wegen des Windes gleich wieder löste und frech vor meinen Augen tanzte.

Nils schaute mir lächelnd zu, wie ich mit meinen Haaren zu kämpfen hatte. Er hob den Arm, senkte ihn aber gleich wieder und steckte seine Hand in die Shorts. Ob er vorgehabt hatte sie zu bändigen?

Ich kam mir vor, als würde ich in der neunten Klasse sein, vor meinem Schwarm stehen und nach den richtigen Wörtern suchen.

Schon im Begriff, zu gehen, hielt er noch einmal inne. »Schau morgen früh an deine Tür.« Diesmal verschmolz er mit den bunten Shirts der Urlauber.

Sicherlich würde er mir frische Brötchen an den Griff hängen. In freudiger Erwartung streifte ich mir die Sandalen ab und vergrub meine Füße in den Sand. Ich atmete ein und entspannte mich sofort. Mir war es ein Rätsel, warum ich mich anfangs so sehr gegen den Auftrag gewehrt und so viel Angst davor gehabt hatte, zu Hause etwas zu verpassen. Momentan war der Ort eher eine Bereicherung für mich. In der kurzen Zeit hatte ich eine Menge liebenswerter Personen kennengelernt, die ich ganz bestimmt vermissen würde, wenn ich bald abreiste. Ich war jetzt schon mehr mit ihnen verbunden als mit manchen Leuten in meinem Bekanntenkreis. Gedankenverloren ließ ich den feinen Sand über meine Füße rieseln und fühlte mich, wie Nils es gesagt hatte: unbeschwert.

Kapitel 7

Am Dienstag saß ich auf der Terrasse und knabberte an meiner Brötchenhälfte. Nils hatte Wort gehalten und mir eine Tüte an die Haustür gehängt.

Über mir schien die Sonne, und lautes Vogelgezwitscher drang an mein Ohr. Das Rascheln der Blätter hörte sich wie Musik an. Eine Zeit lang lauschte ich einfach der Ruhe und fühlte mich absolut zufrieden. Von Ferne und ganz leise vernahm ich ein Geräusch, das von einem Tier stammen könnte. Ganz sicher war ich mir jedoch nicht.

Ich richtete meinen Blick auf das Meer. Mir kam Nils' Vorschlag in den Sinn, den Artikel hier zu schreiben, statt zu Hause. Ob das wirklich einen Unterschied machte? Ich drückte meinen Rücken noch ein wenig mehr in das weiche Polster und blickte auf die Wellen. Woher Sötje wohl ihre Einfälle nahm? Nur vom *ins Meer Starren* doch wohl nicht. Im Geiste formulierte ich mir ein paar Sätze zurecht. *Sie war eine liebevolle Mutter. Ihre Kinder Marieke und Nils ...* Vorher sollte ich dringend abgleichen, ob die beiden überhaupt erwähnt werden wollten.

Also machte ich mir ein paar Notizen und stellte fest, dass ich in der Zeit noch nicht wirklich viel zu Papier gebracht hatte. Da reichte es auch nicht, nur aufs Meer zu starren. Was mir fehlte, waren Fakten. Einzig und allein Nils konnte sie mir liefern. Genau in dem Moment vernahm ich ein Poltern, das in einem leisen Fluchen endete.

Mein Herz fing sofort an, kräftig gegen meine Rippen zu schlagen. Ob das Nils war?

Nervös wischte ich mir die Hände an meinem Kleid ab, ehe ich um das Haus ging. Meine Knie schlotterten, als wäre ich ohne Pause die längste Treppe der Welt hinaufgestiegen.

Ich fand ihn tatsächlich vor dem Fahrrad vor. Er drehte das Rad.

Schmunzelnd trat ich ihm gegenüber. »Hey.«

Nils hob das Kinn. »Hey.« Sein strahlendes Lächeln ließ die Sonne heute ein zweites Mal aufgehen.

»Du suchst wohl Beschäftigung, während deine Mutter beim Pressetermin ist. Wie kommst du denn so voran?«, fragte ich.

»Fast fertig.« Mit Schwung stellte er das Fahrrad auf die Räder und pumpte zu guter Letzt etwas Luft nach. Dann setzte er sich auf den Sattel und drehte ein paar Runden. Vor mir blieb er stehen. »Möchtest du auch mal Probe fahren?« Obwohl ich ihm noch keine Antwort gegeben hatte, hielt er mir den Drahtesel entgegen.

»Natürlich. Du hast dir so viel Mühe gegeben, da werde ich doch nicht ablehnen.« Ich stellte ein Fuß auf die Pedale und nahm Anschwung. Allerdings war der Sattel für mich viel zu hoch eingestellt, sodass ich es einfach nicht schaffte, mich daraufzusetzen. Resigniert stellte ich meine Beine wieder auf festen Boden.

Nils kam mit einer kleinen Auswahl an Werkzeugen auf mich zu. Keine halbe Minute später war der Sattel auf meine Größe abgestimmt.

»Wenn du dem Weg folgst, kommst du zum Leuchtturm. Auf den musst du unbedingt mal rauf«, rief er hinter mir her, als ich meine Runden drehte.

»Wenn die Zeit reicht, mache ich das bestimmt«, sagte ich über meine Schulter hinweg.

Dafür, dass ich die Möhre schon beim Schrotthändler gesehen hatte, fuhr sie einwandfrei, und wenn ich das Gestell von Dreck und Staub befreite, wäre das Fahrrad wie neu.

Freudig bremste ich ab.

»Soll ich noch ein paar Einstellungen tätigen? Oder ist alles okay?«

»Ja, alles paletti.«

»Dann ist ja gut.«

Nils räumte sein Werkzeug zusammen.

»Hast du denn noch ein wenig Zeit? Es ist noch etwas Kaffee da«, setzte ich nach. Ein flaues Gefühl machte sich in meiner Magengegend breit, und für mehrere Sekunden hielt ich die Luft an. Er ließ sich wirklich lange Zeit mit seiner Antwort. Überlegte er sich etwa, wie er mir sanft einen Korb geben könnte?

Endlich erschien ein Lächeln auf seinem Gesicht, das mir die Furcht nahm. »Sicher. Du wartest bestimmt auf Sötjes Geschichten.«

Mein Herz krümmte sich vor schlechtem Gewissen. Nils war immer so freundlich zu mir. Nebenbei hatte er das Fahrrad repariert und versorgte mich morgens mit frischen Brötchen. Er sollte wissen, dass ich nicht nur an seiner Geschichte interessiert war, sondern auch an ihm als Person.

Nils schenkte mir ein entwaffnendes Lächeln, das mich, wie so oft, aus dem Konzept brachte, doch diesmal auch beruhigte.

»Ja, schon«, gab ich zu. »Aber natürlich freue ich mich auch über deine Gesellschaft.«

Er nahm seinen Werkzeugkoffer. »Ich bringe das schnell weg und wasche mir die Hände.«

In der Zwischenzeit düste ich in die Küche und schnappte mir die Thermoskanne und eine Tasse. Ich stellte alles auf den Terrassentisch und wartete auf Nils.

Keine drei Minuten später kam er mit langen Schritten auf mich zu. Er wirkte so entspannt, so attraktiv, so anziehend auf mich, dass er mich regelrecht in den Bann zog. Als ich merkte, wie offenherzig ich ihn bewunderte, strich ich mir verlegen eine Strähne aus dem Gesicht.

Wie selbstverständlich schenkte er sich selbst etwas Kaffee ein und vergrub seine Nase in die Tasse. Seine Stirn entspannte sich, sodass sich ein Schmunzeln auf meine Lippen legte.

»Der ist wirklich gut.« Damit stellte er die Tasse auf der Tischplatte ab und verschränkte seine Hände vor seinem Bauch. Dann schaute er mich lange und intensiv an, eher er zum Sprechen anhob. »Tu einfach so, als würde ich stellvertretend für Sötje hier sitzen. Frag mich, was du schon immer wissen wolltest.«

Ach ja. Das Interview. Dabei hatte ich doch beteuert, dass es mir gar nicht nur um Sötje ging, sondern auch um ihn. Das brachte mich etwas aus dem Konzept. »Ja, ich … ähm …« Ich stockte. Du meine Güte, warum war ich nur so schlecht vorbereitet? Mich räuspernd aktivierte ich mein iPad, das vor mir lag, in der Hoffnung, mir würde auf die Schnelle etwas einfallen. Doch mir geisterte nur ein Punkt im Kopf herum: »Konntet ihr denn schon einen Ausweichtermin festmachen? Wegen des verschobenen Interviews?«

Nils fuhr sich ächzend über den Nacken. »Tut mir leid, ich habe keine Zeit gehabt, sie deswegen zu fragen.«

Ich nickte enttäuscht. Dann musste ich wohl das Beste aus dem machen, was Nils mir lieferte. »Fang doch einfach mit dem an, was dir wichtig erscheint«, schlug ich vor, öffnete die Notiz-App und schaute ihn erwartungsvoll an.

Nils rückte seinen Stuhl zurecht und legte die Arme auf seine Beine ab. Er rieb seine Hände und schürzte die Lippen. Anscheinend wusste er genauso wenig wie ich, womit er beginnen sollte.

»Hat Sötje denn jemals mit so einem Erfolg gerechnet?«, nahm ich ihm schließlich die erste Frage ab.

»Nein, nie. Ihre ersten Bücher sind mehr oder weniger gefloppt. Das tat schon ein wenig weh, weil es ihre einzige Einnahmequelle war, nachdem unser Vater gestorben war.«

Sofort stoppte ich mit den Aufzeichnungen. Ich hatte davon gelesen, aber nicht mehr darüber nachgedacht. Es war mir nebensächlich erschienen. Doch jetzt, da Nils vor mir saß, spürte ich Anteilnahme. »Das tut mir leid. Ist er denn früh von euch gegangen?«

Ein Schatten legte sich über seine Augen. »Ja, leider. Ich bin gerade mal zehn Jahre gewesen und Marieke acht. Für meine Mutter ist es ein schwerer Schlag gewesen, von nun an allein für uns zu sorgen. Sie ist uns Kindern gegenüber sehr aufopfernd gewesen und hat es als Pflicht gesehen, uns eine unbeschwerte Kindheit zu schenken. Wenn wir von der Schule nach Hause gekommen sind, hat sie immer frisch gekocht, und danach haben wir gemeinsam die Hausaufgaben erledigt. Deswegen hat es ihr nichts ausgemacht, keinem *normalen* Beruf nachzugehen. Sie konnte sich nicht vorstellen, uns allein zu Hause zu lassen, während sie irgendwo in einem Büro saß und eine Arbeit verrichtete, die sie nicht glücklich machte. Eigentlich ist das Schreiben immer ihr Hobby gewesen, und sie hat es nebenbei erledigt, wenn sie Zeit dafür gefunden hat. Viele unveröffentlichte Manuskripte lagen nach dem Tod meines Vaters in der Schublade, bis sie sich dazu entschlossen hat, sie einem Verlag zu schicken.«

»Das heißt also, sie ist nur deswegen zu ihrem Erfolg gekommen, weil sie Geld verdienen musste und ihr geliebter Ehemann gestorben ist?«

Er nickte. »Ich erinnere mich, dass mein Vater und sie oft darüber gesprochen haben, sie aber immer gehadert hat. Der Tod ist dann der Anstoß gewesen. Als alleinerziehende Mutter ist es sehr schwer, alles unter einen Hut zu bekommen. Deswegen hat sie sich für das Veröffentlichen entschieden, und somit auch für uns. Das Schreiben hat ihr ermöglicht, immer für uns da zu sein. Darüber bin ich ihr sehr dankbar.«

Was für eine herzzerreißende Geschichte. Ich klebte regelrecht an seinen Lippen, die so verführerisch vor mir lagen, dass ich mich fragte, ob sie sich so weich anfühlten, wie sie aussahen. Verwirrt über meine abgedrifteten Gedanken schüttelte ich sie fort und konzentrierte mich wieder auf das Wesentliche. »Es war jedenfalls die richtige Entscheidung. Ich liebe ihre Bücher und kann es kaum erwarten, den nächsten Band in den Händen zu halten.«

»Der schon bald in den Regalen stehen wird.«

»Ich habe ihn schon vorbestellt«, verriet ich ihm, während ich eifrig alle wichtigen Informationen in mein iPad kritzelte.

»Wenn du ihre Romane magst, wirst du diesen Band ebenfalls lieben.«

»Ich finde das wirklich beachtlich, wie du die Werbetrommel für deine Mutter rührst. Fakt ist, dass die Geschichten für Frauen geschrieben sind. Etwas schnulzig und rührselig. Bestimmt empfinden manche Männer es als unangenehm, über Liebesromane zu sprechen.«

Nils lachte. »Ob es sich um Krimis, Thriller oder Liebesromane handelt. Letztendlich sind es nur Produkte, die verkauft werden wollen. Dankbar bin ich, dass sie keine Splatter-Romane schreibt. Wer weiß, was dann aus mir geworden wäre?« Lächelnd nahm er sich die Tasse Kaffee und schaute mich über den Rand hinweg an. Für die Länge einiger Herzschläge verfing ich mich in seinem Blick.

Er hatte recht, wenn Sötje sich damals für ein anderes Genre entschieden hätte, würde ich jetzt hier nicht sitzen und mich in Nils' Gegenwart so unglaublich wohl fühlen. Um mich von meinen seltsamen Empfindungen abzulenken, schob ich schnell eine Antwort hinterher. »Ein Frauenmörder vielleicht? Statt mich mit Brötchen zu versorgen, würdest du mir heimlich K.-o.-Tropfen in den Kaffee schütten, um später meine Gliedmaßen abzutrennen, die du dann in Glasbehälter in hochkonzentriertem Alkohol konservierst und in Regalen hübsch aufreihst.«

»Okay, du gruselst mich jetzt ein bisschen. Du solltest dir gegebenenfalls überlegen, selbst Autorin zu werden. Fantasie hast du jedenfalls.« Lachend erhob er sich und wandte sich wieder dem Meer zu. Ich tat es ihm gleich und stellte mich neben ihn.

»Das Meer scheint dich wirklich zu faszinieren. Mir kommt es so vor, als müsstest du immer in seiner Nähe sein.«

»Es ist mein Zuhause. Es gibt mir Kraft und Energie und … Inspiration.« Sein Blick streifte mich kurz, ehe er ihn wieder auf die See richtete.

Noch nie zuvor hatte ich einen Mann kennengelernt, der dermaßen viel Testosteron versprühte und sich gleichzeig gefühlsbetont zeigte. Eine mir fremde Kombination, die mich schier faszinierte.

Aus einem mir unerklärlichen Grund schob er seine Augenbrauen zusammen. »Hörst du das auch?«, fragte er unvermittelt.

Ich spitzte meine Ohren. »Was meinst du?«

»Ein Tier, würde ich sagen.«

»Hin und wieder höre ich auch etwas Seltsames.«

Nils Kopf fuhr herum. Er sah mich kurz an, ehe er dem Laut folgte, der eindeutig aus dem aufgestapelten Strauchschnitt kam. Entschlossen entnahm er nach und nach die getrockneten Hölzer und warf sie neben sich. Es dauerte nicht lang und das Miauen wurde lauter.

Da fiel es mir wie Schuppen von den Augen. »Das wird doch nicht das Kätzchen sein, das Malte so dringend sucht.« Daran hatte ich gar nicht mehr gedacht. Ich half ihm und schaffte die Zweige an die Seite. Ein besonders hartnäckiger streifte meinen Arm und hinterließ einen Kratzer. Ich ignorierte das unangenehme Brennen, als ich ein schwarz-weiß geflecktes Fellbündel entdeckte.

»Maltes Katze. Wir haben sie gefunden«, sagte Nils fast schon tonlos.

Mein Herz zerbrach in tausend Stücke. Wie lange sie wohl schon dort drinnen ausharrte? Meine Kehle schnürte sich zu. Ich hatte es wahrgenommen und nichts unternommen. Wenn ich doch nur etwas aufmerksamer hingehört und gesucht hätte.

Sanft nahm er die Katze in den Arm. Sie wirkte geschwächt, und mehr als ein herzzerreißendes Miauen kam nicht aus ihr heraus. Ich hielt mir die Hand vor den Mund und blinzelte meine Tränen fort. Wenn sie möglicherweise die Kleinen verloren hatte ... Niemals würde ich mir das verzeihen.

»Wir müssen sofort zu Malte.« Vorsichtig lief er los.

»Fahren wir mit dem Auto?«, fragte ich und eilte hinterher.

»Ja.«

Ehe ich verstand, dass wir uns nun auf dem Nachbargrundstück befanden, öffnete Nils mit nur einem Knopfdruck das Garagentor, das an das weißgestrichene Haus grenzte. Aus nächster Nähe zu erfahren, wie Nils lebte, und Sötje natürlich, war noch mal etwas anderes, als das Grundstück mit dem Fernglas heimlich zu observieren.

Sanft übergab Nils mir das Kätzchen und fuhr dann einen silberfarbenen SUV aus der picobello aufgeräumten Garage. Wow, da konnte selbst mein Wohnzimmer in Frankfurt nicht mithalten.

Er beugte sich vornüber, um mir die Tür zu öffnen. Dankend schob ich mich sachte auf das weiche Leder und streichelte das zusammengekauerte Fellknäuel. Es strahlte eine intensive Wärme aus.

»Was ist, wenn sie die Babys verloren hat?«, fragte ich mit rauer Stimme.

Sein Kopf fuhr herum. »Ganz bestimmt nicht.«

Wie konnte er sich nur so sicher sein? Ich beließ es dabei und schickte stumm Stoßgebete gen Himmel.

»Wir wissen nicht, wie lange sie sich dort überhaupt versteckt hat.«

Sollte ich ihm sagen, dass ich bereits vor Tagen etwas gehört, aber nie genauer hingeschaut hatte? Im Grunde hatte ich das doch, nur war das Geräusch verschwunden, sobald ich dem nachgegangen war. Ich biss mir auf die Zunge. Es brachte nichts, mir jetzt Vorwürfe zu machen. Viel wichtiger war es, sie so schnell wie möglich gut versorgt zu wissen.

Ungeduldig schaute ich aus dem Fenster und versuchte mich zu orientieren. Nils bog in eine breitere Straße ab. Auf der rechten Seite befand sich ein riesiges, mit rotem Klinker verkleidetes Gebäude. Mit großen geschwungenen Lettern stand das Wort *Schule* über der weißen Flügeltür. Hier gingen tatsächlich Kinder in den Unterricht. »Ihr habt ja sogar eine Schule.«

Nils wagte einen kurzen Seitenblick. Er sagte nichts, sondern lächelte bloß.

Ich kam mir gerade so dumm vor. Natürlich lebten hier Familien, die sich mit Heartnitz verbunden fühlten und heimisch waren. Nils hatte mir ja davon berichtet, dass viele zu ihren Wurzeln zurückkamen, sobald ihnen die Stadt nicht mehr gab, was sie sich davon erhofft hatten.

»Ist es denn noch weit bis zu seiner Praxis?«, fragte ich, um mich von meinem naiven Denken abzulenken.

Nils schlug ein letztes Mal das Lenkrad ein und kam zum Stehen. »Wir sind da«, sagte er und schnallte sich ab. Er eilte um das Auto herum und nahm mir das Kätzchen ab. Ich folgte ihm in das recht moderne Haus mit Ziegeln und gelb verputzter Fassade.

Die Tür klackte, als wir eintraten. Vor der Anmeldung blieben wir stehen. Genau in dem Moment kam Malte aus einem Behandlungszimmer. Er runzelte die Stirn. »Nils?«

»Wir haben deine vermisste Katze gefunden. Sie lag versteckt in Lillis Garten unter einem Haufen Geäst.«

Maltes Stirn furchte sich, sodass tiefe Gräben entstanden, während er seinen stechenden Blick auf mich richtete.

Tief in mir drinnen schrie alles nach einer Entschuldigung. »Ich habe etwas gehört«, gab ich gescholten zu. »Wie konnte ich denn ahnen, dass es sich um deine Katze handelt ... Wenn ich es gewusst hätte, hätte ich genauer nachgeschaut.« Ich kam mir wie eine Täterin auf einer Anklagebank vor, die ihr Wissen absichtlich zurückgehalten hatte. Immerhin hatte Malte uns in der Eisdiele auf ihr Verschwinden aufmerksam gemacht.

Mir war aber nicht in den Sinn gekommen wie *Die drei ???* nachzuforschen. Meine Augen brannten verräterisch. Hätte ich es doch mal getan.

»Welcher Behandlungsraum ist frei?«, fragte er seine Angestellte, die vor einem Bildschirm saß.

»Zimmer zwei ist gerade erst sauber gemacht worden.«

Malte öffnete den besagten Raum und bedeutete Nils, die Katze hineinzutragen, was er dann auch tat.

Wie angewurzelt blieb ich stehen und spürte die Tränen heiß meine Wangen hinunterrollen. Ich fühlte mich so unsagbar leer und schuldig. Malte musste meinen, ich wäre eine Tierhasserin.

In meiner Verzweiflung bemerkte ich erst gar nicht, dass Nils schon wieder neben mir stand und beruhigend seine Hand auf meine Schulter gelegt hatte.

»Komm, lass uns fahren. Malte kümmert sich um sie. Wir sind hier überflüssig.«

»Was hat er gesagt?«, fragte ich, während er mich sanft, aber bestimmt zum Auto führte.

»Dass alles gut wird.«

»Wirklich?« Ich sah zu ihm, um sicherzugehen, dass er mir die Wahrheit sagte.

Nils schenkte mir ein aufrichtiges Lächeln und hielt mir die Tür auf. »Malte ist ein hervorragender Arzt und würde mich niemals anlügen.«

Erleichtert rutschte ich in den Sitz.

***

Nachdem wir zu Hause angekommen waren, musste mir Nils versichern, dass er sich sofort bei mir melden würde, sobald er mehr über den Zustand des Kätzchens wusste.

Vor meinem windschiefen Haus ließ er mich aussteigen.

»Möchtest du noch auf einen Kaffee mit reinkommen?«

»Tut mir leid. Heute klappt es nicht mehr.«

Enttäuscht biss ich mir auf die Zunge und nickte.

Schließlich stieg ich aus und schleppte mich abgekämpft ins Schlafzimmer. Dort stellte ich fest, dass das Fenster von der Nacht noch geöffnet war. Mit einem einfachen Griff schloss ich es, dabei fiel mein Blick unbeabsichtigt auf das Nachbarhaus. Die Fenster in den Wohnbereich waren wie immer mit dichten Vorhängen versehen, sodass ein Blick hinein unmöglich war. In diesem Augenblick kam Nils durch die Terrassentür und setzte sich raus an den Tisch neben Sötje. Ganz gewiss war sie es. Zwar waren ihre Haare ergraut und entsprachen nicht mehr der modischen Frisur, wie es die Klappen in den Büchern zeigten, doch deutete alles darauf hin, dass sie es war. Das Aussehen und die Schönheit waren vergänglich, wie für uns alle. Das konnte auch eine Schriftstellerin nicht wegschreiben.

Nils legte seinen Kopf in den Nacken und lachte. Augenscheinlich amüsierte er sich über einen Witz von ihr. Dann erhoben sie sich. Sötje hakte sich bei ihrem Sohn unter, und beide verschwanden im Haus.

Seltsam, und ich hatte gedacht, Sötje wäre in Hamburg bei ihrem Verlag.

Kapitel 8

Am Mittwoch schmökerte ich ungestört in Sötjes Roman. Hach, ihre Geschichten waren so voller Romantik und Gefühl, eingebettet in so manche Intrigen, die aber immer mit einem glücklichen Ende ausgingen. Im eifrigen Mitfiebern vergaß ich völlig die Zeit um mich herum. Ohne aufzublicken, tastete ich nach einem Glas Orangensaft, das ich prompt umschüttete. Ein großer Schwall ergoss sich auf mein Kleid. Oh, so ein Mist.

Da ich ja nun schon länger in Heartnitz festsaß, als ich geplant hatte, neigten sich meine frischen Klamotten ohnehin dem Ende zu. Höchste Zeit für frische Wäsche.

In dem nahezu winzigen Raum, in dem sich die Waschmaschine befand, passte gerade noch ein Putzeimer hinein. Ich legte meine Schmutzwäsche hinein und gab Waschmittel-Pods obendrauf, die ich von zu Hause mitgebracht hatte. Dann stellte ich das gewünschte Programm ein und drückte den orangefarbenen Knopf. Ein Rauschen, das dem Wasserzulauf zuzuordnen war, gab mir Sicherheit, alles richtig gemacht zu haben. Die Trommel drehte sich, und Wasser spülte ein.

Als ich wieder auf die Terrasse trat, sah ich ein rotes Irgendwas am Himmel schweben. Ich fixierte das unbekannte Objekt. Da fiel mir ein, dass ja heute das Drachenfest war und Nils hingehen würde. Wir hatten gar nichts weiter ausgemacht.

In meiner Überlegung, ob ich Nils über das Handy kontaktieren sollte, irritierte mich ein furchtbar schrilles Piepen. Verwundert hob ich den Kopf und lauschte. O nein, eindeutig kam der Lärm aus der Waschküche, wenn man den Raum denn so nennen konnte. Mit einem unguten Gefühl schaute ich nach. Wie erwartet, machte die Waschmaschine nichts, außer einen schrillen Ton von sich zu geben. Ich entriegelte die Tür und stellte fest, dass meine Klamotten triefend nass darin lagen. Niemals würde ich es schaffen, die Wäsche mit der bloßen Hand auszuwringen. Grübelnd kniete ich davor. Vielleicht funktionierte ja ein anderes Programm. Entschlossen stellte ich ein ähnliches ein und startete von vorn. Und siehe da. Die Maschine erwies ihren Dienst.

Siegessicher verließ ich den Raum, als erneut dieser tinnitusartige Piepton meine Geduld auf die Probe stellte.

Zurück stemmte ich meine Hände in die Hüften und schaute auf die kaputte Maschine hinab.

»Was soll das alles, du blödes Ding?« Am liebsten hätte ich ihr einen Tritt verpasst. Stattdessen versuchte ich, das Bullauge zu öffnen. Nichts passierte. Mehrmals rüttelte ich an der Tür. Da war nichts zu machen. Da musste ein Handwerker ran. Oder Nils.

Ich schnappte mir mein Handy und suchte seinen Kontakt heraus. Keinen Lidschlag später meldete er sich auf der anderen Seite.

»Hallo?«

Eigenartigerweise nahm mein Herz bei seiner Stimme sofort Anlauf und klopfte wie verrückt, sodass ich vergaß, meinen Namen zu nennen.

»Hallo«, ertönte es abermals, diesmal etwas forscher.

»Äh, tut mir leid, wenn ich störe. Ich bin es. Lilli.« Ich kam mir gerade so blöd vor.

»Hi. Schön, von dir hören.«

Mein Herz schlug in der gleichen Stärke munter weiter. »Du, ich kämpfe gerade mit der Waschmaschine. Sie hört einfach mitten im Waschgang auf. Einen Neustart habe ich schon versucht.«

»Bin gleich bei dir.«

Überrascht starrte ich das verstummte Handy an, und keine drei Minuten später klingelte es an der Haustür. Ich schob die Tür auf, und niemand Geringeres als Nils stand mit seinem Werkzeugkoffer vor mir und grinste wie ein Honigkuchenpferd.

»Der Übeltäter befindet sich ...«

Wie selbstverständlich stob Nils an mir vorbei und kniete sich auch schon vor die Waschmaschine. Als würde er das Gerät in- und auswendig kennen, stellte er bedenkenlos etwas ein und startete. »Sie pumpt jetzt erst mal das Wasser ab. Danach werde ich das Flusensieb reinigen. Dafür benötige ich einen alten Lumpen und eine Schüssel, wenn du so nett wärst ...«

Seinen Tatendrang schätzte ich sehr, und ich war mir sicher, dass er sich mit solchen Dingen auskannte, aber ganz wohl war mir bei der Sache nicht. »Vielleicht ist es besser, den Kundendienst zu kontaktieren, und den Vermieter.«

Nils drehte sich zu mir.

Ich spürte erst meine Wangen, dann meine Ohren heiß werden. In ängstlicher Erwartungshaltung, er könnte jetzt gekränkt seinen Werkzeugkoffer zuklappen und wortlos verschwinden, hielt ich seinem Blick stand. Überraschenderweise grinste er über beide Ohren. »Das hast du doch längst getan.«

Und dann fiel es mir wie Schuppen von den Augen. Die Badgeschichte war gar kein Freundschaftsdienst gewesen. Nils war mein Vermieter. O Lilli. Wieso war mir das nicht schon früher in den Sinn gekommen? Bei der Buchung hätte es mir doch schon auffallen müssen. Mühevoll suchte ich in meiner hintersten Gehirnzelle nach den Kontaktdaten. Ich war mir ganz sicher, dass ich mit einem gewissen Herrn Brandt zu tun gehabt hatte. Der Name war mir ja nie wichtig gewesen, weil der Standort und die Nähe zu Sötje im Vordergrund gestanden hatten.

»Johansson ist das Pseudonym meiner Mutter. Ihr richtiger Name ist Brandt. So heißt Marieke ebenfalls. Den Namen hat meine Mutter von meinem Vater angenommen. Ihr Mädchenname ist Schley«, erklärte Nils, der wie so häufig meinen Blick richtig deutete.

Ich schlug mir innerlich die Handfläche gegen die Stirn. Die meisten Autoren nutzten einen Künstlernamen, um sich und die Familie zu schützen und das Privat- und Berufsleben zu trennen. Aber woher hätte ich das wissen sollen?

»Aber du hast mich doch gefragt, wie lange ich bleibe, als du mich aus Kjells Restaurant begleitet hast.«

»Mir ist nichts Besseres eingefallen«, gab er schulterzuckend zu.

»Verstehe.« Er hatte nur nett sein und ein peinliches Schweigen überbrücken wollen.

Die Waschmaschine pumpte ab. »Ich hole die Schüssel.«

Weil ich ihm nicht gleich Platz machte, standen wir uns einige Herzschläge lang gegenüber. Nils' Blick verweilte für einen Moment auf meinem Mund, und im nächsten dachte ich, er beugte sich zu mir hinunter. Was ich dummerweise vollkommen gut gefunden hätte. Das tat er dann doch nicht, stattdessen streifte er meine Schulter und ging in die Küche.

»Eigentlich wollte ich das Haus selbst beziehen«, erzählte er und kam mit einem Behälter zurück, den er peinlich genau platzierte. Als der Strahl versiegt war, drehte er sich mir zu und lehnte sich gegen die Maschine. Seinen Arm hatte er locker auf dem Knie abgelegt. »Pläne ändern sich. Im Nachhinein ist es wohl die richtige Entscheidung gewesen.«

»Bei deiner Mutter wohnen zu bleiben?« Wenn ich die Wahl gehabt hätte, hätte ich Sötjes Haus auch bevorzugt, obwohl ich keine Ahnung hatte, wie es drinnen aussah. Da der Garten gepflegt und die Garage aufgeräumt war, schloss ich darauf, dass der Wohnbereich ebenso ordentlich sein musste.

»Das Haus an Feriengäste zu vermieten«, sagte er unvermittelt und fixierte mich.

In meinem Bauch kribbelte es ganz fürchterlich, und mein Puls beschleunigte sich verräterisch. Eins war klar, wenn er das Haus selbst bewohnen würde, würde er jetzt nicht für mich hier knien und reparieren.

Lächelnd drehte er sich wieder seiner Maschine zu und zog mit aller Kraft das Sieb heraus. Eine Menge nasser Flusen hingen daran, und als er mit der Hand in die freigelegte Öffnung griff, beförderte er einen Stofffetzen hervor. »Da haben wir ja den Übeltäter.« Er erhob sich und faltete das Fundstück auseinander.

Meine Ohren mussten vor Peinlichkeit qualmen. Vor seinem Bauch hielt er einen schwarzgetigerten Stringtanga, in den ich zweimal hineinpassen würde. Amüsiert wanderte sein Blick von der Unterwäsche zu mir.

»Das ist nicht meiner«, sprudelte es aus mir heraus, und ich entriss ihn ihm sofort.

»Natürlich nicht.« Er grinste von einem Ohr zum anderen.

Augenrollend drehte ich mich von ihm weg und schmiss die aufreizende Unterhose, die definitiv der Vormieterin gehörte, in den Mülleimer. Wieso war mir das nur so schrecklich unangenehm? Mit Sicherheit hatte Nils schon andere Arten von Reizwäsche gesehen, die er einer Frau ausgezogen hatte. Diese Vorstellung ließ einen bitteren Geschmack in mir aufsteigen. Eindeutig handelte es sich dabei um Eifersucht. Ich schüttelte den Kopf. Wie albern.

»Ich habe ein Kurzwaschprogramm eingestellt«, holte Nils mich aus meinen Gedanken. »Sag mir Bescheid, falls sie wider Erwarten Probleme macht.« Mit seinem Werkzeugkoffer stand er nun vor mir, ohne jeglichen Spott in seinem Gesicht.

»Danke, das mache ich.« Ich wollte nicht, dass er schon wieder ging. Jedes Mal, wenn wir allein waren, musste er weg oder etwas anderes kam uns in die Quere, wie das Kätzchen.

»Hat sich Malte eigentlich bei dir gemeldet?«, fragte ich in der Hoffnung, dass er mehr wusste.

»Bisher nicht.«

»Oh«, gab ich enttäuscht zurück und ließ meinen Kopf hängen. Ob das gut oder schlecht war, war schwer einzuschätzen.

Nils nahm den Werkzeugkoffer in die linke Hand und legte seine rechte auf meinen Arm. Sein Blick, so warm wie der erste Sonnenstrahl nach einem kalten, grauen Winter.

»Malte hat mir versprochen, dass er sich meldet, sobald es Neuigkeiten gibt. Wenn du selbst mit ihm sprechen möchtest, kannst du das später auf dem Fest machen.«

»Wann genau geht es denn los?«

»Ich gehe jetzt direkt dorthin. Kjell hat eine kleine Cocktailbar und mich gebeten, ihm beim Aufbauen der Strandliegestühle zu helfen.« Nils lachte und legte seine weißen Zähne frei. »Jedes Jahr aufs Neue kämpfen wir damit. Keine Ahnung, wie wir es immer wieder schaffen, sie aufzustellen.«

»Sind das diese Holzgestelle mit den Stoffbahnen in der Mitte? Meine Schwester hat mir mal so ein Ding geschenkt. Anfangs habe ich auch echt damit zu kämpfen gehabt, aber mittlerweile bin ich ein echter Profi im Aufbauen. Ich könnte dich anleiten.«

»Ich habe nichts dagegen, wenn du mir Instruktionen gibst.«

Seine flirtende Art sorgte dafür, dass ich meine Vernunftstimme, die mich an mein gebrochenes Herz in Frankreich erinnerte, einfach überhörte und fragte: »Wo genau ist denn Kjells Bar?«

»Direkt an der Seebrücke.«
»Okay. Die werde ich wohl finden.«

Kapitel 9

Bevor ich in meine Flipflops schlüpfte, hängte ich noch rasch die Wäsche auf. Diesmal war der Durchgang geglückt, und ich brauchte Nils nicht noch einmal zu rufen.

Vor dem Spiegel trug ich dezenten Lippenstift auf und band meine welligen Haare zu einem lockeren Pferdeschwanz zusammen. Ich checkte mein hellblaues knielanges Kleid, dessen luftig leichter Stoff meine Taille umschmeichelte. Perfekt für so einen herrlichen Sommertag. Zu guter Letzt schob ich mir die Sonnenbrille auf die Nase und schulterte meine Handtasche.

Mittlerweile war der wolkenlose Himmel mit vielen bunten Drachen gespickt. Ein paar zusätzliche Buden waren auf der Promenade aufgebaut und priesen ihre Waren in Form von Portemonnaies, bunten Armbändern oder Schmuck an. Ich sah mich um und entdeckte am Ende der Einkaufsstraße die Seebrücke, die über das Wasser reichte. Neben ihr stand Kjells Cocktailbar, aus der fröhliche Musik drang. Menschen schlenderten umher und genossen den Tag.

Meine Füße verschwanden im feinen Sand, und ich musste einigen Drachenlenkern aus dem Weg springen, weil sie mit dem Wind zu kämpfen hatten. Je näher ich der Bar kam und somit auch Nils, umso schneller schlug mein Herz. Uns trennten nur noch einige Meter, und diese nutzte ich, um ihn heimlich bei seiner Arbeit zu bewundern. Sein Bizeps spielte bei jeder Bewegung und seine Rückenmuskulatur zeichnete sich unter seinem türkisfarbenen T-Shirt ab. Ich biss mir auf die Lippe und wandte meinen Blick ab, zu Kjells Bar, die aus Schilfrohren bestand und deren lange Bastfasern vom Dach im Wind flatterten. An den Seiten standen Palmen in Kübeln und verströmten karibischen Flair. Hinter der Theke bereitete Kjell Früchte vor. Auch er hatte mich noch nicht bemerkt.

Nils kämpfte währenddessen mit einem besonders störrischen Liegestuhl. »Diesmal kann ich dir sicherlich behilflich sein.«

Sofort erhellte sich sein Gesicht, als er mich entdeckte.

»Hi.« Er richtete sich zu voller Größe auf und grinste. Eine Strähne, die er vergeblich mit einer Handbewegung zu bändigen versuchte, fiel ihm lustig in die Stirn.

»Ganz schön tückisch so ein Ding«, sagte ich mit Blick auf die von ihm in den Sand geworfene Liege.

»Ich übergebe gern.«

Ich legte den Kopf schief und machte mir ein Bild von dem heillosen Durcheinander. Doch es war ganz einfach, wenn man wusste, wie.

Nils überkreuzte die Arme vor der Brust und schaute mir zu, wie ich das Holzkonstrukt mit wenigen Handgriffen neu sortierte und die Liege in Nullkommanichts zusammenbaute.

»Wow, du hast es geschafft, dass ich mich verwundbar fühle.« Sein Blick war ausdruckslos und ein bisschen ehrfürchtig auf die Liege gerichtet. Doch dann hob er sein Kinn und rief: »Hey, Kjell. Wir haben hier eine professionelle Liegenaufbauerin. Wir können jetzt zum gemütlichen Teil übergehen und die Cocktails auf Geschmack testen.«

Kjell putzte sich die Hände an seiner schwarzen Schürze ab und grinste. »Lilli, du bist immer für eine Überraschung gut. Ich habe von Anfang an gewusst, dass du eine Bereicherung für uns bist.« Er zwinkerte und ließ Eiswürfel in ein bauchiges Glas fallen.

Ich lachte und deutete auf den Stapel Liegestühle, die noch aufgebaut werden wollten. »Komm, keine Müdigkeit vorschützen. Gemeinsam sind wir schnell fertig.«

Während wir konzentriert unsere Arbeit verrichteten, brannten mir tausend Fragen auf der Zunge. Mein Journalistenherz brachte es einfach nicht fertig, zur Ruhe zu kommen, also fragte ich freiheraus: »Du hast gesagt, dass du eigentlich in das Ferienhaus ziehen wolltest. Wo hast du denn vorher gewohnt? Wie jetzt bei Sötje?« Ich unterbrach meine Arbeit und musterte ihn skeptisch. Er war doch kein Muttersöhnchen?

Nils grinste, als hätte er meine Vermutung herausgehört. »Ich habe eine Zeit lang in Stuttgart gelebt und dort als Texter für eine Werbeagentur gearbeitet.«

»Tatsächlich? Wow, das hört sich total interessant an. Ist denn irgendein bekannter Werbeslogan deiner Feder entsprungen? So was wie: *Quadratisch, praktisch, gut.* Oder: *Wohnst du noch oder lebst du schon?*«

Nils schüttelte den Kopf. »Nein. So ein bekannter Werbespruch ist mir leider noch nicht eingefallen.« Er fuhr sich über die Stirn, auf der kleine Schweißperlen glitzerten. Auch wenn der Wind ein wenig Abkühlung schaffte, brannte die Sonne ohne Unterlass.

Ich zuckte mit den Schultern. »Vielleicht kommt dir ja bald ein guter Einfall. Stell dir mal vor, du kreierst einen Slogan für eine berühmte Parfummarke und der wird riesengroß neben einem bekannten Model auf einer Werbetafel abgedruckt. Jeder wird ihn sehen. Weltweit. Wie stolz muss man da bitte sein?«

»Niemand interessiert sich für den Texter. Der kreative Kopf bleibt dabei meist völlig unbekannt. Oder weißt du, wer hinter den wenigen Zeilen von *Just do it* steckt?«

Ich überlegte kurz. »Nein.«

»Siehst du.«

»Dann ist das also nichts für dich? Berühmt zu sein?«

»Berühmt zu sein hat seinen Preis. Man verliert ein Stück seiner Privatsphäre. Einfach mal rüber zum Supermarkt zu flitzen, um sich eine Tüte Milch zu holen, kann unter Umständen schwierig sein. Man wird überall erkannt. Jeder will ein Foto mit dir. Wenn man mal einen schlechten Tag hat, ist man gleich unfreundlich. Na ja. Und dann hat man plötzlich Freunde, die man nie gesucht hat.« Nils wandte seinen Blick von mir ab und nahm sich wieder einen Liegestuhl. Mir kam es vor, als sehnte er sich ein anderes Thema herbei.

Natürlich war mir die Kehrseite der Medaille bewusst, aber das bezog sich doch eher auf die Hollywood-Schauspieler. Ich kannte keine namenhafte Autorin, die bei jeder Gelegenheit von aufgestachelten

Fans gestalkt wurde. Abgesehen von Sötje, aber die Ausnahme bestätigte ja bekanntlich die Regel. Sicherlich war sie ein Einzelfall.

»Wenn man einen gewissen Bekanntheitsgrad hat, dann muss man sich eben manch unangenehmen Dingen stellen. Das ist ja auch so eine Art Werbung für einen selbst. Irgendwann hat man sich dafür entschlossen, genauso wie ich mich für den Journalismus entschieden habe. Ich bin dazu da, Fakten ans Tageslicht zu bringen, die vielleicht unter den Teppich gekehrt worden wären.«

»Es sollte nicht immer alles aufgedeckt werden.«

»Dann zweifelst du an meiner Arbeit?«

Nils schnaufte. »Ich bin mir sicher, dass du eine hervorragende Journalistin bist. Deine Artikel sind alle gut, nichts, was einem Käseblatt zuzuschreiben wäre. Privatsphäre ist ein kostbares Gut, das ohne Zustimmung nicht an die Öffentlichkeit gelangen sollte. Jeder hat das Recht, selbst zu entscheiden, was er preisgibt und was er für sich behält. Diesen Respekt sollte jeder Journalist oder Fan zeigen.« Fester als nötig stellte er einen Stuhl vor sich und versuchte ihn zusammenzubauen. Er wirkte verärgert. Seine Kieferknochen verrieten ihn.

Er hatte meine Artikel gelesen? Das bedeutete ja, dass er sich über mich und meine journalistische Tätigkeit erkundigt hatte. Woher sonst hätte er wissen sollen, dass all meine Artikel auf höchstem Niveau geschrieben waren? Abgesehen von dem einen Reinfall. Ob er deswegen so gereizt auf das Thema reagierte, weil er Sorge hatte, ich könnte wieder so einen Mist verzapfen? Das war aber auch eine blöde Geschichte gewesen.

Ich musste ihn davon überzeugen, dass ich es besser konnte. »Okay, ja, das sehe ich auch so, und ich versichere dir, dass ich nur das veröffentliche, wofür du mir die Erlaubnis erteilst, beziehungsweise Sötje. Zur Absicherung schicke ich dir das gesamte Interview und werde es erst herausgeben, wenn du mir das Okay dafür gibst.«

Nils unterbrach seine Arbeit. Abgekämpft fuhr er sich über den Nacken. »Es tut mir leid. Ich werde immer emotional, wenn es um die Arbeit meiner Mutter geht.«

Ich lächelte. »Schon gut. Das verstehe ich. Zumal deine Mutter ja keine so gute Erfahrung mit einem Fan gemacht hat.« Da ich jetzt wusste, dass er sich über mich informiert und eventuell das Vertrauen zu gutem Journalismus verloren hatte, sollte ich das Thema besser wechseln. »Wie wäre es, wenn du mir einfach weiter von dir erzählst? Warum es dich von Stuttgart weg und wieder in deine Heimat gezogen hat.«

Dankbarkeit spiegelte sich in seinem Gesicht wider. »Früher oder später wäre ich sowieso nach Heartnitz zurückgekehrt. Den Plan musste ich allerdings früher in Angriff nehmen, als ich vorgehabt hatte«, fing er an und begutachtete seine Liege. Eine Hand hatte er auf seine Wange gelegt. Offensichtlich überlegte er, was er falsch gemacht hatte.

»Was hat dich denn dazu bewogen, früher zurückzukehren?«

»Meine Mutter ist die treibende Kraft gewesen.«

Und schon waren wir bei Sötje gelandet. Im Geiste spitzte ich den Bleistift.

»Sie ist gestürzt und konnte sich nicht aus eigener Kraft helfen.«

»Hat sie sich denn schlimm verletzt?«

»Oberschenkelbeinbruch. Marieke hat sie gefunden.«

Oje.

Ich stellte einen weiteren fertigen Liegestuhl zu den anderen, während Nils eine Bewegung vollführte, als würde er sich verrenken. Ich biss mir auf die Lippe und verkniff mir einen lästerlichen Kommentar, zumal das Thema viel zu ernst war.

Als er mir stolz eine zusammengebaute Liege zeigte, reckte ich einen Daumen nach oben. Grinsend packte er sich die nächste und fuhr fort. »Marieke hat damals noch mit Malte zusammengewohnt. Sie hat jeden Tag bei ihr vorbeigeschaut.« Die Unbeschwertheit in seinem Gesicht verschwand, und er strahlte nun eine sanfte Ernsthaftigkeit aus. »Dieser Vorfall hat unsere beiden Leben verändert.«

Ich unterbrach meine Tätigkeit, um ihn genauer zu betrachten. Sein Blick verriet mir seine Zerbrechlichkeit, die er gut hinter einer Mauer verbarg. Er war ein so liebevoller Sohn. Nicht jeder würde zu seiner Mutter zurückkehren, nur um für sie zu sorgen. »Jetzt ist sie aber doch wieder mobil, oder?«

Nils schmunzelte. »Das schon. Dennoch fühle ich mich verpflichtet, ihr unter die Arme zu greifen. Sie wird nicht jünger.«

»Das kannst du doch auch, wenn du neben ihr wohnst.«

»Glaub mir, der Entschluss ist mir nicht leichtgefallen, aber es ist besser so. Es erleichtert so einiges.«

»Machst du dir keine Sorgen, dass ein neugieriger Fan gleich neben euch wohnen könnte? Wenigstens auf gewisse Zeit.«

»Eigentlich wissen nur die Bewohner, wo wir leben, und die schweigen wie ein Grab. Und falls es tatsächlich jemand schafft, uns auf die Pelle zu rücken, ist es umso einfacher für mich, ihn im Blick zu behalten.« Nils zwinkerte.

Ja, und ich war das beste Beispiel. Ich hoffte, er hielt es für reinen Zufall, dass ich mich als Journalistin direkt neben Sötje einquartiert hatte. Und woher Tom seine Informationen hatte, wollte ich wirklich nicht wissen. »Wenn du das Haus fertig renovieren und es auf den neusten Stand bringen würdest, wäre es mit Sicherheit das ganze Jahr über vermietet«, lenkte ich das Gespräch um.

»Ich müsste dann mehr Geld verlangen. Das wiederum können sich viele Gäste nicht leisten. Meistens kommen Naturliebhaber oder junge Familien, die keinen Luxus brauchen. Es werden zwar immer weniger, aber die meisten sind sehr zufrieden.« Er musterte mich von Kopf bis Fuß, während seine Augen leuchteten. »Ich bin auch ganz erstaunt gewesen, als ich gehört habe, dass ausgerechnet du mein Feriengast bist. Haben dich die Bilder gar nicht abgeschreckt?«

Wenn ich denn welche zu Gesicht bekommen hätte, mit Sicherheit. Vielleicht war es ganz einfach Schicksal gewesen, dass in dem Moment das Internet gesponnen hatte. »Du bist sehr voreingenommen, weißt du das?« Gespielt empört verpasste ich ihm einen Hieb gegen die Schulter.

»Ach, komm schon. Eine wie du möchte doch lieber ein Haus mit allen Annehmlichkeiten, mit Whirlpool und dem ganzen Zeug.«

Ich senkte den Blick, weil ich mich ertappt fühlte. Genau so eine war ich. An meinem Anreisetag hatte ich mich gleich zu erkennen gegeben. Und wenn ich nicht gewusst hätte, dass Sötje meine Nachbarin war, hätte ich das Haus keines Blickes gewürdigt. Nur dem Verlag zuliebe hatte ich das alles auf mich genommen.

»Als ich gebucht habe, hat es Probleme bei der Übermittlung der Bilder gegeben. Ich habe keine Ahnung gehabt, worauf ich mich einlasse«, gab ich gescholten zu.

Er sah mich an, als glaubte er mir kein Wort. Eine Weile blieb er stumm, doch dann verfiel er in ein herzliches Lachen, in das ich einstimmte.

»O Mann. Das World Wide Web hat mich schon oft geärgert, aber manchmal kann es auch ein Segen sein, wenn es darauf ankommt«, sagte er und sah mir so tief in die Augen, dass mein Herz kurzzeitig aussetzte. Was ich sah, war pure Zuneigung, und ich spürte, tief in meinem Inneren, dass es mir gefiel.

Ich war so verwirrt, dass mir wahrscheinlich nur etwas Dummes eingefallen wäre, wenn ich etwas gesagt hätte. Deswegen war ich froh, dass Kjell dazwischenkam und uns einen Cocktail reichte. »Jetzt ist erst Mal Pause angesagt.«

Die Ablenkung beruhigte mein Herz. Dankbar griff ich nach dem erfrischenden Getränk. Ich rührte mit dem Strohhalm die Limetten und die Eiswürfel, bevor ich vorsichtig kostete. Meine Stirn glättete sich. »Sehr lecker.«

Nils verzog sein Gesicht zu einer lustigen Grimasse, sodass ich lachen musste. Für ihn war der Inhalt wohl zu sauer.

»Später bekommt ihr einen mit Alkohol. Aber erst nach Sonnenuntergang.« Zwinkernd verschwand Kjell wieder hinter seiner Bar und ließ uns allein.

»Zwei Tequila Sunrise dann, bitte«, bestellte Nils.

»Falls du vorhast, mit mir den Sonnenuntergang anzuschauen, kann ich nur sagen, Sunrise heißt Sonnenaufgang.«

Ein Lächeln zupfte an seinen Mundwinkeln. »Ja, eben.«

Ich spürte ein merkwürdiges Ziehen in meinem Unterleib, das sich noch einmal verstärkte, als er sich frech grinsend wegdrehte und ich ihn dabei beobachtete, wie er mit geschmeidigen Bewegungen die letzte Liege zusammenbaute. Ich schluckte mit ein wenig Lemmon gegen meine trockene Kehle an und fragte mich, wohin das alles führen sollte.

***

»Ich glaube, ich habe in der Grundschule das letzte Mal einen Drachen steigen lassen.« Der Wind verfing sich in meinen Haaren und bauschte bei jeder Gelegenheit mein Kleid auf. Je später der Nachmittag wurde, desto windiger wurde es. Nils rollte die Schnur großzügig aus, und irgendwann tanzte sein bunter Oktopus, mit ewig langen Armen, über den anderen fantasievollen Gebilden hinweg.

Aus dem Augenwinkel begutachtete ich abermals seine ausgeprägten Bizepse.

»Möchtest du auch mal halten?«, fragte er.

»Ich weiß nicht, es sieht aus, als wäre das sehr anstrengend. Möglicherweise zieht er mich noch mit in die Lüfte.«

»Keine Sorge, das werde ich zu verhindern wissen.« Nils drehte die Schnur etwas ein und hielt mir die Seilwinde hin.

Ich zögerte.

»Na komm. Wenn du willst, halte ich dich fest.« Er stellte sich hinter mich und drückte sein Sixpack gegen meinen Rücken, gleichzeitig umschloss er meine Hände, die schwitzend die Rolle festhielten. Seine Nähe brachte mich völlig aus dem Konzept, sodass ich fast das Lenken vergaß.

Recht schnell hatte ich mich an die Kräfte des Windes gewöhnt, und eigentlich wäre ich in der Lage, den Oktopus allein zu halten. Doch ich behielt meine Gedanken für mich. Seine Hände umschlossen noch immer meine Taille, als wollte er mich vor den Monstern in der Luft beschützen. Ich vergaß die Besucher um uns herum, und es schien, als drehte sich die Welt nur um uns. Seine Körperwärme heizte mich auf, und wenn er mir ins Ohr flüsterte, dass ich mehr oder weniger Schnur benutzen sollte, jagte mir eine Gänsehaut über die Arme. Ich hätte nichts dagegen gehabt, wenn wir weitere Stunden in dieser Position verharrt hätten.

Irgendwann ließ der Wind nach und der Drache verlor an Höhe. Jegliche Bemühungen misslangen, ihn noch einmal in die Luft zu treiben. Schließlich segelte er auf den Strand, und Nils lief los, um sein Fluggerät einzupacken. Plötzlich fühlte ich mich seltsam allein und schlang schützend meine Arme um meinen Körper.

Kurze Zeit später kam er zu mir zurück. »Komm, wir holen uns etwas zu essen. Ich sterbe vor Hunger.«

»Okay«, erwiderte ich und fragte mich, ob dieses leere Gefühl etwas zu bedeuten hatte.

»Worauf hast du Lust? Fisch, Fleisch, vegetarisch? Heartnitz bietet jedem etwas.«

Ich überlegte kurz. Zu Hause hätte ich mir wahrscheinlich eine chinesische Nudelbox gekauft.

»Wie wäre es mit einem Fischbrötchen?«, schlug er vor.

Ich nickte zustimmend und folgte Nils, der mich zu einer Bude führte, aus der ein herrlicher Duft nach würzigen Kräutern in die Luft stieg.

In der Zwischenzeit sah ich mich um. Mir fiel ein älterer, rundlicher Mann mit einer altmodischen Spiegelreflexkamera, die vor seinem Bauch baumelte, auf. Er wirkte etwas gehetzt, aber nicht unfreundlich. Berührungsängste schien er nicht zu haben. Offenherzig sprach er jeden Standbesitzer an und verwickelte ihn in ein Gespräch. Auweia, das war der echte Journalist, der Jagd auf Sötje machte. Dank Nils hatte ich mich sicher gefühlt. Möglicherweise war ich das gar nicht. Mein Herz setzte für einen Schlag aus. Vielleicht täuschte ich mich und der Mann war nur ein Tourist.

Nils nahm mir die Entscheidung ab, ob ich ihm mal kurz nachgehen sollte. Ich riss mich von dem Mann los, als mir ein Matjesbrötchen mit reichlich Zwiebeln darauf unter die Nase gehalten wurde. Machte er sich keine Sorgen um seinen Atem? Warum denn auch? Küssen würde er mich wohl nicht.

»Danke«, sagte ich. Als ich das nächste Mal nach dem Mann Ausschau hielt, war er wie vom Erdboden verschluckt. Wie groß war die Wahrscheinlichkeit, dass er mit dem Verlag Kontakt aufgenommen hatte? Eventuell hatten sie sich nicht gemeldet, wie es bei mir der Fall war, und er nahm die Sache jetzt selbst in die Hand.

Irgendwann vergaß ich den Vorfall und schaute in den bunt getupften Himmel, während wir in einvernehmlichem Schweigen aßen. Nils zeigte mir einen besonders schönen Drachen, der dem chinesischen aus der Mythologie ähnelte. Er hatte eine rote Mähne, einen langen grünen Körper und spitze Zähne. Ich stellte mich ganz dicht neben ihn und folgte seinem Finger.

»Schmeckt es dir?«, fragte er, nachdem er den letzten Bissen verschlungen hatte. Erst jetzt wurde mir bewusst, wie nahe wir uns waren.

»Sehr lecker«, erwiderte ich und ging in Gedanken meine Handtasche nach einer Rolle Pfefferminz durch.

Nils wischte sich mit der Serviette über den Mund, sodass sein Dreitagebart leise knisterte. »Wie wäre es mit einem Nachtisch?« Mit Schwung warf er das gebrauchte Tuch in den Mülleimer.

»Gern, aber erst wenn der Zwiebelgeschmack nachlässt.«

Wir lachten und genossen den Moment, während die Sonne uns wärmte. Ich ließ meinen Blick über die Gäste wandern, wobei ich Marieke entdeckte. Lächelnd hob sie ihren Arm, um sich bemerkbar zu machen. »Hey, ihr zwei«, begrüßte sie uns und bestellte sich ebenfalls ein Fischbrötchen.

»Hi«, gab ich fröhlich zurück. Ich freute mich, sie zu sehen.

»Habt ihr schon gegessen?«, fragte sie und wirkte etwas enttäuscht, als auch ich die letzten Krümel aus dem Mundwinkel wischte.

»Wir sind auf dem Weg zum Eisstand.« Nils deutete mit dem Daumen über seine Schulter. Marieke spähte in die Richtung und erstarrte. Ihre Wangen färbten sich himbeerrot. Sie wandte schnell den Blick ab und versuchte, ein Lächeln aufzusetzen, das ihre Unsicherheit wohl verbergen sollte. Stirnrunzelnd sah ich zu der Stelle hinüber und entdeckte Malte.

Mit einer Eistüte in der Hand schlenderte er auf uns zu. Er war der Grund, warum Marieke nervös mit den Füßen scharrte und sich am liebsten in Luft aufgelöst hätte. »Hey, ihr«, grüßte er uns lässig, ohne jemanden direkt anzusehen. Ich beobachtete fasziniert, wie die beiden sich so offensichtlich ignorierten, dass es jeder merken musste.

Malte war noch immer verletzt oder wütend oder beides. Auch wenn ich ihn kaum kannte, er hatte es nicht verdient, kurz vor der Hochzeit abserviert zu werden. Aber was war eigentlich der Grund dafür? Nils hatte mir gesagt, dass es keinen anderen Mann gab. Mein Journalistenherz schlug schneller bei dem Gedanken an eine mögliche Enthüllungsgeschichte. Aber das musste warten. Eine andere Frage ging mir durch den Kopf. »Hallo, Malte. Wie geht es denn der Katze? Hat sie alles gut überstanden?«

»Die Strapazen haben sie sehr mitgenommen«, sagte er knapp und ein bisschen unterkühlt.

Ich nickte und senkte den Kopf. Er schien mir das nicht zu verzeihen. Auch jetzt sah er mich mit einem frostigen Ausdruck an, der mich schlottern ließ. Aber vielleicht war es einfach seine Art, mit Fremden umzugehen.

Malte redete Nils die Ohren voll, während wir Frauen nur dumm danebenstanden und gelangweilt aus der Wäsche guckten. Schließlich wollte Marieke sich aus dem Staub machen, aber ich ließ sie nicht entkommen. Ich zog sie zu einem Stand, der duftende Seifen verkaufte.

»Du, Marieke«, begann ich vorsichtig und roch an einer, die aus Eselsmilch gemacht war. »Malte und du, ihr seid nicht gerade dicke Freunde, oder?« Ich spielte die Ahnungslose, obwohl ich mehr wusste.

»Er kann mir nicht verzeihen, dass ich ihn vor dem Altar sitzen gelassen habe.« Sie seufzte und zuckte mit den Schultern, als wäre Maltes Verhalten völlig unverständlich.

»Ach.« Ich versuchte erstaunt zu klingen, aber es misslang.

Marieke lachte. »O Lilli, du bist eine wirklich schlechte Schauspielerin. Nils hat dir von unserer Trennung erzählt, stimmt's?«

Ich gab mich geschlagen und hob die Hände. »Ja, das hat er. Ich bin halt neugierig. Das liegt mir im Blut. Wenn man sich so offensichtlich ignoriert, ploppen ganz automatisch Fragen in mir auf. Das ist eine Art Berufskrankheit.«

»Und was hat mein lieber Bruder dir erzählt?«, fragte sie, nahm einen Klumpen Shampooseife in die Hand und roch daran.

»Nur, dass du gegen dein Herz entschieden und Malte verlassen hast.«

»Prima, wenn der Bruder weiß, was im Herzen seiner Schwester los ist«, spottete sie.

»Er sagt, dass es keinen anderen Mann gegeben hat.«

»Nicht jede Trennung muss wegen eines anderen sein.« Marieke schnaubte. »Es ist damals die schwerste Entscheidung meines Lebens gewesen, und es schmerzt mich noch immer, wenn ich Malte in die Augen schaue. Er wird es irgendwann verstehen müssen. Er muss es einfach.« Sie ließ mich stehen und lief zu der Bude nebenan, die Lederarmbänder und Schmuck anpries.

»Hat er deinen Grund nicht akzeptiert?« Interessiert folgte ich ihr.

»Für ihn wäre es in der Tat einfacher gewesen, wenn ich mich in einen anderen Mann verliebt hätte. Er akzeptiert natürlich meinen Entschluss nicht.«

»Aber du liebst ihn noch, oder? Ganz tief versteckt in dir drin.«

Marieke ließ den funkelnden Zirkoniaring los und fixierte mich. Dann sah sie an mir vorbei und blieb einen Moment dort hängen, bevor sie wieder zu mir blickte. »Ich habe ihm das Herz gebrochen. Das ist nicht mehr gutzumachen.«

»Natürlich ist es das. Wenn du die Missverständnisse aus dem Weg räumst«, sprudelte es aus mir heraus. Am liebsten hätte ich sie an den Schultern gepackt und kräftig geschüttelt.

Abermals atmete Marieke laut aus. »Lilli, du verstehst das nicht.«

»Ah, hier seid ihr, zwischen dem ganzen Glitzer. Hätte ich mir ja denken können.« Nils grinste breit, und wieder einmal wurde ich mir seiner Attraktivität bewusst.

Marieke schaute nervös auf die Uhr. »Ja. Ich muss dann auch wieder heim. Viel Spaß euch noch.«

Ich beobachtete sie, wie sie in der Menge unterging. »Hat Malte die Trennung je verkraftet?«

Nils legte seinen Arm um meine Taille und zog mich weiter. »Ich weiß es nicht. Malte ist sehr verschlossen. Er redet kaum über seine Gefühle. Ich kann nur raten.«

»Wohin gehen wir?«, fragte ich, als wir die Promenade hinter uns ließen.

»Ich will dir etwas zeigen.«

Kapitel 10

Überraschenderweise zog Nils einen großen Rucksack hinter der Cocktailbar hervor. Hatte er seinen Plan, mir etwas zu zeigen, verworfen? Doch als Kjell uns zwei Gläser mit einem rotgelben Getränk, die mit einer Orange garniert waren, überreichte, spürte ich ein freudiges Kribbeln in mir aufsteigen. Was hatte er nur vor?

Wir bedankten uns bei Kjell, und er wünschte uns viel Vergnügen, bei was auch immer. Ich folgte Nils und versuchte nichts zu verschütten.

Die Brise, die vorhin noch angenehm gewesen war, hatte sich ein wenig abgekühlt und sorgte für eine leichte Gänsehaut auf meinem Körper. Ich hätte wohl besser eine Jacke mitnehmen sollen.

Nils blieb nach einiger Zeit stehen und sah sich um. Als er feststellte, dass wir völlig ungestört waren, ergriff er meine Hand und zog mich auf eine Düne hinauf. Entsetzt sog ich die Luft ein. »Was machst du denn? Das Betreten ist verboten.« Das sollte er doch wissen als Einheimischer. Immerhin waren alle Dünen mit einem solchen Schild gekennzeichnet.

Nils hielt sich den Finger vor die Lippen und ließ sich nicht aufhalten.

Mein Herz raste aus Furcht, entdeckt zu werden. Oben angekommen ließ er seinen Rucksack fallen und stellte unsere Gläser sicher in den Sand. Dann sah ich aufs Meer hinaus.

»Hier haben wir die beste Aussicht«, sagte er und breitete eine Decke aus. »Komm!« Er winkte mich zu sich und klopfte auf den freien Platz neben sich.

Kurz betrachtete ich seine Hand, ehe ich in seine braunen Augen sah, die so viel Vertrauen ausstrahlten, dass ich seiner Bitte nachging. Kaum dass ich mich niedergelassen hatte, stellte er seinen Rucksack zwischen uns. Ich war ein wenig enttäuscht, dass er eine Barriere zwischen uns errichtet hatte. Jetzt, da die Abendluft kühler wurde, hätte ich mich gern an ihn gekuschelt, damit ich nicht fror. Oder zumindest hätte ich mich ihm so genähert, dass ich seine Wärme spürte.

Er reichte mir mein Glas, das die gleiche orangerote Farbe wie der Himmel hatte. Obwohl ich ihm schlichtweg vertraute, warf ich einen besorgten Blick über die Schulter.

»Keine Angst, ich bin hier schon oft gewesen und nie erwischt worden. Und selbst wenn, was soll schon passieren? Ich bin mit jedem Polizisten hier per Du. Keiner wird Stress machen.« Zwinkernd hielt er mir seinen Cocktail zum Anstoßen hin.

Nils' Worte beruhigten mich ein bisschen, schließlich musste er es doch wissen.

Ein leises Klirren erklang, als ich mein Glas an seines stieß. Ich nahm nur einen winzigen Schluck. Nicht dass der Alkohol noch verrückte Dinge mit mir anstellte, die ich hinterher bereute.

Schweigend schauten wir den Wellen zu, wie sie auf die Brandung rollten, und hingen unseren eigenen Gedanken nach. Lediglich das leise Rascheln des Dünengrases im Wind und das sanfte Rauschen des Meeres waren zu hören, ansonsten war es still. Ich atmete tief ein und spürte, wie meine Angst nachließ und meine Schultern sich entspannten.

Ich wollte den Moment nicht stören, also blieb ich stumm und sah zu, wie allmählich die tiefrote Sonne erst das Meer küsste, um dann dahinter abzutauchen.

»Wow«, entfuhr es mir, als nur noch ein gleißender Ring am Horizont zu sehen war. Ich schwieg noch einen Moment, um den Anblick zu genießen. Dann dauerte es nicht mehr lange, und die Sonne war untergegangen. »Das war wirklich sehr schön. Ich bin mir sicher, dass ich das niemals vergessen werde.«

Nils lächelte. »Jeden Tag ist die Welt voller Schönheit. Unsere Hektik erlaubt es manchmal nicht, sie zu sehen.«

Ich konnte ihn nur noch als Silhouette erkennen. Plötzlich war mir seine Nähe überdeutlich bewusst, und seltsamerweise kam mir die Frage in den Sinn, ob er öfter Urlauberinnen hierherbrachte. Auch wenn Kjell behauptet hatte, Nils würde wie ein Mönch leben, so ganz konnte ich das nicht glauben. Gedankenverloren zog ich meine kalten Beine heran und rieb sie. Ein dicker Stein lag mir plötzlich im Magen, als mir bewusst wurde, dass ich das hier verpasst hätte, wenn Sabine oder Brigitte gefahren wären. Allein der Tag heute war der schönste seit Langem.

»Dir ist kalt.« Nils stellte sein Glas ab und wühlte in seinem Rucksack. Lächelnd zog er einen Hoodie hervor und übergab ihn mir.

»Dann frierst du doch.«

Nils schüttelte den Kopf. »Ich bin ein Küstenkind. So schnell frieren wir nicht.«

Dankend kroch in seinen Pullover. Er duftete angenehm frisch, ein bisschen nach ihm und nach seinem Aftershave, das er stets benutzte. Ich kuschelte mich gemütlich hinein, ließ mich wärmen und vergaß für einen Moment, dass wir bald aufbrechen mussten. Kaum dass ich den Gedanken ausgespielt hatte, schaute Nils auf die Uhr. Wollte er etwa schon nach Hause gehen?

Jetzt, da es am schönsten war? O nein. Das konnte er doch nicht machen. Ich brauchte dringend einen Vorwand, ihn noch länger hinzuhalten. Meine Zeit rieselte mir zwischen den Fingern hindurch. Bald würde ich die Heimreise antreten, und was hatte ich zu bieten? Einmal abgesehen davon, dass ein anderer ehrgeiziger Journalist mein Interview stahl. »Sag mal«, fing ich an. Nervös leckte ich mir über die Lippen. »Wie wahrscheinlich ist es, dass mir jemand zuvorkommt?«

Nils stoppte jäh in seiner Bewegung. »Wie meinst du das?«

»Vorhin auf dem Fest habe ich einen Mann gesehen. Ihm hat eine Spiegelreflex vor dem Bauch gebaumelt. Er hat sich mit jedem Budenbesitzer unterhalten. Nicht lang. Ich glaube, er hat sich nach deiner Mutter erkundigt.«

»Ja, das ist nichts Ungewöhnliches. Aber mach dir keine Sorgen. Ich halte die Augen offen und passe auf, dass ihr niemand zu nahe kommt.«

Das war die eine Sache, aber was war mit mir? Mit dem versprochenen Treffen? Die Lippen schürzend schaute ich ihn weiterhin an und hoffte, ihn durch bloße Gedankenübertragung zu ermutigen, aus Sötjes Leben zu berichten, damit ich wenigstens ein bisschen was vorzuweisen hatte.

Dem Anschein nach hatte er meine Gedanken erstaunlich gut erfasst. »Es tut mir wirklich leid, Lilli. Meine Mutter hat gerade so viel um die Ohren, dass es schwierig wird, dich noch dazwischenzuschieben. Sie lässt dich aber ganz lieb grüßen.«

Meine Hoffnung sank. »Oh. Schade«, entschlüpfte es mir enttäuscht. Wie gern hätte ich ein persönliches Wort an sie gerichtet. Meine Zeit hier in Heartnitz neigte sich dem Ende zu. Ich wusste nicht, wie Herr Arend darauf reagieren und ob er mir eine Verlängerung gewähren würde, wenn ich ihm meine Situation plausibel erklärte.

»Du kannst aber doch auch die Fragen an mich stellen. So wie wir das ohnehin gemacht haben. Ich weiß, es ist nicht dasselbe, aber ich bin mir sicher, dass ich ihr eine würdige Vertretung bin. Immerhin kenne ich sie schon mein ganzes Leben lang.«

Eine Weile dachte ich darüber nach und kaute auf meiner Wangeninnenseite. Ich saß verbotenerweise auf einer Düne mit dem attraktiven Sohn einer berühmten Bestsellerautorin. Vor uns lag das rauschende Meer und über uns funkelte ein Stern nach dem anderen auf. Ich wäre dumm, wenn ich ablehnen würde. »Okay. Dann tue ich einfach so, als würde Sötje neben mir sitzen.«

Ich kramte in meiner Handtasche und öffnete die Notiz-App meines Handys. »Wo holst du dir ...« Ich brach ab. »Das Du ist doch okay, oder? Sonst bringt mich das ganz durcheinander, wenn ich dich sieze, weil ich ja so tue, als ob ich mit deiner Mutter spreche.«

Nils lachte leise, was mir einen wohligen Schauer verursachte. »Sie ist da ganz unkompliziert. Wahrscheinlich hätte sie dir ohnehin das Du angeboten. Bei Freunden macht sie das immer.«

»Oh, okay.« Ich räusperte mich und fing noch einmal von vorn an. »Was inspiriert dich noch außer das Meer?«

»Das ist ganz einfach. Viel Bewegung und das Beobachten der Leute.«

»Du beobachtest gern Leute?« Wann machte sie das denn, wenn sie derart zurückgezogen lebte?

»Ja, am liebsten im Restaurant. Dort kann man wunderbar die Eigenarten der Menschen studieren.«

»In Kjells Restaurant?«, fragte ich und tippte das Wichtigste mit. Hm, aber hatte Kjell nicht gesagt, sie ließe sich immer seltener blicken?

»Ja, richtig. Manche Streitereien von Paaren sind später in den Romanen wiederverwendet worden.«

»Du meinst, wenn die Frau dem Mann eine Szene macht.«

»Oder andersherum.« Nils zwinkerte.

Ich lächelte ebenfalls. »In *Sehnsuchtsorte wie dieser* hat Roger Kelly der Untreue bezichtigt. *Empört schmiss er seine zerknüllte Serviette auf den Teller, stand auf und stemmte seine Arme in die Hüften ...*«, zitierte ich und gluckste. »Diese Szene empfand ich ein wenig zu feminin für Roger, obwohl er ja eigentlich die Männlichkeit in Person widerspiegelt und sein Testosteron nur so aus ihm herausquillt. Zwischendrin dachte ich ja mal, dass er schwul sein könnte.« Erschrocken schlug ich die Hand vor den Mund. »Bitte sag deiner Mutter nichts. Der Roman ist toll und ich liebe ihn.«

Nils lächelte. »Mach dir keine Sorgen, ich behalte deine Kritik für mich.«

Erleichtert atmete ich aus.

Unsere Blicke hingen aneinander, und mir verschlug es die Sprache. Wieder schaffte er es, mich aus dem Konzept zu bringen. Krampfhaft suchte ich nach der nächsten Frage.

Nils wühlte derweil in seinem Rucksack und zauberte eine weitere Decke hervor, die er über unsere Beine legte. Danach öffnete er eine Chipstüte und hielt sie mir mit einem Lächeln hin. Verwirrt nahm ich eine Handvoll und bedankte mich. Was hatte er noch alles in seinem Rucksack versteckt?

Er ließ sich auf den Rücken fallen und schaute in den Himmel.

»Was machst du?«, erkundigte ich mich. Meine eigentliche Frage, wie viel Zeit Sötje für einen Roman brauchte, war vergessen.

Nils beachtliche Brust vibrierte. »Die Sterne betrachten.« Seine Stimme klang weich. Sie löste einen so angenehmen Schauer in mir aus, dass ich einen Moment brauchte, meinen Blick von ihm abzuwenden und seinem zu folgen. Die Nacht hatte sich längst über uns ausgebreitet, und unzählige Lichter glitzerten über uns. Völlig verzaubert vergaß ich das Atmen.

»Welt der Wunder Teil zwei«, sagte er leise, als hätte er Sorge, jeder laute Ton könnte die Sterne verjagen.

Mein Nacken versteifte sich, je länger ich hochschaute. Also legte ich mich wie Nils auf die Decke und verschränkte meine Arme hinter dem Kopf.

»In Frankfurt funkeln die Sterne nicht so intensiv. Außerdem haben wir viel weniger.«

»Das liegt an der sogenannten Lichtverschmutzung. Die Stadt strahlt ihr Licht in die Atmosphäre und erhellt somit künstlich den Nachthimmel. Die Anzahl der Sterne ist immer gleich, nur sieht man sie eben nicht.«

Irgendwie klang das traurig. Ich liebte die Lichter der Stadt und die bunten Lichterketten in den Biergärten, wenn man bei warmer Sommerluft zu Musik über alles Mögliche plauderte. Doch dies hier war so viel zauberhafter als irgendein künstlich erzeugtes Lämpchen. Auch die Ruhe fesselte mich.

»Man nimmt sich viel zu selten Zeit, sich den Sachen zu widmen, die eigentlich immer da sind und nichts kosten. Wenn irgendwo ein Feuerwerk angekündigt ist, stellt man sich hin und erfreut sich, nimmt das laute Knallen in Kauf und klatscht. Danach senkt man den Kopf, strömt davon und giert dem nächsten Spektakel entgegen. Dabei brauchen wir nichts weiter tun, als hochzuschauen.« Er räumte eine kleine Pause ein, ehe er fortfuhr. »Manchmal spielt das Wetter nicht mit und die Wolken nehmen die Sicht.«

»Aber heute nicht«, sagte ich ehrfurchtsvoll.

»Ja, heute sind die Bedingungen ideal.«

»Da! Eine Sternschnuppe«, rief ich erfreut und deutete in den Himmel.

»Du musst dir etwas wünschen.«

Etwas wünschen? Was denn? Auf die Schnelle fiel mir nichts ein. Abgesehen davon, dass sich ein ziemlich großer Teil von mir wünschte, von Nils geküsst zu werden. Was? Panik stieg in mir auf. Ich war doch nicht drauf und dran, mich in Nils zu verlieben?

»Ich schenke dir den Wunsch«, brauste es aus mir heraus, und ich griff in die Chipstüte. *O Lilli, was ist nur los mit dir?* Die Woche war so gut wie rum, und ich würde wieder in Frankfurt auf meinem Balkon sitzen. Der Main vor meinen Augen und der Straßenlärm unter mir. Ja, das war genau das, was ich liebte. Das pulsierende Stadtleben.

»Okay, dann übernehme ich ihn. Ich wünsche mir …«

»Du darfst ihn doch nicht sagen, sonst geht er nicht in Erfüllung.«

»Ach ja, richtig.« Nils lächelte und schloss kurz die Lider. Als er sie wieder aufschlug, traf mich sein Blick wie ein Schlag. Sein Lächeln verschwand und das Einzige, was ich sah, war Zärtlichkeit in seinen Augen. Ich versuchte zu schlucken, aber mein Hals war wie zugeschnürt. Schnell wandte ich meinen Blick ab und überlegte, wie ich die Situation entschärfen konnte. Am besten machte ich mit dem Interview weiter.

Nils gähnte laut, und ich musste lachen. »Entschuldige, ich bin sehr früh aufgestanden, um zu arbeiten. Ich bin im Verzug.«

Dann war es wohl sinnlos, ihn weiter zu befragen. »Komm, lass uns nach Hause gehen.« Ich packte bereits meine Sachen zusammen, als er seine Hand um meinen Arm schlang.

»Nein«, widersprach er und ließ mich wieder los. »Noch nicht.«

Ein angenehmes Prickeln breitete sich über meinen ganzen Körper aus, was mich dazu brachte, meine

Zweifel zu vergessen und ihn einfach nur leidenschaftlich küssen zu wollen.

Zum Glück lenkte mich eine WhatsApp ab. »Entschuldige mich kurz.« Mit zittrigen Fingern entsperrte ich den Bildschirm und empfing ein Bild von Sabine in einem flauschigen weißen Bademantel und mit Turban auf dem Kopf. Ihr Gesicht war mit einer dicken grünen Masse bedeckt, auf der Gurkenscheiben lagen. In der Hand hielt sie eine Sektflöte. Wenn ich mich nicht so herrlich wohl neben Nils fühlen würde, wäre ich jetzt grün vor Neid geworden.

Ich dachte daran, ein Foto von ihm zu machen, um zu zeigen, was für einen attraktiven Mann ich neben mir liegen hatte. Natürlich ließ ich es sein, denn ich selbst würde es nicht wollen, wenn er ein Foto von mir verschicken würde. Also machte ich ein paar Schnappschüsse vom Nachthimmel und den leuchtenden Sternen, die nicht annähernd das einfingen, was ich mit meinen bloßen Augen sah, schickte sie aber trotzdem ab.

»Es ist so unglaublich schön«, murmelte ich. Als ich von Nils keine Antwort bekam, nur sein gleichmäßiges Atmen, musste ich lächeln. Ich ließ ihm seinen kurzen Schlaf und deckte ihn zu. Vorsichtig legte ich mich neben ihn und schmiegte mich etwas an seinen Körper, um mir etwas Wärme zu stibitzen.

***

Als ich Stunden später von einer Bewegung geweckt wurde, lag mein Kopf auf Nils' Brust.

»Guten Morgen«, murmelte er mit leicht amüsierter Stimme.

»Guten Morgen«, murmelte ich zurück und setzte mich blinzelnd auf. Ach herrje. Da musste ich wohl die Freundschaftszone überschritten haben, indem ich mich im Schlaf fest an ihn gekuschelt hatte. Ich warf ihm einen scheuen Blick zu.

Sein Haar stand ihm zu allen Seiten ab. Er sah zerknautscht, jedoch nicht verlegen aus. Vergeblich versuchte er seine Frisur zu bändigen, was mich zum Lächeln brachte. Ihm schien die Situation gar nicht unangenehm zu sein.

»Das war so großartig gestern Abend«, schwelgte ich in Erinnerung.

»Es ist immer anders und unsagbar faszinierend, obwohl es doch stets das Gleiche ist.« Nils betrachtete mich, und eine Horde wildgewordener Schmetterlinge flog in meinem Magen umher.

Er war so romantisch. Ob ihn manche Frauen als Softie abtaten, wenn sie ihn besser kennenlernten? War das der Grund, warum er allein war?

In meine Gedanken versunken sah ich mich um. Der Himmel war von einem dünnen Wolkenschleier bedeckt, und der Horizont leuchtete in Pastellfarben. Über dem Wald stahl sich der erste Sonnenstrahl. Entzückt keuchte ich auf. »Die Sonne geht gerade auf«, flüsterte ich überflüssigerweise. Über den Baumwipfeln, die sich an der Küstenlinie entlangzogen, erschien ein greller Kranz. Wie Lichtschwerter erhoben sie sich und durchbrachen die dünnen Nebelschwaden. Ein neuer Tag begann.

In einvernehmlichem Schweigen folgten wir dem Schauspiel, bis der gelbe Ball sich in seiner vollen Pracht zeigte.

»Wow, das war noch schöner als gestern.«

Eine Weile schauten wir einfach nur aufs Meer und sagten nichts. Bis Nils sich erhob.

»Ich schlage vor, wir räumen zusammen.«

Schade, dass alles schon vorbei sein sollte. Doch ich widersprach ihm nicht und stand ebenfalls auf. Kurze Zeit später schulterte er den Rucksack, nachdem er alles verstaut hatte. Ein letztes Mal sah ich zurück, um auch wirklich sicher zu sein, nichts vergessen zu haben.

Auf dem Weg nach Hause kehrten wir noch rasch in der Bäckerei ein und versorgten uns mit Brötchen.

Ein kleiner Teil von mir wünschte sich, dass er mich zu sich nach Hause zum Frühstücken einladen würde. So gern würde ich wissen wollen, wie er lebte.

»Danke für alles. Den Abend werde ich wohl für immer in Erinnerung behalten«, sagte ich, als wir vor der verwitterten Tür meines Ferienhauses stehen blieben.

»Ich fand ihn auch sehr schön. Entschuldige, dass ich eingeschlafen bin.« Abermals versuchte er, mit den Händen seine Haare in die richtige Position zu bringen. Vergeblich.

»Ich muss direkt nach dir eingeschlafen sein. Aber das macht ja nichts. So habe ich mir den Sonnenuntergang und den Sonnenaufgang in einem Abwasch anschauen können.«

Nun standen wir uns gegenüber und nahmen einander in Augenschein. Ob ich ihn auf einen Kaffee reinbitten sollte?

Nils nahm mir die Entscheidung ab, indem er auf seine Armbanduhr schaute. »Tut mir leid. Ich muss los.« Er sah mich an, als wollte er sich vergewissern, dass ich ihm nicht böse war.

»Kein Problem«, sagte ich so neutral wie möglich.

»Tja, also. Sehen wir uns morgen?«, fragte er.

Morgen erst? Was hatte er denn vor, dass er mich heute nicht mehr sehen konnte? Aber ich hielt meine Neugier zurück. Es ging mich nichts an, was er in seiner Freizeit machte.

Nils erahnte wohl meine Enttäuschung. »Ich bin den ganzen Tag unterwegs«, entschuldigte er sich.

»Du musst dich doch nicht rechtfertigen. Außerdem habe ich so eine Menge Zeit, den Artikel vorzubereiten. Ich fasse alles zusammen und schicke es meinem Chef. Das füllt den Nachmittag, und später werde ich wohl mit dem Fahrrad eine Runde drehen. Damit du es nicht ganz umsonst repariert hast.«

»Das ist eine gute Idee.« Nils lachte und drehte sich um.

Ich sah ihm nach und fühlte mich jetzt schon furchtbar einsam.

Kapitel 11

»Enter.« Zufrieden ließ ich mich in die Lehne des Gartenstuhls sinken und verschränkte die Hände auf meinem Bauch. Ich war gespannt, wie Herr Arend auf meinen Artikel reagieren würde. Sicher, er war kein Meisterwerk, und ich hätte mehr daraus machen können, aber wie hätte ich das anstellen sollen? Ich hatte nur einen flüchtigen Blick auf Sötje und ihren ergrauten, etwas zu lang geratenen Haarschopf erhascht. Mir hätte es besser gefallen, wenn ein Foto von ihr und mir neben dem Interview glänzen würde.

Etwas träge streckte ich die Nase in den wolkenlosen Himmel und atmete die salzige Luft ein. Die Bäume raschelten und trugen das Vogelgezwitscher mit dem Wind fort. Schade, dass Nils keine Zeit für mich hatte, bestimmt hätte er mir Heartnitz gezeigt. Tief in Gedanken versunken, streifte ich über das Grundstück, da hörte ich ein Auto auf dem knirschenden Untergrund anhalten. Mein Puls beschleunigte sich. Ob Nils doch schon früher nach Hause gekommen war?

Übermütig lief ich auf die Straße und stoppte abrupt, als ich den älteren Herrn mit der Kamera um dem Hals aus seinem silberfarbenen Wagen steigen sah. Ich hielt die Luft an und blieb, so gut es ging, hinter einem Baum. Wie dreist war der Mensch? Er stiefelte wie selbstverständlich zur Haustür und klingelte. Mehr und mehr sah ich meine Chance schwinden. Nur Nils' Versprechen, dass er seine Mutter vor neugierigen Leuten beschützte, besänftigte mich. Ich hoffte, das galt auch für diese penetrante Person. Würde Sötje die Tür öffnen? Nils war nicht da. Wo Marieke steckte, wusste ich nicht. Der Mann könnte ihr eine Falle stellen und sich als Postbote ausgeben. Und schwupp, war sie von dem Kcamerablitz derart geblendet, dass der Reporter sich freien Einlass verschaffte. O Mann. Lilli. Bei der Fantasie könnte ich tatsächlich Autorin werden.

Ich gab mein Versteck etwas auf, damit ich die Geschehnisse besser im Auge behalten konnte. Mein Herz hörte auf zu schlagen. Die Haustür öffnete sich, aber ich konnte nicht erkennen, wer sie aufgeschoben hatte. Fakt war, dass der Mann eifrig nickte, sich etwas aufschrieb und sich dann mit einem Gewinnerlächeln abwandte. Ich brauchte in meinem Schockzustand einen Moment, um mich wieder hinter den Baumstamm zu verkrümeln. Erst als das silberne Auto mit einer Staubwolke davonfuhr, trat ich hervor und sah ihm so lange nach, bis es nicht mehr zu sehen war. Was genau hatte ihn veranlasst, so siegessicher aufzutreten? Hatte er etwa das in Aussicht gestellt bekommen, was er sich erhofft hatte? Ein Treffen? Mein Herz pochte nur noch im halben Tempo. Was, wenn Sötjes Verlag einem Interview zugestimmt hatte? Dagegen konnte auch Nils nichts tun. Ich musste mich ablenken, sonst würde ich noch verrückt werden.

Bewegung täte bestimmt gut.

Ich schnappte mir meine Tasche und verstaute noch schnell Sötjes Roman, ehe ich etwas umständlich das Fahrrad aus dem Schuppen hievte. Es war eine gute Gelegenheit, Nils' Rat zu befolgen und an den Leuchtturm zu fahren.

Einen Fuß auf die Pedale gestützt, holte ich mit dem anderen Schwung und fuhr den Weg entlang, der laut Nils zum Leuchtturm führte. Die Kette unter mir rasselte, was mich ein wenig misstrauisch machte, doch nach mehrmaligem Hin- und Herschalten war das Geräusch verschwunden. Ich verließ die karge Wohngegend, und weite Wiesen eröffneten sich nach kurzer Zeit vor mir. Mit Zäunen abgegrenzte Koppeln, auf denen Pferde grasten, zogen an mir vorbei. Einzelne Bauernhöfe lagen abgeschieden und idyllisch am Waldrand. Fröhlich schauende Urlauber kamen mir entgegen, und wir machten uns gegenseitig Platz. Im Gegensatz zu mir trugen die Radfahrer einen Helm und waren auch sonst besser ausgestattet als ich, nämlich mit Funktionskleidung.

Unbeirrt radelte ich auf den gut markierten Wegen und genoss die herrliche Natur. Es gab so viel zu sehen, wie die Schilder mir verrieten. Der Leuchtturm war nicht die einzige Attraktion, die ich mit dem Fahrrad erreichen konnte. Ein Pfeil wies zu einer Plattform, die hoch auf einer Düne thronte. Ich musste lächeln, als ich sie erblickte. Der gestrige Abend fiel mir ein, und wie wir verbotenerweise auf die Düne geschlichen waren. Fast wie zwei verliebte Teenager, die sich zum Knutschen verzogen hatten.

Der Wind spielte mit meinen Haaren und riss mich aus meinen Gedanken. Etwas fester umfasste ich das Lenkrad und trat in die Pedale. In Frankfurt traute ich mich kaum Fahrrad zu fahren. Zu viel Verkehr, zu viel Stress und viel zu gefährlich. Ich nahm lieber den Bus oder die Bahn. Hier gab es eigene Wege für Radler und Fußgänger, getrennt von den Autos. Mir gefiel diese Ordnung.

Nach einer guten Viertelstunde erreichte ich ein Waldstück. Verschlungene Pfade und unbefestigte, von hohen Bäumen umsäumte Wege, führten mich an meinen Zielort, der noch mal gute zehn Minuten entfernt lag. Ich stellte das Rad ab, nahm meine Tasche und lief den letzten Abschnitt über den sandigen Pfad. Vor dem roten Leuchtturm blieb ich stehen und bewunderte seine Höhe. Von oben hatte man ganz bestimmt einen herrlichen Ausblick, den ich auf keinen Fall verpassen wollte.

In freudiger Erwartung ging ich weiter.

Heute geschlossen, stand auf der dunklen Eichentür. Mist! Ausgerechnet heute. Mit einem Seufzer blickte ich mich um und spürte die Versuchung, umzukehren. Oder ich folgte dem Pfad, der sich zwischen den knorrigen und windschiefen Bäumen dahinschlängelte. Er lockte mich zu sehr, als dass ich den Heimweg eingeschlagen hätte.

Nach ein paar Schritten öffnete sich der Weg, und ich wurde mit einem atemberaubenden Anblick belohnt. Ein leises Keuchen entwich mir. Ein weißer Sandstrand breitete sich über Kilometer hinweg aus. Hier herrschte eine friedliche Stille, nur unterbrochen von dem leisen Rauschen der Wellen. Eine Handvoll Urlauber lag entspannt im Sand, als hätten sie dieses Paradies für sich entdeckt. Abseits des Tourismus. Ich entschied mich, nach rechts zu gehen. Nach wenigen Schritten ließ ich mich in den weichen Sand fallen und vergrub meine Hände darin. Er fühlte sich sanft wie Seide an. Ich schloss die Augen und lauschte dem Rhythmus der Brandung, die mich auf sonderbare Weise beruhigte und meine Schultern entspannte. Ob Nils deswegen stets so locker war? Nie wäre ich auf die Idee gekommen, heimlich auf eine Düne zu klettern. Lächelnd schüttelte ich den Kopf. So etwas Romantisches hatte noch kein Mann je für mich getan.

Ich griff nach meiner Tasche und sah auf mein Handy, das keinen Empfang hatte. Na toll. Also zog ich Sötjes Buch heraus, schlug es auf und tauchte erneut ein in die Liebesgeschichte, gespickt mit geschäftlichen Intrigen, die mich so fesselten.

Erst als mein Magen laut knurrte, bemerkte ich, wie hungrig ich war. Ich blickte auf die Uhr. O wow, schon so spät. Wenn ich mich jetzt auf den Weg machte, wäre ich gegen halb sechs zu Hause. Gerade rechtzeitig für das Abendessen. Ob ich heute bei Kjell vorbeischauen sollte? Seine Speisekarte klang doch eigentlich ganz vielversprechend. Ich schlug das Buch zu und schlenderte zu meinem Fahrrad.

Die Vorfreude auf eine Dusche und ein leckeres Essen wuchs stetig, denn die ungewohnte Bewegung machte mich hungrig. Ich fuhr denselben Weg zurück. Als ich etwas Tempo aufnahm und schaltete, knallte es furchtbar laut unter mir. Ich geriet ins Schlingern, weil ich keinen Widerstand mehr spürte. Erschrocken stoppte ich und stieg ab. Die Kette war abgesprungen und hing schlapp herab. So ein Mist. Unschlüssig, was ich machen sollte, sah ich mich um. Jetzt gerade war keine weitere Person unterwegs, die mir hätte helfen können. Seufzend nahm ich das Handy, um Nils zu kontaktieren, da fiel mir ein, dass er den ganzen Tag fort war.

Selbst ist die Frau, predigte ich mir. Vergeblich versuchte ich, die ölverschmierte Kette wieder aufzulegen. Nach mehreren Fehlversuchen gab ich es auf und wischte mir die schwarzen Hände an einem Taschentuch ab. Ein paar Meter neben mir fuhr ein mit Schlamm bespritzter Jeep durch ein offenes Tor heraus.

Es war Malte. Eindeutig.

Etwas fester als nötig umklammerte ich die Griffe des Lenkers, während Malte ausstieg und gewissenhaft das Gattertor verriegelte.

»Hallo, Malte«, grüßte ich ihn freundlich und ging auf ihn zu.

Mit zusammengeschobenen Augenbrauen drehte er sich zu mir herum. In seiner Mimik war weder Überraschung noch Freude oder Unmut zu erkennen. »Hallo«, gab er zurück und widmete sich wieder seiner Arbeit. In stoischer Ruhe prüfte er, ob alles richtig verschlossen war, ehe er sich mir zuwandte und mich schweigend ansah.

Mich beschlich das dumpfe Gefühl, dass Malte mich nicht besonders mochte, also entschied ich weiterzugehen. Lächelnd hob ich den Arm und verabschiedete mich. »Tschüss.« Etwas umständlich umrundete ich das schmutzige Auto und ärgerte mich über seine Arroganz. Wenn ich es mir recht überlegte, hatte Marieke einen netteren Mann verdient, und ich gratulierte ihr im Stillen für ihre Entscheidung, mit ihm Schluss gemacht zu haben.

»Hey«, hörte ich es plötzlich hinter mir.

Überrascht drehte ich mich um.

»Tut mir leid, ich habe deinen Namen vergessen.«

»Lilli.«

»Lilli. Willst du etwa den ganzen Weg zu Fuß gehen?«

Diesmal war ich es, die ihre Brauen verwundert zusammenschob. Woher wusste er von meiner Panne?

Die wenigen Meter ging ich wieder zurück. Es war das erste Mal, dass ich Malte schmunzeln sah. Es stand ihm und verlieh ihm eine gewisse Milde, die er sonst hinter seiner Fassade gut verbarg.

»Du hast einen dicken Streifen Schmiere im Gesicht. Hier und hier.« Ohne mich zu berühren, deutete er mit dem Finger erst auf meine Stirn und dann auf meine rechte Wange. »Und weil du dein Fahrrad schiebst, denke ich, dass die Kette abgesprungen ist.«

»Oh.« Vorsichtig tastete ich über die besagten Stellen.

Er lachte und deutete diesmal auf meine Hände. »Die haben dich ebenfalls verraten.« Etwas unentschlossen fixierte er mich. »Zu Fuß sind es bestimmt noch dreißig Minuten. Komm, ich nehme dich mit.«

Was war nur mit ihm los, dass er plötzlich so nett war? Angesichts der Tatsache, dass meine Hände klebten, spürte ich das Loch in meinem Bauch immer größer werden. Ich zögerte einen Moment, bevor ich antwortete. »Danke. Das ist sehr nett von dir.«

Malte verstaute das Fahrrad sicher auf der Ladefläche seines Autos. Mit einer Geste bedeutete er mir einzusteigen.

Sportlich schob er sich hinter das Lenkrad und rollte auf die Straße. Da klingelte sein Handy. »Ja?«

Offensichtlich kümmerte sich hier in Heartnitz niemand so richtig um die Regeln. Als wäre es normal, klemmte er sich sein Smartphone zwischen Schulter und Ohr und lenkte nebenbei den Wagen. »Bin gleich da«, sagte er mit ernster Stimme und gab etwas mehr Gas. »Hast du etwas dagegen, wenn ich direkt zu mir fahre? Ansonsten muss ich einen großen Umweg machen.«

»Was ist denn los?« Diese Frage bezog sich sowohl auf den geheimnisvollen Anrufer als auch auf seine Freundlichkeit.

»Gleich wird es eine Hausgeburt geben.« Er drehte seinen Kopf und sah mich für einen Sekundenbruchteil an. Dann widmete er sich wieder der Straße.

War er deswegen wie ausgewechselt? Weil er sich auf die Katzenbabys freute? Wenn meine Katze Junge bekäme, würde ich vor Nervosität platzen und wäre eher gereizt.

Kurze Zeit später fuhr er in eine Einfahrt und blieb vor der Garage stehen, in der ein Rasenmäher und diverse Gartengeräte standen. Er stieg aus, und ich folgte ihm.

Ein typisches Reetdachhaus mit weißem Putz und braunen Fensterläden erwartete mich. Sein gesamter Garten war von unzähligen Wildblumen bedeckt, in denen es summte und brummte. Schmetterlinge flatterten zwischen den Hummeln, und Bienen machten das Bild komplett. Ein wahres Insektenparadies. Zwei knorrige Apfelbäume ragten inmitten des Grundstücks empor, in denen faustgroße Früchte hingen und einen süßlichen Duft verströmten.

Er schloss die Tür auf und ließ achtlos seinen Schlüssel in ein Schälchen fallen, das auf einem Schränkchen stand. Mit langen Schritten lief er voran und bog schließlich in ein Zimmer ab, in dem nichts weiter als ein Schrank und ein Karton standen.

Bei näherem Hinsehen entdeckte ich genau darin seine Katze, die auf weichem Untergrund lag. Sie blinzelte, während ihr Bauch sich hob und senkte.

Malte strich ihr sanft zwischen den Ohren über den Kopf und murmelte ihr etwas Beruhigendes zu. Schließlich richtete er sich wieder auf. »Möchtest du dir die Hände waschen?«

Immer noch irritiert von seiner Höflichkeit, betrachtete ich meine schwarzen Finger. Da sagte ich nicht Nein. »Gute Idee.«

Im Flur deutete er auf die gegenüberliegende Seite. »Die Gästetoilette. In dem Schränkchen unter dem Waschbecken befindet sich eine Tube Handwaschpaste. Damit bekommst du den schwarzen Schmutz ganz einfach ab.«

Seinen Anweisungen folgend, trat ich in das kleine, aber feine Bad. Es sah recht modern aus, wenn man bedachte, dass die Reetdachhäuser mehrere Hundert Jahre alt waren. Als ich in den Spiegel schaute, erschrak ich. Ein dunkler Streifen zog sich quer über meine Wange und einer über meine Stirn. Ich nahm die grobgekörnte Paste und rieb mir damit die Hände. Dann wusch ich sie mit reichlich Wasser ab. Es funktionierte. Vorsichtig machte ich das Gleiche mit meinem Gesicht.

Danach ging ich wieder zurück und fand Malte im Geburtszimmer. Neben ihm stand eine Schüssel mit Wasser und saubere Laken lagen dabei. Er selbst lehnte gelassen an der Wand.

»Wie hast du eigentlich erfahren, dass es so weit ist? Wir sind doch ganz allein im Haus.«

»Meine Mutter schaut immer mal nach dem Rechten.«

Ob das der Grund dafür war, warum Marieke ihn sitzen gelassen hatte? Weil sie sich zu sehr in die Angelegenheiten der beiden eingemischt hatte?

Ich nickte bloß, ohne weiter auf das Thema einzugehen. »Wie heißt eigentlich deine Katze?«

»Sally.«

»Der Name passt zu ihr.«

»Sie ist mir zugelaufen. Marieke hat ihr den Namen gegeben.«

Dass ich mit einer so unverfänglichen Frage gleich bei der Trennung landen würde, wäre mir nie in den Sinn gekommen. Ich kraulte Sally zwischen den Ohren, was sie anstandslos mit einem lauten Schnurren bedachte. »Es tut mir leid, was passiert ist. Nils hat mir von der geplatzten Hochzeit erzählt.«

»Hm«, war das Einzige, was er von sich gab. *Malte ist kein Mann der vielen Worte*, hörte ich Nils sagen. Damit hatte er wohl recht.

Sallys Körper hob und senkte sich, als hätte sie einen Dauerlauf absolviert. Hin und wieder miaute sie.

»Geht es ihr gut?«, fragte ich beunruhigt.

»Ja. Das ist der übliche Verlauf. Wir sollten sie in Ruhe lassen, aber ihr behilflich sein, falls etwas sein sollte. Unsere Anwesenheit allein gibt ihr Sicherheit.«

Erschrocken zog ich meine Hand von ihr fort, woraufhin ich ein heiseres Lachen von Malte erntete.

Sally wurde immer unruhiger. Sie legte sich auf die Seite und hob das oberste Bein.

»Geht es los?«

Nun atmete sie noch etwas schneller. Plötzlich kam etwas Graues zum Vorschein.

»Schätze ja.«

Sally gab ein leises Miauen von sich, sodass ich Mitleid mit ihr bekam. Bestimmt waren die Schmerzen ähnlich wie bei einer menschlichen Geburt. Malte streichelte sie und redete beruhigend auf sie ein. Womöglich steckte doch mehr hinter seiner kühlen Fassade als angenommen. Es musste so sein, denn jemand, der Tieren half, musste ein Herz besitzen.

Und dann glitt ein nasses Bündel auf die weiche Decke. Sally beugte sich sofort vor und säuberte das Baby mit der Zunge. Es hatte die Augen geschlossen und sah eher aus wie eine zu lang gewordene Maus. Kaum zu fassen, dass das blinde Würmchen zu einem drolligen Kätzchen heranwachsen würde. Es dauerte nicht lang, und das zweite Kitten erblickte das Licht der Welt. Wieder säuberte Sally das Fell, während das erste bereits nach ihrer Zitze suchte.

»Meine erste Geburt«, jauchzte ich vor Glück.

Malte grinste.

Doch die Freude wurde ein wenig getrübt, als Sally immer unruhiger wurde, aufstand und sich im Kreis drehte.

Maltes Blick verdunkelte sich. »Was hat sie?«, murmelte er mehr zu sich selbst.

Die geborenen Kätzchen schoben sich blind nach vorn und tasteten instinktiv nach den Zitzen, aber die Mutter wechselte immer wieder die Position.

»Ist etwas?«, fragte ich panisch.

Er wiegte den Kopf hin und her, nahm sich ein sauberes Laken und wischte damit sanft über die Kitten. »Sie müssen warm und trocken gehalten werden, sonst kühlen sie aus.«

Was war mit Sally, und warum ließ sie ihre Kleinen allein?

Endlich legte sie sich wieder hin, ungeachtet ihrer Babys. Malte reagierte schnell und setzte die Kleinen geschickt um, damit sie ohne Weiteres an die Zitzen gelangten.

Erleichtert atmete ich aus, als Sally über ihre Sprösslinge leckte. Sie presste noch einmal, und ein weiteres Bündel glitt auf das blutige Laken. Diesmal blieb sie einfach liegen und kümmerte sich ausschließlich um die saugenden Kätzchen.

Ängstlich sah ich zu Malte. Er hielt mir ein sauberes Tuch hin. »Hier, möchtest du übernehmen? Du musst einfach nur die Nase und das Maul sauber tupfen und das Fell trocken reiben. Wenn das erledigt ist, legst du es neben ihre Geschwister.« Malte schien mein Zögern zu spüren. »Du kannst nichts falsch machen.«

Ich nahm meinen ganzen Mut zusammen und rieb sanft über das Köpfchen und etwas fester über den Körper. Es bewegte sich nicht. Mein Herz schlug mir bis in den Hals, und ich schluckte laut. Was, wenn es schon tot war? Katzen hatten einen ausgeprägten Instinkt. Ob Sally ihm deswegen keine Beachtung schenkte? Ich würde es mir niemals verzeihen, wenn das Kätzchen nicht durchkam. Es wäre meine Schuld, weil ich das klagende Gejammer aus dem Strauchschnitt gehört, aber ignoriert hatte. Immer noch kein Lebenszeichen. Panik ergriff mich, und ich rang nach Luft.

»Was soll ich tun?«

»Rubble weiter, das animiert es, zu atmen.«

Ich folgte seinen Anweisungen. Die Tränen rannen bereits heiß über meine Wangen, und ich konnte nicht anders, als etwas bestimmter über das Fell zu reiben. Ich hatte schreckliche Angst, es zu verletzen. *Bitte, bitte, atme*, schrie ich im Stillen und machte weiter. Nach einem furchtbar langen Moment kam Bewegung in das zerbrechliche Wesen. Es krächzte und hob wackelig das Köpfchen, als würde es aus einem tiefen Schlaf erwachen. Es lebte! Rein aus meinem Bauchgefühl heraus, nahm ich es und führte es an Sallys Zitzen. Sofort fing die Mutter an, das Kleine mit der Zunge zu putzen.

Ein Stein fiel mir vom Herzen, und ich lachte schluchzend auf, während ich mir die Tränen wegwischte. Alles gut gegangen.

»Du hast dich tapfer geschlagen«, lobte Malte anerkennend und sah fasziniert in das Wurflager.

»Sally aber auch. Na ja, und du hast dich auch ganz ordentlich angestellt.«

Er lachte leise auf.

Ich fühlte mich schuldig, ihn so vorschnell verurteilt zu haben. Es musste einen anderen Grund geben, warum Marieke mit ihm Schluss gemacht hatte. Sein Charakter war es bestimmt nicht. Ich zögerte, ob ich ihn darauf ansprechen sollte, und entschied mich dagegen, um den Moment nicht zu zerstören.

Wir sahen erleichtert zu, wie die vier sich einander gewöhnten, als mein Magen sich mit einem lauten Knurren meldete.

Malte lachte. »Wow, das klingt, als hättest du eine ganze Löwenfamilie zur Welt gebracht.«

»Eigentlich hatte ich mich auf ein leckeres Essen gefreut, aber die Kette hat mir einen Strich durch die Rechnung gemacht.«

»Hunger habe ich auch, und außerdem müssen wir ganz dringend auf deine Hebammentätigkeit anstoßen.«

»Und auf das neue Leben.«

»Auch auf das.«

Kapitel 12

Als Malte mich vor der Tür absetzte, spürte ich Hitze in meine Wangen aufsteigen. Was, wenn Nils uns sah? Er hatte zwar gesagt, dass er den ganzen Tag unterwegs sei, aber man konnte nie wissen. Freundlich bat ich Malte, kurz im Wagen zu warten, während ich mich in der Zwischenzeit umzog. Rasch stieg ich die Treppen hinauf und pellte mich im Bad aus meinen Klamotten. Ich zog mir ein frisches Top über und schlüpfte in eine locker sitzende Hose. Die Reste des Öls, die ich bei Malte wohl übersehen hatte, wischte ich mir aus dem Gesicht und legte etwas Labello auf meine Lippen. Danach zwinkerte ich mir im Spiegel zu und eilte wieder nach unten. So eine Geburt schüttete offensichtlich Endorphine aus.

»Lass uns losfahren«, rief ich fröhlich, als ich dir Autotür mit Schwung öffnete und mich gut gelaunt auf den Beifahrersitz schob.

Daraufhin rollten wir los. Keine fünf Minuten später stiegen wir aus, und Malte verschloss das Auto mit einem Knopfdruck.

»Ich sterbe vor Hunger, hoffentlich müssen wir nicht lange warten.«

»Eine Geburt macht hungrig. Ich könnte einen Bären reißen«, pflichtete Malte mir bei.

Wir traten in das Restaurant ein, das uns mit offener Tür einlud. Ich sah mich um und entdeckte einen freien Tisch in der Ecke. Malte folgte mir und ließ sich erschöpft auf einen Stuhl sinken. Er winkte Kjell zu und bestellte zwei Küstenfeuer.

»Hallo, ihr beiden.« Kjell zog seine Begrüßung unnötig in die Länge, als er erst Malte und dann mich mit einem fetten Grinsen beäugte. »Was gibt's denn hier zu feiern?«

»Das Leben«, sagte ich mit stolzgeschwellter Brust und lenkte ihn von seinen falschen Vermutungen ab, dass ich aus anderen Gründen hier mit Malte saß.

Er sah den Tierarzt neugierig an.

»Lilli hat Geburtshilfe geleistet, und dank ihres Einsatzes hat auch das dritte Kätzchen überlebt.«

»Und ihr wollt das ohne mich feiern?«, fragte Kjell in einem gespielt entsetzten Tonfall. Mit wenigen Schritten ging er um die Theke herum und füllte ein weiteres Gläschen. Keine zwei Atemzüge später stand er mit erhobenem Glas vor uns und rief einen Toast aus. »Drei auf einen Streich, Mutter sein, das ist nicht leicht. Prost!«

Wir erhoben ebenfalls die Gläser, und ich kippte den Inhalt in einem Zug hinunter. Ich schüttelte mich, während die Männer keine Miene verzogen.

»Möchtet ihr was essen?«, fragte Kjell und sah erneut abwechselnd erst mich und dann Malte an.

»Das Tagesgericht«, bestellte er, ohne vorher in die Karte geschaut zu haben.

Mir war irgendwie nicht nach totem Tier. »Ich nehme das vegetarische Gericht.«

»Falls es dich beruhigt, mein Fleisch stammt aus einem hier ansässigen Biohof.«

Ich wiegte unschlüssig den Kopf hin und her.

Kjell bemerkte wohl meinen zweifelnden Blick. »Wie wäre es mit einem Burger mit Ziegenkäse und einem knackigen Salat.«

»Gibt's auch Pommes dazu?«

»Eine doppelte Portion?«

Ich nickte begeistert. Maltes überraschte Miene ließ mich auflachen. »Mein Appetit ist hier anscheinend ungebremst. Ich habe hier einen Bärenhunger. Das liegt bestimmt am Meer und an der Luft. Und natürlich an der Bewegung.«

»Ja, das ist sehr wahrscheinlich. Das habe ich schon von vielen Urlaubern gehört.«

Seine Worte trafen mich wie eine schallende Ohrfeige. Wie konnte ich das nur vergessen? Ich war ja nur zu Gast hier. *Nein! Lilli, so ein Quatsch. Du bist hier wegen deiner Arbeit!* Die ich eigentlich schon mit dem Versenden der E-Mail beendet hatte. Was mir wiederum vergegenwärtigte, dass meine Zeit ja morgen schon ablief. Ich hielt den Atem an. War mein Plan nicht gewesen, nach dem Interview die Koffer zu packen und nach Hause zu fahren? Jetzt saß ich hier mit meinen neuen Freunden, die ich allesamt in mein Herz geschlossen hatte, und zögerte.

Ich hatte keine Zeit, mir klarzumachen, dass das hier nur ein flüchtiger Moment war. Kjell kam mit einer weiteren Runde Küstenfeuer an unseren Tisch. Ich konnte ja schlecht Nein sagen und mich als Spaßbremse outen. Wir kippten die Gläser, und ich verzog das Gesicht, was die Männer zum Lachen brachte.

»Es ist eine Schande, dass du als Chef und Inhaber selbst bedienst. Du solltest in deinem Kabuff im Hinterzimmer sitzen und dein Geld zählen«, scherzte Malte und schob sein Gläschen von sich.

»Gute Mitarbeiter sind heutzutage rar gesät. Da mache ich lieber alles selbst, als mich über faule Angestellte zu ärgern.« Damit gab er uns zu verstehen, dass er gehen musste. Er eilte in die Küche, um kurz darauf mit zwei Tellern voller Köstlichkeiten zurückzukommen.

»Wow, das ging ja schnell.« Mein Magen knurrte so heftig, dass es mir schon unangenehm war.

»Lasst es euch schmecken.«

Ich schnappte mir eine Pommes und ließ sie mir auf der Zunge zergehen. Nie zuvor hatte ich so köstliche Pommes wie diese gegessen. Ich füllte meinen Mund und trank einen großen Schluck Radler hinterher. Malte sah mich an und lachte herzlich. Etwas verlegen hielt ich mir die Hand vor den Mund. Wenn ich hungrig war, vergaß ich alles um mich herum. Vielleicht fühlte ich mich auch so frei, weil Malte einfach Malte war und ich ihm nichts vormachen musste.

Plötzlich spürte ich eine Leere in mir. Auch wenn Malte ein netter Kerl war, wollte ich Nils so gern von der Geburt erzählen. Aber er war nicht da und ich hatte keine Ahnung, wo er steckte.

»Was ist los mit dir?«, fragte er. »Du bist auf einmal so still. Bedrückt dich etwas?«

Ich schüttelte den Kopf. »Nein, nein. Es ist nur ...« Ich brach ab und überlegte, ob ich ihm etwas vormachen oder ihm die Wahrheit sagen sollte, die in meinem Herzen loderte.

Malte legte das Besteck beiseite und verzog sorgenvoll das Gesicht.

Seine verständnisvolle Art löste wieder diese brennende Frage in mir aus, warum Marieke diesen Mann in Herrgottsnamen verlassen hatte. Sofort würde ich für ihn schwärmen, wenn ich nicht ... Oh, oh! Mist. Ich traute mich kaum, es auch nur zu denken.

Malte lachte. »Entweder hast du gerade einen Geist gesehen, oder du hattest eine Erleuchtung.«

»Eine Erleuchtung«, gab ich seufzend zu und stocherte in meinem Essen. Wie konnte ich mich nur innerhalb weniger Tage in einen Mann verlieben, der Hunderte Kilometer von mir entfernt wohnte? Fasziniert hatte er mich, als ich ihn das erste Mal am Meer gesehen hatte. Zu diesem Zeitpunkt hätte ich nie gedacht, dass ich ihn näher kennenlernen würde, geschweige denn nur wegen ihm länger bleiben. Meine Pläne hatten da noch ganz anders ausgesehen. Arbeiten und weg. Aber nun, da Nils und ich so viel Zeit miteinander verbrachten, hatte er sich still und heimlich in mein Herz geschlichen, ohne dass ich es verhindern konnte. Und wenn ich an den Abschied dachte, zerriss es mich in tausend Teile.

»Und diese Erleuchtung heißt zufällig Nils?«

Fast wäre mir meine Gabel aus der Hand gefallen. War ich wirklich so gläsern? Ich wollte meine Gefühle zu Nils nicht rigoros abstreiten, denn wahrscheinlich würde Malte mir kein Wort glauben.

»Och«, sagte ich. »Eventuell hätte ich es ganz nett gefunden, ihm von der Geburt der Kätzchen zu erzählen.« Ich konnte Malte kaum in die Augen schauen. Sein leises Lachen genügte, um mir verstehen zu geben, dass er längst wusste, was in meinem Herzen los war.

»Okay. Du brauchst nicht rot zu werden. Was hältst du davon, wenn ich ihn anrufe? Wir trinken gemeinsam auf das Leben, und ich verkrümele mich still und heimlich.«

Überrascht sah ich auf. Das würde er tun? Im nächsten Moment sackte ich wieder in mich zusammen. »Nils ist gar nicht da. Er ist unterwegs.«

Maltes Augenbrauen zogen sich verwundert zusammen. »Wie kommst du darauf? Vorhin hat er mir gesagt, dass er zu Hause sei.«

Seine Worte lösten einen Schwindel in mir aus, der mir übel aufstieß. Mit der Hand fuhr ich mir über die Stirn. »Ach«, murmelte ich und versuchte, nicht panisch zu wirken. Was hatte er denn für einen Grund gehabt, mich anzuschwindeln? Es hatte doch nichts mit dem Reporter zu tun? Ich setzte ein gestelltes Lächeln auf und straffte die Schultern. »Möglicherweise habe ich da auch nur was falsch verstanden.«

»Mach dir keine Sorgen. Das alles hat mit Sicherheit nichts mit dir zu tun. Für mich ist die ganze Familie ein einziges Geheimnis. Es gibt so viele Dinge, aus denen ich einfach nicht schlau werde.«

»Warum Marieke dich sitzen gelassen hat?«

Malte senkte den Blick und nickte.

»Ich habe sie deswegen gefragt. Sie hat mir gesagt, dass ich es nicht verstehen würde.«

»Irgendwas verheimlicht sie mir.«

Diese Vermutung hatte mich ebenfalls bereits beschlichen. Sonst würde sie sich niemals so verhalten, wenn Malte in der Nähe war. Der Schmerz in ihren Augen verriet, wie sehr sie ihn liebte.

Malte schürzte die Lippen und erhob sein Glas. »Lass uns lieber über den erfolgreichen Tag anstoßen.«

»Du hast recht.« Entschlossen, uns nicht runterziehen zu lassen, stießen wir an.

Dann ließen wir die Katzengeburt noch einmal Revue passieren und unterhielten uns über dies und das. Die Zeit verging wie im Flug. Gäste kamen und gingen. Sogar Nils, den Malte nicht mehr kontaktiert hatte, vergaß ich in unserer angeregten Plauderei. Bis er plötzlich im Türrahmen stand.

Mein Herz machte einen unregelmäßigen Satz, und als sich unsere Blicke trafen, tobte ein Schwarm aufgebrachter Schmetterlinge in meinem Bauch.

»Nils«, flüsterte ich atemlos. Was ich in seinen Augen las, war nur schwer zu interpretieren, irgendetwas zwischen Empörung und Enttäuschung. Marieke tauchte nun hinter seinem Rücken auf und schaute mich mit einem Ausdruck an, als hätte sie uns ertappt.

Auf der Stelle wandte sie mir den Rücken zu und flüchtete durch die Tür. So ein Mist. Sie deutete die Situation völlig falsch. Ich saß doch nur aus einem einzigen Grund hier, den ich ihr sofort erklären musste. Ich erhob mich und wollte ihr folgen, doch Malte hielt mich zurück.

»Sie sucht immer das Weite, wenn sie mich sieht. Es liegt an mir.«

»Bin gleich wieder da«, versprach ich und lief los. Als ich bei Nils ankam, wiederholte ich die Worte und setzte noch hintendran: »Malte erklärt dir alles.«

Nils' Mund öffnete sich gerade, aber ich wollte keine Zeit verlieren und eilte hinaus. Der Wind wehte mir kräftig ins Gesicht, sodass ich meine Augen etwas zukniff, während ich nach Marieke suchte. Sie war schon ein ganzes Stück Richtung Meer gelaufen. »Marieke, warte doch mal«, rief ich und rannte ihr hinterher.

Sie blieb tatsächlich stehen und drehte sich herum.

»Bitte, denke erst gar nicht daran.« Ich blieb vor ihr stehen und rang nach Luft.

Trotzig überkreuzte sie ihre Arme vor der Brust und reckte mir ihr Kinn entgegen.

Obwohl ihr Gesicht im Schatten lag, sah ich eine verstohlene Träne in ihrem Augenwinkel schimmern.

»Marieke«, sagte ich sanft. »Malte und ich, wir haben zusammen gegessen, weil wir gemeinsam drei kleine Kätzchen zur Welt gebracht haben.«

Endlich regte sich etwas in ihrem Gesicht. Sie blinzelte, als wäre sie aus einem tiefen Schlaf erwacht. Erstaunt sah sie mich an, woraufhin ich lächelte. »Das wusste ich nicht.«

»Woher auch?« Haarklein erzählte ich ihr, wie es dazu gekommen war. Augenscheinlich glaubte sie mir, denn sie löste ihre abwehrende Haltung und ließ gescholten ihre Arme neben sich baumeln. »Da sind wohl die Pferde mit mir durchgegangen.«

»Ich kapier das einfach nicht. Erst dachte ich, Malte wäre arrogant und hochnäsig. Ein Müttersöhnchen, der dir Anlass gegeben hat, ihn verlassen zu haben. Jetzt habe ich ihn besser kennengelernt und, ehrlich,

Marieke, er trauert dir nach. Und du liebst ihn doch auch. Sonst wärst du doch nicht so überstürzt aus Kjells Restaurant gestürmt. Was soll das alles?«

Seufzend klemmte sie sich eine Strähne hinter das Ohr und schaute weg, so wie sie es bei Malte immer tat. Sie atmete tief aus. »Mittlerweile denke ich ja auch, dass es ein Fehler gewesen ist.« Eine Weile fixierte sie ihre Fußspitzen, bevor sie ihr Kinn hob und mich ansah, als wollte sie mich überzeugen. »Malte verdient jemanden, der ehrlich zu ihm ist.«

Ich stutzte. Warum war sie unehrlich zu ihm? »Du liebst ihn, bist treu, aber lügst ihn an?« Was verbarg sie vor ihm?

»Es ist kompliziert.«

Sie öffnete sich mir einfach nicht. Ich verstand das, denn wir waren fast Fremde füreinander und ich wäre wohl genauso vorsichtig, wem ich mein tiefstes Inneres anvertraute. Vielleicht brauchte sie auch nur etwas Zeit, die knapp wurde, denn meine hier war fast vorbei. Wahrscheinlich würde ich den Grund niemals erfahren. Doch ich wollte sie zu nichts zwingen.

Ich schenkte ihr ein aufrichtiges Lächeln. »Tja, ich gehe dann wieder zurück. Noch ein bisschen feiern. Was hältst du davon, wenn wir das gemeinsam machen? Morgen reise ich schon ab. Könnte sein, dass es unsere letzte Gelegenheit ist.«

Bei diesen Worten erschrak Marieke. Auch ich hatte gemischte Gefühle.

Kapitel 13

Als wir im Restaurant ankamen, standen Malte, Kjell und Nils an der Theke, hatten ein Bier vor sich stehen und unterhielten sich angeregt. Die anderen Tische waren alle besetzt, und die Stimmung war recht ausgelassen. Im Hintergrund spielte leise Musik.

Marieke wurde immer angespannter, je näher wir den Männern kamen. Malte gab die Geschichte über die Kätzchen nochmals zum Besten, was mir einen warmen Blick von Nils einbrachte und mir einen angenehmen Schauer bescherte.

»Endlich. Da bist du ja. Ich wollte schon einen Suchtrupp losschicken«, sagte er vergnügt. Puh, dann wusste er jetzt wenigstens Bescheid, warum Malte und ich so vertraut miteinander umgegangen waren. Dennoch wollte ich von ihm wissen, warum er mir gesagt hatte, dass er den ganzen Tag weg sein würde. Sonst war er mir gegenüber doch recht aufgeschlossen – oder war er das gar nicht? Es gab keinen Grund, Geheimnisse vor mir zu haben. Hoffentlich sah er in mir keine neugierige Journalistin, sondern eine Freundin, eine Vertraute. Ich wünschte es mir so sehr.

»Das brauchst du nicht. Ich bin ja jetzt hier«, sagte ich und überlegte fieberhaft, ob ich ihn darauf ansprechen sollte. Als die Tür aufsprang und ein gedrungener Mann mit Kamera vor dem Bauch auftauchte, erübrigte sich mein Gedanke.

Der Reporter! Wie selbstverständlich blickte er sich um, als wäre er auf der Suche nach einer ganz bestimmten Person. Ich wusste auch, nach wem.

Nils hatte ihn ebenfalls längst entdeckt. Er erstarrte regelrecht und lief kalkweiß an.

Während Kjell dem Mann freundlich erklärte, dass es sich um eine private Feier handelte, entspannte Nils sich offensichtlich, und die Farbe kehrte in sein Gesicht zurück, nachdem er gegangen war.

Meine Augen schlossen sich zu einem schmalen Spalt. War der Reporter doch der Grund, warum Nils mir sein Wegbleiben verschwieg? Das würde seine Reaktion erklären. Ich musste es wissen. »Der Mann ist vorhin bei euch gewesen. Hat er um ein Interview gebeten? Bekommt er eins?« Meine Fragen kamen viel zu überstürzt aus meinem Mund gepurzelt, sodass es mir im selben Moment leidtat, so zu reagieren. »Du weißt, wie wichtig mir ein Treffen mit Sötje ist.«

Auf seinen Lippen erschien ein entwaffnendes Lächeln. »Nein. Das wird er nicht. Das versichere ich dir.«

Ich wusste nicht, was es war, aber irgendetwas ließ mich zweifeln, obwohl ich ihm glauben wollte. Dennoch sagte ich: »Da fällt mir aber ein Stein vom Herzen.« Ich wollte ihm noch sagen, dass es mich auch eigentlich nichts anging, aber im nächsten Moment kam er mir noch etwas näher, was mich meine Zweifel und den Vorfall vergessen ließ. Die Stimmen im Gastraum waren so laut, dass man sich kaum unterhalten konnte. Man rückte automatisch zusammen.

»Glückwunsch zu deiner Katzengeburt. Du bist nicht nur eine Expertin für Liegen, sondern auch eine Geburtshelferin.« Er schaute kurz an mir vorbei zu seiner Schwester. Dann flüsterte er mir ins Ohr: »Und du hast es sogar geschafft, Marieke hierherzulocken.«

Abermals spürte ich ein Kribbeln über meinen Körper wandern, als sein Atem meine empfindliche Schläfe berührte. Schwer schluckend rückte ich etwas von ihm ab und traf auf seinen Blick, in dem ich so viel Zuneigung las, dass ein kleines wehmütiges Ziehen durch meinen Unterleib schoss. Fast schon atemlos benetzte ich meine Lippe und schaute weg. Mein Körper war ein mieser Verräter. Jede zufällige Berührung von ihm entfachte einen Funkenflug in mir. Sollte ich ihn daran erinnern, dass unsere gemeinsame Zeit bald ablief? Irgendwie musste ich verhindern, dass er das nächste Mal einen Großbrand auslöste. »Ja, ich habe Talent, zu überzeugen.«

Er hob seine Hand und schob eine Haarsträhne aus meiner Stirn. »Du hast da Make-up oder so.«

Vorsichtig tastete ich die Stelle ab. »Oh, Mist! Ich dachte, ich hätte alles weggewischt. Das ist Öl. Leider muss ich dir einen kleinen Fahrradunfall gestehen. Die Kette ist abgesprungen. Aber das hat Malte dir wahrscheinlich schon erzählt. Das Rad ist jetzt erst mal Schrott.« Beschämt ließ ich den Kopf hängen.

Nils ließ die Strähne aus seinen Fingern gleiten. »Hauptsache, dir ist nichts passiert. Alles andere kann ich reparieren.«

Ich verlor mich in seinem Blick, sah mich fallen und konnte nichts dagegen tun. Warum war dieser Mann nur so perfekt? Egal wie sehr ich mich bemühte, seinem Charme zu widerstehen, es war zwecklos.

Kjell schaffte es, uns aus unserer Verbundenheit zu holen, indem er uns eine Runde Küstenfeuer zuschob. Nacheinander kippten wir das Zeug hinunter. Nur Marieke verzichtete und steckte ihre Hände tief in die Hosentaschen. Sie sah nervös aus und ließ ihren Blick überall hinwandern, insbesondere auf die Uhr. Hatte sie noch einen anderen Termin?

Malte hingegen erwischte ich oft dabei, wie er heimlich zu ihr schielte. Innerlich verdrehte ich die Augen und wünschte mir, ich könnte die beiden an einen Tisch setzen und ihnen verbieten aufzustehen. Aber ich war ja nicht ihre Kindergärtnerin oder Amor.

Auch wenn ich den beiden sehr gern einen Schubs in die richtige Richtung gegeben hätte, ließ ich zufrieden den Blick über die fröhlichen Gesichter schweifen. Ich fühlte mich unheimlich wohl neben Nils, und jede zufällige Berührung nahm ich wie eine Umarmung an. Kjell lief zu Hochtouren auf und verteilte fleißig seinen Likör. Allmählich spürte ich die Wirkung des Alkohols und beschloss, eine Pause einzulegen. Nicht dass ich mich zu irgendetwas hinreißen ließ, was ich hinterher bereute.

»Ich hau dann mal ab«, riss Marieke mich aus meinen Tagträumen, die etwas mit einem Kuss von Nils zu tun gehabt hatten.

Wie bitte? Das konnte sie doch nicht ernst meinen. »Komm schon, bleib noch ein bisschen. Es ist doch noch früh.« Es war das erste Mal seit meiner Ankunft, dass ich länger als neun Uhr unterwegs war und etwas Spaß hatte. Abgesehen von der Nacht auf der Düne mit Nils.

»Vergiss nicht, die Garage abzuschließen«, sagte dieser, als wäre sie ein kleines Kind. Warum ließ er sie denn so einfach gehen? Die Stimmung war ausgelassen und die Gelegenheit günstig, sie und Malte aneinander wieder näherzubringen. War ihm das etwa egal? Ich hatte mir schon einen Plan zurechtgelegt, wie ich das anstellen könnte.

»Na klar, viel Spaß euch noch.«

Sie meinte das tatsächlich ernst, wie ich entsetzt feststellte. »Warte.« Ich erwischte sie noch am Arm, bevor sie durch die Tür schlüpfte. »Sehen wir uns noch mal?« Marieke lächelte und ihre Augen leuchteten. »Glaubst du wirklich, ich lasse dich so einfach gehen?«

Erleichtert ließ ich sie los.

***

Eine Stunde, nachdem Marieke gegangen war, spürte auch ich, wie die Müdigkeit mich übermannte. Ich versuchte, ein Gähnen zu unterdrücken, aber Nils bemerkte es dennoch.

»Willst du nach Hause? Wenn du möchtest, begleite ich dich«, bot er mir an.

Auch wenn ich am liebsten noch geblieben wäre, schrie mein Körper nach Erholung. Der Tag war so aufregend und das Fahrradfahren ungewohnt gewesen, dass ich befürchtete, auf der Stelle einzuschlafen. »Ja, gern.«

Nils nahm mich an die Hand und führte mich zum Ausgang. Da fiel mir ein, dass ich noch meine

Rechnung bezahlen musste, aber er erklärte mir, dass Malte das schon erledigt hatte, als ich mit Marieke draußen gewesen war. »Oh«, sagte ich überrascht. Ich sollte Malte dafür danken, dachte ich noch, dann sah ich den wunderschönen Sternenhimmel über uns, und mein Herz zog sich zusammen. Wie sehr ich das Firmament vermissen würde, wenn ich erst einmal wieder in ... Ich ließ meinen Satz unvollendet und verdrängte den Gedanken an meinen Abschied. Doch so ganz schaffte ich es nicht.

»Mir wird das alles sehr fehlen«, gestand ich mit einem tiefen Seufzer und Blick in den Himmel.

»Das muss nicht sein«, erwiderte Nils und blieb stehen. Er umfasste meine Taille und zog mich an sich. Mit den Fingern strich er mir sanft über meine Wange, meinen Hals und hob mit dem Daumen mein Kinn an. Mein Mund fühlte sich trocken und staubig an, wie an einem heißen Sommertag ohne Wasser. Ich wollte schlucken, aber mir fehlte die Spucke. Mein Verstand warnte mich, dass das ein Fehler war, aber ich ignorierte ihn. Das, was gleich passieren würde, wollte ich so sehr und, wie es schien, Nils auch. Ganz automatisch drängte ich mich dichter an seine Brust und spürte sein Herz kräftig schlagen. Das kleine Flämmchen in meinem Bauch wuchs zu einem ausgewachsenen Wunsch heran, seine Lippen auf meinen zu spüren.

Wer von uns beiden die wenigen Zentimeter überbrückt hatte, war mir im Grunde egal. Seine Lippen fühlten sich unglaublich weich und doch so fest an. Er schmeckte nach Likör und einem Hauch von Minze. Der Kuss brachte meinen gesamten Körper in Aufruhr, sodass ich mich noch enger an ihn schmiegte. Meine

Hände wanderten über seine starken Schultern und verfingen sich in seinen Haaren, die sich unglaublich weich anfühlten. In diesem Moment verlor ich mich in einem Strudel aus Gefühlen und genoss das Kribbeln in meinem Bauch und das Pulsieren des Blutes in meinen Venen.

Wir lösten uns voneinander. Da war so viel Zärtlichkeit und Verlangen in seinen Augen, dass es für mich klar war, wohin der Kuss führte. Nämlich an einen ungestörten Ort.

»Lass uns nach Hause gehen«, schlug ich vor. Mein Herz klopfte mir im Hals, sodass ich Sorge hatte, meine Stimme würde jeden Augenblick versagen.

Er nickte und nahm meine Hand. Der Weg in unsere Straße verlief schweigsam. Es fühlte sich an, als wäre die Luft mit freudiger Erwartung gefüllt, die uns schneller vorantrieb.

Meine Finger zitterten, als ich die Tür aufschloss, und kaum waren wir im Flur, bedeckte Nils meinen Hals mit feurigen Küssen. Wir stolperten hoch ins Schlafzimmer, ohne uns dabei loszulassen. Als ich das nächste Mal die Augen aufschlug, lag ich auf der Matratze und Nils' Lippen erkundeten meinen Körper.

Kapitel 14

Ein wilder Sturm prasselte gegen das Fenster, und kleine Regentropfen rannen wie Tränen über die Scheibe. Statt Sonne und blauer Himmel, war es heute düster und trist. Perfekt, um den Tag im Bett zu verbringen. Nils hatte mir angeboten, eine weitere Nacht zu bleiben, was ich dankend angenommen hatte. Morgen früh würde der Zug fahren. Dennoch blieb dieser schmerzhafte Nachgeschmack.

»Heute ist mein letzter Tag«, hauchte ich gegen meine Hand, die auf Nils' Brust ruhte.

Wir hatten die Nacht zum Tag gemacht und uns in unserer Leidenschaft verloren, dementsprechend erschöpft fühlte ich mich. Obwohl ich wusste, dass der Abschiedsschmerz groß sein würde, hatte ich meine Zweifel und Bedenken über Bord geworfen und mich ihm hingegeben.

Nils' Augen waren geschlossen und seine Lippen leicht geöffnet. Meine Finger fuhren zärtlich über seine Schläfe, über den Mund. Er kuschelte sich noch etwas dichter an mich heran, obwohl wir schon sehr eng aneinander lagen und kein Blatt zwischen uns passte.

Etwas Unverständliches murmelnd schlang er seine Arme um mich. Dann drehte er seinen Kopf zu mir und öffnete seine Augen. Sie blickten mich intensiv an, und sofort spürte ich wieder diese Verbundenheit, die wir heute Nacht geschaffen und in unseren Emotionen bewiesen hatten.

»Ich weiß«, hauchte er mit einem Anflug von Kummer in seiner Stimme und drehte sich wieder weg. Der Abschied schnürte ihm genauso wie mir die Kehle zu. Wir hatten nur noch wenige Stunden, die mir klar machten, dass unser Abschied nur aufgeschoben war. Bis dahin wollte ich jede Sekunde mit ihm verbringen und schickte ein Stoßgebet gen Himmel, dass er genauso fühlte.

Ich traute mich kaum zu fragen, aber tat es dennoch. »Kannst du noch bleiben, oder musst du wieder weg?« Unwillkürlich biss ich mir auf die Zunge. Inständig hoffte ich, dass die Frage nicht wie ein Vorwurf in seinen Ohren geklungen hatte.

Als er mir keine Antwort gab, setzte ich mich auf und schüttelte ihn sanft an der Schulter. War er etwa wieder eingeschlafen? »Nils?«

Seine Mundwinkel zuckten, und aus einem vagen Lächeln wurde ein breites und frivoles Grinsen. Bevor ich reagieren konnte, lag ich schon auf dem Rücken und er über mir. Seine Augen leuchteten und seine Lippen, die so verlockend vor mir lagen, kräuselten sich noch ein wenig mehr. Ich lachte und schlang meine Beine um seine Hüften.

»Das war ganz schön gemein von dir. Ich muss dich dafür bestrafen.«

»Oh, getroffene Hunde bellen«, erwiderte ich mit einem genauso frivolen Lächeln.

»Wenn du willst, beiße ich auch.«

***

Es war schon spät am Nachmittag, als ich das nächste Mal auf die Uhr sah. Mittlerweile hatten wir es aus dem Bett ins Wohnzimmer geschafft, wo wir gemütlich auf der Couch lagen und uns eine Pizza vom Lieferservice teilten. Wir schauten einen *Miss Marple*-Film, in Schwarz-Weiß.

»Ich liebe diese alte charmante Dame, die ganz nebenbei einen kniffeligen Fall löst, während sie ihr Strickzeug in der Hand hält. Die Filme sind so viel ruhiger und wechseln nicht ständig die Perspektiven, wie das heute der Fall ist. Eher erinnern sie an ein Theaterstück.« Nils starrte wie hypnotisiert in den Röhrenfernseher, von dem ich nie geglaubt hätte, dass er überhaupt noch lief, aber er tat es. Ich kuschelte mich noch ein bisschen dichter an ihn heran, während er mir ab und zu seine Vermutungen ins Ohr flüsterte, wer der Mörder war. Ich fühlte mich so glücklich und geborgen in seinen Armen, dass ich schon wieder ganz traurig wurde, wenn ich an die vergängliche Zeit dachte.

Der Regen peitschte noch immer gegen die Scheibe, und durch die Spalten des alten Gemäuers pfiff der Wind, sodass wir beide aufhorchten.

»Das Wetter kann hier richtig ungemütlich werden. Aber wenn man ein Dach über dem Kopf hat, dann ist das alles halb so schlimm. Irgendwann reißt der

Himmel auf und die Sonne strahlt, als wäre nichts gewesen.«

Träge blickte ich durch das regenverhangene Fenster. »Das kann ich mir gerade nicht vorstellen.«

Nils lachte, legte seine Hand auf meine Wange und gab mir einen sanften Kuss auf den Mund. »Du kannst mir ruhig vertrauen. Es stimmt.«

»Okay«, sagte ich knapp und drückte meine Nase in sein Shirt. Diesen Duft würde ich niemals vergessen, genauso wenig wie diesen Moment. Ich wollte, dass er niemals zu Ende ging.

»Es sei denn, der Wetterdienst hat eine Sturmwarnung herausgegeben. Dann ist Vorsicht geboten. In der Vergangenheit hat es oft Sturmhochwasser gegeben, die einige Leben gefordert haben. Dank der Technik kann man heutzutage rechtzeitig gewarnt werden und sich darauf einstellen. Am besten, man bleibt einfach im Haus.«

Ich hatte sowieso keine Lust, mich von der Couch zu erheben. Wie es im Moment aussah, würde sich die Wetterlage in der nächsten Zeit wohl nicht ändern, was mir nur recht war, denn so schmiegte ich mich an ihn heran.

Als der Abspann lief, schaltete er den Apparat aus und nahm sein Handy, das vor ihm auf dem Tisch lag. Er hatte es stumm geschaltet, damit wir ungestört sein konnten. Doch seine sorgenvolle Stirn verriet mir, dass in der Zwischenzeit einige Nachrichten oder Anrufe eingegangen sein mussten.

»Ist alles in Ordnung?«, erkundigte ich mich und fuhr ihm über den Arm.

»Ja, ja. Alles okay.« Er schenkte mir ein angedeutetes Lächeln. Eins von der Sorte, das mir klarmachte, dass gar nichts in Ordnung war.

Doch ich nickte nur und versuchte ihn etwas aufzuheitern. »Wie wär's, wenn wir ...« Ich brach ab und legte meinen Finger neben meine gespitzten Lippen. »Wenn wir einfach weiterschauen oder eine Spritztour mit dem Auto machen.«

»Es tut mir leid, aber ich muss gehen.«

Seine Worte ließen mich erst zusammenzucken, ehe sie mein Herz in tausend Teile zerrissen. »Es ist unser letzter gemeinsamer Tag«, sagte ich und versuchte nicht zu betteln.

»Lilli ...«, begann er plötzlich und starrte zur Decke, als würde er dort die richtigen Worte suchen.

Unbehaglich strich ich mir nun über den Arm, auf dem sich eine Gänsehaut gebildet hatte. Mein Herz schlug schneller, als ich in seine ernste Miene blickte.

»Es gibt einige Dinge, die du wissen solltest ...« Er brach ab und drückte seine Lippen zu einer schmalen Linie zusammen, bevor er seinen Blick wieder auf mich richtete.

»Sag sie mir doch einfach«, platzte aus mir heraus, und ich hoffte zugleich, nicht zu neugierig zu klingen. Egal was er mir zu sagen hatte, es konnte nicht so schlimm sein, als dass es einen Keil zwischen uns trieb.

Als er immer noch nicht zu reden begann, wuchs die Angst in mir. Ich merkte, wie schwer es Nils fiel, mir etwas zu erklären, das offensichtlich eine große Belastung für ihn war. Aber was könnte das sein? War ihm das Singleleben so wichtig, dass eine Beziehung nie für ihn infrage käme? Ich fixierte Nils und ignorierte das

Rauschen in meinem Ohr, das mir die Sicherheit gab, überhaupt noch zu leben.

»Lass gut sein. Ich sehe das genauso. Wir sollten nicht zu viel in die vergangene Nacht hineininterpretieren, immerhin war eine Menge Alkohol im Spiel.« Ich konnte selbst kaum glauben, was ich da gerade sagte. Natürlich hatten wir getrunken, aber keiner von uns beiden hatte so viel intus gehabt, dass unser Gehirn vernebelt gewesen war und wir nicht gewusst hatten, was wir taten. Schon füllten sich meine Augen mit Tränen, die ich konsequent zurückhielt. Wie konnte ich nur so tiefe Gefühle in der kurzen Zeit für ihn entwickelt haben? Es war doch klar, dass ich mein Leben in Frankfurt hatte und er hier. Ich hätte einfach besser auf mich aufpassen müssen.

»Dass du mich in Frankfurt besuchen kommst, wird ja kaum möglich sein. Du hast ja hier schon kaum Zeit für mich.« So wie gestern, als Malte mir versichert hatte, dass Nils zu Hause gewesen war und er das Gegenteil behauptet hatte. Und jetzt, da unsere Stunden gezählt waren, war es ihm ebenso unmöglich, zu bleiben. Aber ich wollte es nicht unnötig kompliziert machen, also entschied ich mich, es zu akzeptieren.

Nils verbarg sein Gesicht in den Händen und seufzte. »Dass ich wenig Zeit für dich habe, hat nichts mit dir zu tun. Es ist …« Er ließ den Satz offen und sprang auf, als wollte er die Flucht ergreifen. Augenscheinlich hinderte ihn irgendetwas daran, mir den wahren Grund zu sagen. Meine Theorie festigte sich allmählich. Er vertraute mir nicht wegen meines Berufs.

»Ja, ich weiß, es ist kompliziert«, vervollständigte ich seinen Satz und stand ebenfalls auf. Mittlerweile langweilte mich die Aussage, und ich war es satt, sie zu hinterfragen. Es war schon spät, ich sollte meine Koffer packen.

»Wo willst du denn jetzt hin?«, fragte Nils und hielt mich am Handgelenk fest.

»Packen«, entgegnete ich eine Spur zu schroff.

Er seufzte abermals. »Ich bringe dich morgen zum Zug. Wann fährt er?«

»Ist schon gut. Ich werde mir ein Taxi bestellen.« Jetzt sofort. Länger konnte ich nicht bleiben.

»Bitte, Lilli, lass uns nicht einfach so auseinandergehen. Es muss doch eine Möglichkeit geben, dass wir trotz der Entfernung zusammen sein können.«

Seine hartnäckige Entschlossenheit überraschte mich und ließ mein Herz schneller schlagen. Hatte er gar nicht vor, mich eiskalt abzuservieren? Was in aller Welt war es denn dann, dass er sich immer mitten im Satz unterbrach, wenn er anfing mir etwas zu erklären? Was hinderte ihn daran, mir sein Herz auszuschütten? Ich atmete tief durch. Ich hatte keine Ahnung, was er von mir erwartete. Etwa eine Fernbeziehung? Das wäre nichts für mich. »Dass der Zeitpunkt kommen würde, war doch klar.«

Nils sah mich mit einem Blick voller Kummer und Schmerz und auch ein wenig Verständnis an. Wahrscheinlich holten ihn meine Worte auf den Boden der Tatsachen zurück. »Ja, du hast recht. Ich kann nicht von dir erwarten, dass du jedes Mal die lange Reise auf dich nimmst.«

Meine Augen schwammen in Tränen, und es war mir unmöglich, mehr als ein Krächzen hervorzubringen.

Diese Szene hier könnte aus Sötjes Liebesromanen entsprungen sein, mit mir als Hauptperson. Ich sollte das Buch zuklappen und es weglegen, allerdings ohne Hoffnung auf ein Happy End.

»Dann sind wir uns ja einig«, sagte ich mit einem Kloß im Hals. Ich wusste nicht, warum ich insgeheim gehofft hatte, dass Nils heftig dagegen protestieren und mich zur Vernunft bringen würde, jedenfalls tat er es nicht, was mir vor Augen hielt, dass er uns aufgegeben hatte. Aber im Grunde hatte ich das ja ebenfalls. »Mach's gut, und richte deiner Schwester einen lieben Gruß von mir aus, und allen anderen natürlich auch.« Ich wandte mich schon zum Gehen, da sah ich ihn ein letztes Mal an. »Ach so. Und falls Malte noch einen Namen für Kätzchen Nummer drei sucht, dann sag ihm, er soll es Asha nennen.«

»Was bedeutet der Name?«

»Hoffnung.« *Und Leben*, aber das sagte ich nicht laut.

Kapitel 15

Ich bohrte meine Faust in die Wange, während ein grünbrauner Streifen an mir vorbeizog. Mein Herz schlug noch, obwohl ich dachte, es würde stehen bleiben. Einsam saß ich im Zug und vermisste Heartnitz. Das Meer und den Sand zwischen meinen Zehen, den Wind, der meine Haare durcheinanderwirbelte, das Salz auf meinen Lippen. Und natürlich vermisste ich Nils. Verstohlen wischte ich mir eine Träne aus dem Augenwinkel und wiederholte mantraartig, alles richtig gemacht zu haben. Nur kam das bei meinem Herzen nicht an. Ich fühlte mich elend und wütend. Ja, ich war wütend auf mich, weil ich mich auf Nils eingelassen hatte, obwohl ich es hätte besser wissen müssen.

Etwas fester bohrte ich meine Faust in die Wange und versuchte an irgendwas zu denken, nur nicht an Nils. Ich freute mich auf Pia, auf mein Büro und meinen Balkon mit Blick auf den Main. Diese Aussicht spendete mir ein wenig Trost, sodass ich meiner Schwester eine WhatsApp tippte, damit sie Bescheid wusste, dass ich bereits auf dem Heimweg war.

In dem Moment erreichte mich eine Nachricht von meinem Chef. Mein Herz sackte ab. O nein. Er schrieb, dass wir den Artikel auf keinen Fall so stehen lassen könnten und etwas ganz anderes vereinbart hatten. Ja, das hatten wir, zweifellos. Aber es war alles viel, viel komplizierter als angenommen. Nervös wischte ich mir meine feuchten Hände an meinen Beinen ab und las weiter. Am Ende stand nur, dass wir am Montag bei der Teambesprechung alles Weitere klären würden. Meine Kehle fühlte sich staubtrocken an.

***

Stunden später und nach einem Umstieg hielt der Zug endlich an meinem Zielbahnhof. Ich schnappte mir meinen Trolley und eilte nach draußen. Dort angekommen wurde ich von einem Schwall Abgase empfangen, und hupende Autos ließen mich zusammenzucken. Ich fühlte mich wie in einem Albtraum. Das hatte nichts mit der Großstadt zu tun, die ich einst geliebt hatte. Den Lärm ignorierend lief ich zum Taxistand und öffnete die Tür eines vor mir wartenden Autos.

»Sind Sie frei?«

»Na klar.«

Erleichtert glitt ich auf die Rücksitzbank, nachdem der freundliche Fahrer meinen Koffer verstaut hatte.

***

Wie auch immer ich meinen schlappen Körper in den fünften Stock geschleppt hatte, ich schloss auf, schlüpfte aus meinen Schuhen und verteilte den Rest

Sand auf dem guten Parkettboden meiner Wohnung. Mit einem Ruck öffnete ich die Schiebetür zum Balkon und stellte mich mittig darauf. Bestimmt würde der Ausblick auf den Main mich trösten. Schließlich war das hier mein Lieblingsplatz.

Ich atmete tief ein, schloss bewusst die Lider und öffnete sie erst wieder, als ich ausatmete. In dem Moment dröhnte ein Martinshorn in meinen Ohren, sodass ich sie mir am liebsten zugehalten hätte. An diese Lautstärke musste ich mich wohl erst wieder gewöhnen. Wie schnell man sich an eine andere Umgebung anpasste. Zähneknirschend, weil der Balkon mir nicht das gegeben hatte, was ich erwartet hatte, trottete ich durch das Wohnzimmer, vorbei an der Küche, in das Bad, in dem meine Waschmaschine stand. Unwillkürlich musste ich an Nils denken und wie er seine in dem alten Häuschen repariert hatte. Die Nacht, als über uns die Sterne gefunkelt hatten, lief vor meinem inneren Auge ab und ließ mein Herz bluten. Wie sollte ich die nächsten Wochen überstehen, ohne an die wundervolle Zeit zu denken? Seufzend stopfte ich alles in die Öffnung und startete das Programm.

In der Zwischenzeit machte ich es mir auf der Couch gemütlich und zappte durch das Fernsehprogramm. Ein Schwarz-Weiß-Film auf einem mir unbekannten Sender lief, und sofort fingen meine Augen an zu brennen. Damit das keinesfalls noch einmal passierte, suchte ich mir eine Serie auf Netflix aus, die mich vergessen ließ.

Völlig in der Geschichte gefangen, klingelte es plötzlich an der Tür, und ich erschrak. Wer mochte das sein? Nils? Sosehr ich es mir wünschte, er war es ganz bestimmt nicht. Er würde niemals einfach so nach Frankfurt reisen. Das ließe seine Zeit sicherlich nicht zu.

Es klopfte erneut.

»Ich bin es, mach auf«, trällerte meine Schwester gut gelaunt, als wäre sie sich zu einhundert Prozent sicher, dass ich zu Hause war.

Pia! Sie könnte mich ganz bestimmt ein wenig aufheitern. Ich warf die Decke beiseite, sprang auf und öffnete die Tür. Während ich ein Schatten meiner selbst war, sah sie wie das blühende Leben aus. Sie trug eine dunkelblaue Bluse zu ihrer schwarzen Röhrenjeans. Ihre lange Mähne hatte sie zu einem Zopf gebunden, und winzige Ohrringe funkelten an ihren Ohrläppchen.

»Wow! Leidest du unter einem fiesen Jetlag? Du siehst ... scheiße aus.« Sie musterte mich mit ihrem skeptischen Blick.

Ich rollte mit den Augen und zog meine Schwester an meine Brust. Es tat so gut, sie in meine Arme zu nehmen und ihren vertrauten Duft einzuatmen. »Och, Pia. Ich habe dich so vermisst.« Während ich in ihrer Umarmung versank, rollte die erste Träne aus meinem Augenwinkel und ich fing furchtbar an zu schluchzen.

Behutsam löste sie sich von mir und hielt mich mit etwas Abstand an den Schultern fest. Sie betrachtete mich besorgt. »Was ist los?«

Leise weinend tupfte ich mir mit einem Taschentuch die Tränen aus dem Gesicht. »Ach«, winkte ich ab und schleppte mich zum Sofa. Mit einem Seufzer ließ ich mich in die Polster fallen und folgte Pias entsetztem

Blick auf die leere Chipstüte und das Schokoladenpapier, das neben der Gummibärentüte lag.

»Puh, okay. Entweder hast du in der Zeit auf Kohlenhydrate verzichtet und holst jetzt alles nach, oder ...« Pia unterbrach sich. »Das sieht nach Liebeskummer aus.«

»Wir haben miteinander geschlafen«, gestand ich, legte mir die Decke über die Beine und spielte gedankenverloren mit einem Faden.

»Mit wem jetzt genau?«, erkundigte sie sich und riss ihren Blick von den leeren Verpackungen los.

»Nils.«

»Okay. Wenn ihr beide einverstanden gewesen seid, brauchst du kein schlechtes Gewissen zu haben.«

»Das habe ich auch nicht. Es tut nur verdammt weh.« Mit dem Finger zeigte ich auf mein Herz.

»Also waren Gefühle im Spiel«, mutmaßte Pia richtig und legte tröstend ihre Hand auf mein Bein.

Kaum merklich nickte ich. »Leugnen kann ich sie jedenfalls nicht.«

»Und ist er einer von diesen Macho-Typen, der dich danach eiskalt abserviert hat?« Pia nahm sich ein Kissen und schlug mit der Faust ordentlich darauf herum, als wäre es ein Kopf. Genauer gesagt, seiner.

Ich gluckste und amüsierte mich ein wenig über ihren Einsatz, mich zu verteidigen. »Was heißt abserviert? Meine Gefühle für ihn sind so stark, dass ich total überwältigt war und sofort ein Ende ziehen musste. Schließlich ist mein Leben hier in Frankfurt und seins in Heartnitz.« Ich senkte den Blick. »Eine Fernbeziehung ist nicht das, was ich mir unter einer unerbittlichen Liebe vorstelle. Ich möchte meinen Partner, bei dem ich mich anlehnen und fallen lassen kann, jeden Tag an meiner Seite haben.«

»Wie war denn seine Reaktion darauf?«

Laut seufzend sank ich noch tiefer in die Kissen. »Er hat nichts unternommen, mich vom Gegenteil zu überzeugen.« Wie albern sich das im Nachhinein anhörte. Als hätte ich Nein gesagt und Ja gemeint. Wie ein unreifes Schulmädchen.

Pia warf mir einen mitleidigen Blick zu, der mir verriet, dass ich wieder einmal viel zu dramatisch reagiert hatte. »Du hast die Beziehung überstürzt beendet, bevor sie sich überhaupt entfalten konnte, und jammerst jetzt wie eine alte Jungfer, die keinen abbekommen hat.« Beschwörend warf sie die Arme in die Höhe, um ihrer Aussage mehr Kraft zu verleihen.

»Das habe ich nicht. Er ist der gleichen Meinung.«

»O Lilli!«

Was Pia mir unter die Nase rieb, stimmte, aber ihr fehlten ganz einfach einige Hintergrundinformationen, die ich ihr keinesfalls vorenthalten wollte. »Nils hat nie Zeit, ständig muss er für seine Familie springen. Selbst an unserem letzten Tag hat er mich allein gelassen, weil er wegmusste.« Kurz überlegte ich, ob er mir jemals den Grund für seinen Aufbruch genannt hatte, aber nein, hatte er nicht. Wie so oft, hatte er sich im letzten Moment unterbrochen. Daraufhin hatte ich ihm keine Chance mehr gegeben, weil ich abgereist war. Seufzend fuhr ich mir über die Stirn. Die lange Reise und Pias Besuch vernebelten meine Wahrnehmung. Einen klaren Gedanken zu fassen, war schier unmöglich.

»Das hast du ihm jetzt aber nicht vorgeworfen?« Sie drückte das Kinn auf ihre Brust und überkreuzte zusätzlich ihre Arme davor.

Kleinlaut zuckte ich mit den Schultern.

Die Lippen schürzend sah sie mich an, als wäre ich verrückt geworden.

Allmählich glaubte ich das sogar auch. Das durfte auf keinen Fall passieren. Ich brauchte etwas Ablenkung. »Wollen wir vielleicht durch die Clubs ziehen? Ganz sicherlich werde ich dort auf andere Gedanken kommen.« Plötzlich sprühte ich nur so vor Tatendrang.

Meine Schwester hob skeptisch eine Augenbraue. »Du denkst, du wirst Nils vergessen, wenn du tanzen gehst?«

Entschieden nickte ich. Wenn ich erst einmal wieder in meine Welt eingetaucht war, ganz bestimmt.

***

Ich pellte mich aus meinem schwarzen Paillettenkleid, das gerade mal kurz unterhalb des Pos endete und alle Blicke auf sich gezogen hatte. Eigentlich war es mein Lieblingsoutfit, aber heute hatte ich mich über die Wahl meines Kleides und der Pumps geärgert, die mir den kleinen Zeh abgedrückt hatten. Der Abend war ein totaler Reinfall gewesen. Der Club war brechend voll gewesen und die laute Musik hatte es unmöglich gemacht, sich zu unterhalten. Kaum hatten wir einen Platz ergattert, hatten sich zwei recht attraktive Männer mit Dreitagebärten zu uns gesetzt. Ich hatte mir wirklich Mühe gegeben, Interesse vorzutäuschen, aber es war eben nur vorgetäuscht gewesen. Solange Nils mir noch ständig im Kopf herumschwirrte, schaffte ich es nicht, mich abzulenken. Er war noch zu präsent, was kein Wunder war, denn wir hatten uns erst vor weniger als vierundzwanzig Stunden getrennt.

Ich war ein klein wenig bekümmert, dass er sich nicht bei mir gemeldet und gefragt hatte, ob ich die Reise gut überstanden hatte. Im Bösen waren wir ja nicht auseinandergegangen. Klar, Kontaktaufnahme war keine Einbahnstraße, ich hätte mich genauso gut bei ihm melden können. Aber ich hatte den Mut verloren, aus Sorge, mich nur selbst zu quälen, wenn ich seine Stimme oder generell ein Lebenszeichen von ihm gehört hätte.

Selbst das Tanzen hatte mir nicht die nötige Leichtigkeit gebracht, um zu vergessen, sodass ich mit Pias Einverständnis ein Taxi gerufen hatte, das uns beide nach Hause gefahren hatte.

Nun stand ich im Bad vor dem Spiegel und schminkte mich ab. Ob ich jemals wieder Freude oder Glück empfinden würde? Oder blieb der Zustand so lange, bis ich Nils irgendwann im Nebel der Vergangenheit vergessen hatte?

Kapitel 16

Der vertraute Geruch des Nadelfilzes empfing mich, als ich am Montagmorgen in den langen Flur trat und zu meinem Büro lief. Heute stand das Gespräch mit dem Chef an, was mich etwas nervös machte. Sicherlich würden einige neugierige Fragen über die Zeit in Heartnitz auf mich einprasseln, wo ich eine unerwartete Begegnung erlebt hatte, allerdings nicht mit Sötje, wie alle vermuteten. Ich linste auf die Uhr und machte mich auf den Weg zum Meeting. Eilig steuerte ich auf die Tür zum Konferenzraum zu, als hinter mir eine Stimme ertönte.

»Guten Morgen, Lilli.«

Überrascht stoppte ich und traf auf Sabine. Kurzerhand umarmte ich sie und küsste sie rechts und links auf die Wange. »Wie war dein Aufenthalt im Spa?«, fragte ich sie mit ehrlichem Interesse.

Ihre Augen leuchteten einen Moment. »Gut. Erzähle ich dir später.«

»Willkommen im Käfig der Löwen«, murmelte Patrick in seine Kaffeetasse. Seine Haare standen ihm struwwelig nach allen Richtungen ab, und ein Teil seines T-Shirts hing aus seiner Jeans heraus. »Nette Frisur übrigens.«

Automatisch wanderte Sabines Blick genau dorthin, zu meiner Mähne, die ich seit der Ankunft in Heartnitz wellig gelassen hatte.

»Stimmt. Sieht sehr natürlich aus und macht dich weniger streng.«

Streng? »Findest du mich etwa verbissen?«

»Ein bisschen Ehrgeiz schadet ja nie. Aber ich muss sagen, dein Gesicht wirkt mit der neuen Frisur viel sanfter und ausgeruhter.«

»Sie ist gar nicht neu. Ich habe nur das Glätteisen weggelassen.«

Überrascht fuhren ihre Augenbrauen in die Höhe, dann kicherte sie. »Hast du ein Glück. Was glaubst du, wie viel Volumenschaum ich benutzen muss, um so auszusehen?« Sabine zeigte auf ihre lange Mähne, die in großzügigen Wellen bis auf ihre Schulterblätter fiel.

Ich war nie zufrieden mit meinen Haaren, die immer unordentlich und widerspenstig abstanden, und hatte sie aus diesem Grund immer gebändigt. Aber anscheinend waren sie in fremden Augen auch unperfekt schön. Vielleicht sollte ich sie endlich so akzeptieren, wie sie waren. Die Zeitersparnis am Morgen gefiel mir außerdem.

Als Herr Arend an uns vorbeilief und uns mit einem eher grummeligen »Guten Morgen« begrüßte, hielten wir es für besser, ihm zu folgen.

»Gibt's allgemein Ärger? Dass der Chef meinen Artikel abgeschmettert hat, weiß ich schon, aber er kann doch nicht nur wegen mir so düster dreinschauen«, flüsterte ich mit einem Hauch Panik in meiner Stimme in

Sabines Ohr. Denn wenn es dem Verlag schlechter ging als angenommen, dann würde keine Story der Welt das ändern können.

Sabine verzog das Gesicht und wiegte den Kopf hin und her, blieb aber stumm. Wusste sie mehr?

Wir setzten uns auf unsere Plätze. Aus dem Augenwinkel sah ich Herrn Arends Unterkiefer mahlen, und wie sich seine Finger an seiner Kladde verkrampften.

Mir wurde etwas mulmig zumute, und ich sank tief in meinen Stuhl.

»Schön«, fing er an und blätterte in seinem Buch. »Den Artikel über Bioprodukte bitte noch einmal überarbeiten. Ein bisschen mehr Text. Tom, vielleicht können Sie die Bilder anders drapieren.«

Svenja notierte sich alles, während Herr Arend Patrick anerkennend zunickte und ihn lobte. Auch Sabine war fein raus und es gab kaum etwas zu beanstanden. Als Letzte stand ich aus.

Mein Chef legte seine Hände neben sich und fixierte die Tischplatte. Es schien, als ordnete er seine Sätze mit Bedacht.

Räuspernd rutschte ich auf dem Stuhl hin und her und fragte mich, was genau Herr Arend auszusetzen hatte.

»Frau Schäfer, ich befürchte, es ist mein Fehler gewesen, Sie das Interview schreiben zu lassen. Sie haben sich von Anfang an dagegen gewehrt, und ich habe Ihre Bedenken einfach ignoriert, was man eindeutig aus dem Text lesen kann.«

Er machte also meinen mangelnden Einsatz dafür verantwortlich. Ich hatte wirklich alles darangesetzt, das Interview abzuwenden. »Tut mir schrecklich leid,

Herr Arend, wenn ich Sie enttäuscht habe. Aber es ist fast unmöglich, an Sötje heranzukommen. Und glauben Sie mir, ich habe so einiges versucht.« Wenn ich da an die Fernglasgeschichte zurückdachte ...

»Dann haben Sie sich nicht richtig bemüht, oder wie soll ich das *fast* verstehen?«

»Na ja«, fing ich an zu stammeln. »Sie ist eine scheue und viel beschäftigte Frau. Tatsächlich hatte ich sogar einen Termin, der mir dann aber abgesagt worden ist.«

»Das ist keine Entschuldigung, Frau Schäfer. Sie sind eine Journalistin. Sie müssen hartnäckig sein und dürfen sich nicht abwimmeln lassen. Warum haben Sie sich nicht einen anderen Termin geben lassen?«

Herr Arend hatte gut reden. »Es hat einfach nicht mehr gepasst. Aber ich versichere Ihnen, dass alles, was ich in die Story gepackt habe, aus erster Quelle stammt.«

»Ein einziges Foto hätte es vielleicht schon besser gemacht«, murmelte er und fuhr sich gedankenverloren über die Wange. »Frau Bell. Können Sie sich vorstellen, nach Heartnitz zu reisen? So ganz möchte ich den Artikel noch nicht abschreiben.«

Ein undefinierbarer Laut entschlüpfte mir. »Wieso Sabine? Was ist mit mir?«

»Sie kümmern sich wieder um die Frankfurter Nachtszene.«

»Das will ich aber nicht«, sagte ich entschieden und schob trotzig das Kinn nach vorn. Nach der gefloppten Nacht mit Pia sehnte ich mich umso mehr zurück nach Heartnitz und das entschleunigte Leben. Bei dieser Erkenntnis lief mir eine wohlige Gänsehaut den Rücken hinunter. Der Aufenthalt am Meer hatte mich komplett umgedreht. Aus einer Großstadtmaus wurde ein Landei. Klang wie eine meiner Reportagen. Wenn ich jetzt noch mehr zeigte, wie wichtig mir das alles war, würde der Chef mich ganz bestimmt hinreisen lassen. Ich könnte mit Nils reden und ihm sagen, wie schrecklich dumm ich mich verhalten hatte, indem ich einfach abgereist war. Das war meine Chance.

Herr Arend sah mich überrascht an. »Ach, das hat sich letzte Woche noch ganz anders angehört.«

»Ja, ich weiß. Seitdem hat sich einiges geändert.« Etwas zu eilig erhob ich mich und fixierte meinen Chef. »Herr Arend, lassen Sie mich fahren. Schon allein aus dem Grund, weil ich mich dort mittlerweile gut auskenne und auch mit Menschen befreundet bin, die Kontakte zu Sötje haben. Was bringt es, Sabine zu schicken? Uns läuft die Zeit davon. Sie müsste ganz von vorn anfangen, während ich weiß, was zu tun ist.« Ich drehte mich ihr zu. »Nichts gegen dich, meine Liebe.«

Sabine sah zu mir hoch und nickte ehrfürchtig, was mich in meinem entschlossenen Auftreten nur noch mal bestätigte. Innerlich schickte ich ein Stoßgebet gen Himmel. Der Chef musste zustimmen. Er musste ganz einfach. Der Sturm in meinem Herzen wütete wie ein Orkan und rauschte in meinen Ohren, dass ich Sorge hatte, seine Antwort zu überhören.

Herr Arend sah mich an. Lange. Es war schier unmöglich, eine noch so kleine Regung in seiner Mimik abzulesen. In dem Raum war es gespenstisch still.

»Meine Sekretärin bucht ein Bahnticket für Sie.«

Ich brauchte einen Moment, um die Informationen zu verdauen, bis ich verstand, was das für mich bedeutete. Erst als ich erleichtert ausatmete, merkte ich, dass ich die Luft angehalten hatte. »Um die Unterkunft kümmere ich mich«, sagte ich entschlossen.

Auf Herrn Arends Gesicht erschien ein Lächeln. »Es wäre wünschenswert gewesen, wenn Sie von Anfang an so voller Tatendrang gewesen wären.«

»Diesmal werde ich Sie nicht enttäuschen.«

»Liefern Sie mir das versprochene Interview, mit Bildern von Ihnen und Sötje im Garten oder vor dem Kamin. Wo auch immer. Hauptsache, Sie löschen diesen Unsinn und zaubern mir einen Artikel, der in die Geschichte eingehen wird.«

Ich nickte so fest, dass meine Haare mitschwangen.

»Gut, dann sind wir für heute fertig.«

Kaum hatte der Chef das Meeting beendet, stürzte ich los, um erneut das Ferienhaus zu mieten. Hoffentlich war es noch frei.

Flink flogen meine Finger über die Tastatur, während ich den Bildschirm fixierte. Die Suche dauerte nur wenige Sekunden, doch für mich fühlte es sich wie Stunden an. Mit klopfendem Herzen klickte ich den Belegungskalender an und hoffte inständig, dass mir niemand zuvorgekommen war. Am liebsten hätte ich die Augen geschlossen, so aufgeregt war ich. Doch dann kam die Erlösung. Alle Tage waren grün markiert. Erleichtert atmete ich aus, während mir ein Stein in der Größe eines Felsen vom Herzen fiel. Jetzt war es nur noch Formsache. Ich tippte alles ein und wartete auf die Buchungsbestätigung.

Kapitel 17

»Vielen Dank.« Ich übergab dem Taxifahrer das Geld und stieg aus. Nun stand ich wieder vor dem windschiefen Häuschen, das mich zurückhaltend willkommen hieß.

Das Gartentörchen quietschte vertraut, als ich es öffnete. Die Geheimzahl für den Schlüsseltresor gab ich auswendig ein und schob die Tür auf. Es fühlte sich wie ein Nachhausekommen an, wie eine stille Umarmung, die ich dringend gebraucht hatte. Nur wie lange würde dieses Gefühl anhalten? Ich dachte an die Begegnung mit Nils und wie sie ablaufen würde. Was, wenn er mich nicht sehen wollte? Wie sollte ich ihm darüber hinaus glaubhaft machen, dass ich nicht nur wegen des Interviews die lange Reise auf mich genommen hatte, sondern dass ich den Aufenthalt als Gelegenheit sah, noch einmal über unsere Gefühle zu sprechen? Er war doch der erste Gedanke, wenn ich am Morgen aufwachte, und der letzte, wenn ich abends einschlief. Er musste uns einfach eine Chance geben.

Ich schleppte meinen Koffer in das Schlafzimmer und warf einen vorsichtigen Blick auf das Bett, in dem wir uns leidenschaftlich geliebt hatten. Es stand frisch aufgeschüttelt und bezogen vor mir, als wäre nichts gewesen, was mir das Herz abschnürte. Ich trat ans Fenster und wagte einen Blick auf Sötjes Haus. Nils saß am Laptop und starrte auf den Bildschirm. Umgehend erwachte ein sehnsüchtiges Ziehen in meinem Brustkorb, und mein Herzschlag beschleunigte sich. Es war zu erwarten gewesen, dass mein Körper auf ihn reagierte, dafür fühlte ich mich viel zu sehr zu ihm hingezogen.

Ich hatte wirklich Angst, wie er sich mir gegenüber verhalten würde, wenn ich unerwartet vor ihm stand.

Da er nun keinen Steinwurf von mir entfernt saß und einfach nur umwerfend aussah, war es viel schlimmer um mich und mein Herz bestellt, sodass ich mein Gefühlschaos einfach nicht bändigen konnte. Umso schmerzhafter wäre es für mich, wenn er meine Gefühle nicht erwidern würde.

Momentan war er ganz in seine Arbeit vertieft, sodass ich ihn auf keinen Fall stören wollte. Ich wandte mich ab, ging die Treppen hinunter, öffnete das bodentiefe Fenster, das zur Terrasse führte, und setzte mich auf den Stuhl, der immer noch so stand, wie ich ihn verlassen hatte. Mit geschlossenen Augen lauschte ich wohlig den Klängen meiner Umgebung und nahm das Rauschen der Wellen wie eine Melodie wahr. Wenn ich genügend Kraft getankt hatte, würde ich entlang des Strandes spazieren gehen und mir überlegen, wie und wann ich Nils gegenübertreten würde.

Meine Müdigkeit ließ mich nach der langen Reise immer wieder wegnicken, nur hinderte mich ein seltsames Geräusch daran, in die Welt der Träume abzudriften. Ich erinnerte mich an Maltes Kätzchen und beschloss, der Sache auf den Grund zu gehen. So etwas würde mir kein zweites Mal passieren. Entschieden stand ich auf und streifte durch die Wiese, die ein erhebliches Stück gewachsen war. Dabei war ich kaum drei Tage weg gewesen. Diesmal untersuchte ich den Strauchschnitthaufen peinlich genau und erst, als ich mir ganz sicher war, dass sich dort kein hilfloses Tier befand, setzte ich meinen Rundgang fort.

Hin und wieder blieb ich ganz still stehen und lauschte, wie der Wind durch die Blätter strich.

Klong.

Das war kein Tier!

Ein Schauer jagte mir die Wirbelsäule hinunter, und ich sah in die Richtung, aus der das metallische Klirren kam. Mein Herz setzte mehrere Momente lang aus, als ich erkannte, was abermals zu Boden gefallen war.

Klong.

Eindeutig. Ein Werkzeug. Irgendwie schaffte ich es, mich in Bewegung zu setzen.

Schon im nächsten Moment fand ich Nils kniend neben dem Fahrrad vor, wie er versuchte, die Kette auf die Zahnräder zu heben. Während ich mein wild schlagendes Herz laut und deutlich hören konnte und ganz außer mir vor Aufregung war, bemerkte Nils nicht, was in mir tobte. Er war viel zu konzentriert, als dass er mich wahrnahm.

»Hey«, sagte ich vorsichtig und hob die Hand zum Gruß.

Sein Kopf ruckte hoch. Er musterte mich mit zusammengekniffenen Augen, als wäre ich eine Illusion oder ein Gespenst. Vielleicht blendete ihn auch einfach nur die Sonne. Sein Mund stand offen, was mir ein Lächeln entlockte. Nach einem furchtbar langen Moment hauchte er: »Lilli?«

»Ja, ich bin es.« Seine Anziehungskraft hatte mal wieder mein Sprachzentrum lahmgelegt, und so versuchte ich stumm an seiner Mimik abzulesen, was er empfand.

Er nahm das schmutzige Tuch und versuchte damit seine Hände zu säubern, ohne den Blick von mir zu nehmen. »Was machst du hier?«, fragte er mit verblüffter Stimme und ließ seinen Lappen achtlos neben sich fallen.

»Ich bin deine Mieterin für eine Woche«, entgegnete ich vorsichtig.

»Du? Die Buchung kam von einer Frau Specht.«

Nickend senkte ich den Blick, bevor ich ihn wieder hob. »Sie ist die Sekretärin meines Chefs. Aus Angst, dass du die Buchung ablehnst, habe ich ihren Namen benutzt. Ich bin mir unsicher gewesen, wie du reagieren würdest.« Jetzt, da er vor mir stand, überkam mich ein schlechtes Gewissen. Wahrheit war das Fundament einer Beziehung, egal in welchem Status sie sich befand. Platonisch freundschaftlich oder innig liebend. »Mein Chef hat meinen Artikel abgeschmettert. Er will unbedingt eine Schlagzeile über Sötje. Wenn ich nicht gefahren wäre, hätte er Sabine geschickt. Das konnte ich verhindern. Jetzt bin ich hier, um einen neuen zu schreiben, mit Bildern von Sötje und mir auf einem Sofa, oder wo auch immer.« Seufzend strich ich mir die Haare aus der Stirn. Ich fühlte mich wie eine Angeklagte, unter dem strengen Blick meines Gegenübers, der so unergründlich wie ein dunkler See war.

»Du hast dich wegen des Interviews unter falschem Namen bei mir eingemietet.« In seinen Augen las ich so deutlich die Enttäuschung, dass es mir wie ein Stich ins Herz ging.

»Was? Nein! Ich bin wegen dir hier«, versuchte ich zu erklären. »Weil du mir fehlst und ich dich sehen musste. Länger habe ich es ohne dich nicht ausgehalten.«

Meine Kehle war staubtrocken. Ich versuchte sie zu befeuchten, doch auch mein Mund war ausgetrocknet. Er würde mir doch glauben?

Nils kam näher und nahm meine Hand in seine. Sie war trotz seiner Bemühung, sie zu säubern, schmutzig und ölverschmiert, dennoch genoss ich seine Berührung.

Nils sah mich an, verzog aber keine Miene. »Dann hast du es dir anders überlegt und willst bleiben? Wegen mir.«

»Wenigstens für diese Woche«, gab ich zögerlich zurück.

»Auch diese Woche ist vergänglich, Lilli. Sie wird wie eine Rose irgendwann welken und von ihrer ganzen Schönheit wird nur die Erinnerung übrig bleiben.«

Sein Vergleich berührte mein Herz und zeigte mir, was für ein Romantiker er war, obwohl ich wusste, dass er den Satz sehr wahrscheinlich seiner Mutter zu verdanken hatte. Aber ich wollte nichts unversucht lassen. »Wer nicht wagt, der nicht gewinnt. Wir können doch schauen, wie das mit uns weitergeht. Ich werde dich jedes Wochenende besuchen, und vielleicht ergibt sich für dich irgendwann die Gelegenheit, Frankfurt in all seinen Facetten kennenzulernen.« Ich wagte kaum zu atmen, und obwohl die Sonne sich von ihrer besten Seite zeigte, fröstelte ich. Wenn ich ihn jetzt schon so vermisst hatte, wie sollte ich die nächsten Jahre ohne ihn auskommen? Dann wenigstens eine Fernbeziehung.

Nils steckte seine Hände in die Hosentaschen und richtete seinen Blick zu Boden.

Grübelte er etwa darüber nach, ob es mir doch nur um das Interview ging? »Vergiss bitte das Interview. Es geht hier nur um uns beide.«

»Aber es ist mitunter ein Grund, warum du zurückgekommen bist.«

Vehement schüttelte ich den Kopf. »Nein. Es ist der Grund, warum ich überhaupt nach Heartnitz gekommen bin. Ohne diesen verzwickten Auftrag hätten wir uns nie kennengelernt.«

Nils Augen funkelten, sogar ein vages Lächeln umspielte seine Mundwinkel. »Verzwickt, hm?«

»Ja. Irgendwie schon.«

Liebevoll nahm er wieder meine Hand und zog mich zu sich heran. »Ich bin so froh, dass du gekommen bist. Aber du hättest auch unter deinem richtigen Namen buchen können. Wer wäre ich, wenn ich deine Anfrage unbeantwortet gelassen hätte?«

Ein Stein fiel mir vom Herzen, und eine Träne der Erleichterung rann mir aus dem Augenwinkel.

Nils lächelte. »Nur ... Wenn das mit uns funktionieren soll, dann musst du einiges verstehen und akzeptieren.«

»Egal was es ist«, sagte ich so voller Hoffnung und war mir sicher, dass es niemals furchtbar genug sein könnte, um meine Liebe zu ihm zu zerstören.

Nils' Daumen fuhr über meinen Handrücken und verursachte eine Welle an Glücksgefühlen in mir, die mein Herz zum Hüpfen brachte. »Bevor ich dir alles erklären kann, musst du mir vertrauen.«

»Ja«, hauchte ich, auch wenn ich mir gewünscht hätte, er würde mir hier und jetzt alles offenbaren.

Dann trat Nils näher an mich heran, schob seine Hand in meinen Nacken und zog mich an sich. Sobald sich unsere Lippen trafen, war mein Wunsch auch schon vergessen. Vergessen in dem Strudel der angestauten Gefühle. Der Kuss, der ganz zart und unschuldig begann, wurde tiefer und stürmischer. Mein Blut rauschte durch meine Venen, und mein Herz wummerte. Der Kuss wurde leidenschaftlicher und mein Verlangen, mit ihm zu schlafen, begieriger.

Meine Knie wurden weich, und ich hatte Mühe, mich auf den Beinen zu halten, als wir uns küssend die Treppe hinauftasteten.

Vor dem Bett blieben wir stehen, und Nils entledigte sich seines Shirts, bevor er meine Bluse von meinen Schultern streifte und mit einem flinken Griff den BH öffnete. Sanft dirigierte er mich auf die Laken und bedeckte meinen Körper mit heißen Küssen, die ihren Weg zu meiner empfindsamsten Stelle fanden. Begierig streckte ich ihm mein Becken entgegen, während ich mit meinen Händen Halt in seinen wirren Haaren suchte. Ich hatte das Gefühl, jeden Moment verglühen zu müssen, sodass sich ein wohliger Seufzer aus meinem Mund löste. Seine Finger begaben sich auf Wanderschaft und erkundeten jede einzelne Faser meines Körpers, während nun seine Küsse meine angeschwollenen Lippen liebkosten. Ein wohliges Gefühl der

Erfüllung breitete sich in mir aus, als ich ihn endlich tief in mir spürte und wir gemeinsam zu fliegen begannen.

***

Nils lag auf dem Rücken, und ich hatte meine Beine um seine geschlungen. Unter meinem Ohr schlug sein Herz fest und stoisch. Seine gleichmäßigen Atemzüge verrieten, dass er noch schlief. Fest an ihn gekuschelt, wünschte ich mir, wir könnten die ganze Woche so ineinander verknotet in zerwühlten Laken liegen bleiben.

Ich genoss die morgendliche Stille und dachte über die vergangene Nacht nach, die sich so gut und richtig anfühlte. Aus diesem Grund blieb ich einfach liegen, lauschte seinem Herzschlag und den gleichmäßigen Atemzügen.

Doch irgendwann hielt ich es nicht länger aus und weckte Nils mit einem sanften Kuss. Blinzelnd öffnete er die Augen und zeigte ein vages Lächeln.

»Guten Morgen«, flüsterte ich.

»Morgen«, hörte ich ihn murmeln. Er drehte sich zu mir, stützte sich auf seinem Arm ab und sah mich funkelnd an. Sanft legte er eine gelöste Strähne hinter mein Ohr. In seinen Augen lag so viel Zärtlichkeit, dass mein Herz überquoll.

»Möchtest du einen Kaffee?«

»Ja.« Er zog mich so dicht an sich heran, dass nichts mehr dazwischen passte. »Zum Nachtisch.«

Kichernd genoss ich, wie seine Finger sich erneut auf Wanderschaft begaben. Ich schloss dabei meine Augen und stöhnte leise auf. Wer brauchte schon Kaffee?

***

Es war bereits Nachmittag, als wir frisch geduscht in der Küche ankamen. Sofort setzte ich unser geliebtes Heißgetränk auf und legte Butterplätzchen, die ich von zu Hause mitgebracht hatte, in ein Schälchen. Dieses Mal war ich besser vorbereitet, dennoch stand Einkaufen an erster Stelle auf meiner To-do-Liste. Die von meinem Chef gemietete Woche würde ich auf jeden Fall auskosten, was auch kommen mochte.

Wir saßen auf der Terrasse und knabberten an unserem Gebäck. Der Wind trug leises Möwengeschrei zu uns herüber, und die salzige Seeluft mischte sich mit den würzigen Gerüchen des Gartens.

»Was hältst du davon, wenn wir später zu Kjell gehen und dort zu Abend essen?«, schlug Nils zwischen zwei Schlucken Kaffee vor.

»Oh, gern. Kjell wird Augen machen, wenn er uns zusammen sieht.«

»Und Marieke erst«, sagte er etwas versonnen. Ein Schatten huschte über sein Gesicht, der dunkler wurde, als er auf seine Uhr sah.

»Hast du noch etwas vor?«, fragte ich vorsichtig, ungeachtet meines zerrissenen Herzens.

»Ja. Es gibt eine Menge mit Marieke zu bereden, was ich ungern auf die lange Bank schieben möchte.«

»Okay. Dann mach das doch.« Ich lächelte gezwungen und versuchte meine Enttäuschung zu verbergen, weil er mich mal wieder allein ließ. Aber ich hatte ihm mein Vertrauen geschenkt, also akzeptierte ich, dass er jetzt ging. Was blieb mir anderes übrig?

Als hätte er meine Gedanken gelesen, beugte er sich über den Tisch und gab mir einen sanften Kuss auf den Mund. Seine Hand lag auf meiner Wange, und er sah mich so eindringlich an, dass mein Herz zu zerspringen drohte. »Ich sehe es dir an, dass du enttäuscht bist, aber du musst mir glauben, dass ich froh bin, dich hier zu haben.«

Von seinen zärtlichen Gefühlen überrollt, nickte ich lediglich und unterdrückte den Impuls, ihn zu bitten, bei mir zu bleiben. Stattdessen überhäuften wir uns mit Küssen, als könnten wir die Zeit einfrieren. Aber auch dieser Moment war vergänglich.

»Wir sehen uns später, ja?«, raunte er mir schließlich ins Ohr, ehe er sich von mir losriss.

Nachdem ich ins Schlafzimmer gegangen war, um dort die Spuren der Nacht zu beseitigen, räumte ich rasch alles zusammen.

Meine Wangen kribbelten, als ich die zerwühlten Laken sah. Die stürmische Nacht würde mir wohl länger im Gedächtnis bleiben. Nils war so sanft und fordernd zugleich. Er wusste ganz genau, welche Knöpfe er bei mir drücken musste, um mich um den Verstand zu bringen. Lächelnd schüttelte ich das Kissen auf und strich die Bettdecke glatt. Danach öffnete ich das Fenster und sog tief die frische salzige Luft ein. Das Meer lag wie ein glattgezogener Spiegel vor mir, als hätte es wie ich nach einer stürmischen Nacht die Kraft verloren, sich zu bewegen. Vorsichtig tastete ich nach meinen wunden Lippen, und wieder entfloh mir ein verschämtes Lächeln. Ich konnte es kaum erwarten, erneut in Nils' Armen zu liegen und seinen Duft einzuatmen.

Aber was machte ich eigentlich in der Zwischenzeit? Ob Malte zu Hause war? So gern würde ich die Kätzchen besuchen und schauen, wie sie sich in der Zwischenzeit entwickelt hatten. Konnte ich so frech sein, bei ihm zu klingeln? »Ach was.« Ich verwarf den Gedanken mit einer Geste. Er war ganz bestimmt in der Praxis, und ich würde nur stören.

Gerade als ich mich von dem Ausblick lösen wollte, stürmte Nils aufgebracht in den Garten, gefolgt von Marieke. Beide fuchtelten wild mit ihren Armen in der Luft und redeten aufeinander ein. Ich lachte innerlich auf. Ein Streit unter Geschwistern. Das kannte ich nur zu gut. Pia und ich waren als Kinder nahezu täglich ein Knäuel gewesen. Na ja, als Jugendliche auch, wegen benutztem Make-up oder Parfumfläschchen, die leer zurückgegeben worden sind, obwohl sie randvoll hätten sein müssen.

Ein paar Wortfetzen drangen zu mir herauf. Sie waren viel zu leise, als dass ich mir einen Reim darauf hätte machen können. Marieke vergrub ihr Gesicht in den Händen und drehte sich weg. Sie weinte offensichtlich. Nils fuhr sich über den Nacken und schüttelte den Kopf. Er ging zu ihr und legte ihr tröstend die Hand auf den Arm, die sie trotzig wegschlug.

»... nur wegen dir gemacht«, hörte ich sie schreien. Der Wind hatte die ersten Worte fortgetragen.

Nils versuchte sie zu beruhigen, indem er sie immer wieder am Arm berührte und stoisch auf sie einredete.

Für eine Sekunde sah Marieke in meine Richtung, als ahnte sie, dass ich mich im Schatten der Vorhänge versteckte. Unwillkürlich hielt ich die Luft an und lauschte meinem klopfenden Herzen. Mir wäre es sehr unangenehm gewesen, wenn Marieke mich entdeckt hätte.

Immer wieder schlug sie seinen Arm fort, sobald er versuchte auf sie einzureden. Zu guter Letzt erschien Sötje im Türrahmen. Sie sorgte sich offensichtlich um die Harmonie zwischen ihren Kindern, die Falten auf ihrer Stirn waren so tief, dass ich sie von hier aus sehen konnte.

Die beiden reagierten sofort und führten sie widerstandslos zurück ins Haus.

Nun war der der ganze Spuk vorbei.

Was Nils wohl mit Marieke beredet hatte, dass sie derart emotional reagierte? Es hatte doch wohl nichts mit mir zu tun? Ich verwarf den Gedanken und gab meinen Schutz hinter dem Vorhang auf. Streitereien zwischen Geschwistern. Tze.

Kapitel 18

Ich schlenderte entlang der Brandung und ließ meine Füße vom Wasser umspülen. Der Himmel war strahlend blau, Möwen schrien und segelten dahin. Eine Welle des Glücks durchflutete mich, und in Gedanken gratulierte ich mir zu dem abgeschmetterten Artikel. Ansonsten wäre ich jetzt nicht hier und würde mich nach Nils sehnen. Irgendwie hatte alles seinen Sinn und jede Begegnung ihre Bedeutung. Allerdings sollte ich mich nicht von meinem Müßiggang treiben lassen. Beim nächsten Treffen würde ich Nils erklären, wie wichtig es war, mit dem Interview zurückzukehren. Klar, ich war einerseits wegen Nils zurückgekommen, aber meinen Auftrag durfte ich auf keinen Fall aus den Augen verlieren.

Im selben Augenblick meldete sich mein Handy. In freudiger Erwartung öffnete ich die App, und tatsächlich, als hätte Nils meine Sehnsucht gespürt, schrieb er:

Treffen um halb sieben bei Kjell? Hab gerade einen Tisch reserviert. Ich freu mich auf dich.

Unter der Nachricht pochte ein großes Herz, das meines zum Schmelzen brachte. Ich antwortete:

Das ist ja noch eine ganze Stunde hin.

Ich mache es später wieder gut.

Ich grinste wegen seines verwegen schauenden Emojis.

Bezahlst du das Essen? Du solltest wissen, dass ich eine sehr emanzipierte Frau bin, die für sich selbst sorgen kann.

Ich weiß bessere Dinge, mit denen ich dich beeindrucken kann.

Mein verräterischer Körper reagierte sofort auf seine Zeilen, dennoch entschied ich mich für eine unverfängliche Antwort.

Freu mich.

Dann steckte ich das Handy weg und genoss die Umgebung. Ich verließ den Strand und schlüpfte in meine flachen Sandalen, die ich mir extra besorgt hatte, damit ich nicht ständig die Flipflops tragen musste.

Auf der Promenade erspähte ich von Weitem Malte. Ich freute mich so sehr, dass ich gleich einen Zahn zulegte. »Hey, Malte«, rief ich und winkte überschwänglich, als würde ich mich wie eine Ertrinkende bemerkbar machen wollen. Sicherlich rechnete er gar nicht mit mir.

»Hey, was machst du denn hier?«, erkundigte er sich sichtlich überrascht und umarmte mich fest.

Etwas verlegen klemmte ich mir eine Haarsträhne hinter das Ohr, nachdem ich mich von ihm gelöst hatte. »Na ja. Mein Chef ist auf die Barrikaden gegangen wegen des Interviews. Ich habe ihm versprochen, nachzubessern. Tja.« Ich drehte mich im Kreis. »Hier bin ich.«

»Das heißt, du bleibst?«

»Wenigstens für eine Woche.«

Malte lachte. »Weiß Nils von dir?«

Nun spürte ich, wie mein Blut vom kleinen Zeh bis in meine Ohrläppchen schoss. Auf meiner Stirn könnte ich ohne Weiteres ein Spiegelei brutzeln. »Ja, natürlich. Wir sind uns schon begegnet.«

Malte zeigte seine weißen Zähne, die in der Sonne glänzten. »Verstehe.«

»Wir treffen uns später zum Essen. Bei Kjell.« Ich deutete mit dem Daumen über die Schulter und drehte mich ein kleines bisschen mit. Aus dem Augenwinkel sah ich Marieke mit vor der Brust verschränkten Armen auf uns zukommen. Sie wirkte immer noch sehr verärgert, wie sie stur auf ihre Zehenspitzen sah. Irgendwie musste ich es hinbekommen, dass sie bei uns blieb, sobald sie auf uns traf. Maltes Blick verfinsterte sich. Wenigstens suchte er nicht das Weite.

»Hey, Marieke«, versuchte ich sie aufzuhalten. Sie war bereits auf unserer Höhe angekommen, dennoch lief sie beharrlich weiter. Ich musste ihr sogar einen Schritt nachgehen und sie am Arm festhalten, damit sie mich überhaupt bemerkte.

Verwundert hob sie den Kopf. Ihre Augen waren vom Weinen verquollen und ihre Nase gerötet. Sie rang sich ein Lächeln ab, und ihre gewitterüberzogene Miene erhellte sich, als sie mich erkannte. »Lilli! Hi. Es ist so schön, dich zu sehen.« Wir zogen uns wie zwei beste Freundinnen, die sich eine halbe Ewigkeit nicht gesehen hatten, in den Arm. Sie ignorierte Malte wie immer.

»Tja, ich mach mich dann mal los«, murmelte dieser und wandte sich ab.

Wie konnten die beiden sich nur wie Kindergartenkinder benehmen?

»Warte mal. Du musst mir von den Kätzchen berichten. Wie geht's ihnen denn, und Sally natürlich?«

»Sie sind alle wohlauf.« Ein Anflug von Stolz flackerte in seinen Augen auf.

»Hast du mein Kätzchen Asha genannt?«

Nun war das Eis gebrochen und Malte lachte. »Das habe ich wirklich. Es ist das Einzige, das überhaupt einen Namen trägt.«

»Was? Die Kitten sind noch nicht getauft?«, sagte ich gespielt empört. Mein Kopf fuhr herum. »Dir fallen doch sicherlich schöne Katzennamen ein, oder, Marieke?«

»Ohne sie vorher gesehen zu haben, nein.« Entschieden schüttelte sie den Kopf.

Das war natürlich ein heißes Unterfangen. Sie jetzt irgendwie in Maltes Haus zu manövrieren, war aussichtslos und ginge natürlich viel zu weit.

»Du kannst jederzeit bei mir vorbeischauen und nach ihnen schauen, Lilli. Nach Feierabend bin ich meistens zu Hause.« Er streifte Marieke mit einem kurzen Blick, bevor er seine Hand zum Gruß hob und uns mit langen Schritten verließ.

Entweder steckte da noch viel Arbeit hinter oder es war aussichtslos.

Marieke atmete leise aus und schenkte mir ein offensichtlich gespieltes Lächeln. »So schön, dass du wieder hier bist.«

Ich konnte ihren Kummer einfach nicht länger ignorieren. »Marieke. Was ist los? Weswegen hast du mit Nils so gestritten?«

»Du hast uns gesehen?«, fragte sie überrascht und klang gleichzeitig empört, während sich ihre Augen schon in fast abnormer Größe weiteten.

»Nein, also ja. Schon. Denk jetzt bitte nicht, dass ich euch belauscht oder beobachtet habe. Ich stand zufällig am Fenster. Gehört habe ich nichts«, beeilte ich mich zu sagen. »Du hast geweint. Weswegen?«

»Weil Nils sich nicht an die Regeln hält«, spie sie wie ein Feuerdrachen aus.

Erleichtert atmete ich aus. Es hatte wohl nichts mit mir zu tun. Wahrscheinlich war er damit dran, das Bad sauber zu machen, und hatte es schlicht und einfach vergessen.

»Auf einmal ist ihm aufgegangen, dass er so nicht mehr leben kann und alles infrage stellt.«

Ich spürte, wie sich eine tiefe Falte in meine Nasenwurzel grub und mein Herz zum Stocken kam. Dann ging es doch nicht um die Hausarbeit. Nun weckte sie meine Neugier. Blinzelnd benetzte ich meine Lippe. »Wie meinst du das?« Nervös trat ich von einem Fuß auf den anderen.

»Ich habe es nur gut gemeint und wollte ihn unterstützen, deswegen ...« Marieke schluckte und wich meinem Blick aus. »Ich habe es für richtig gehalten, in dem Moment. Aber es war so falsch. Nils kann ich keinen Vorwurf machen. Es ist einzig allein meine Entscheidung gewesen. Trotzdem bin ich sauer auf ihn, weil ...« Sie brach erneut ab und schluckte.

Tröstend fuhr ich ihr über den Arm. Auch wenn ihre Sätze verwirrend waren und ich von all dem nichts verstand, war es mir ein Anliegen, für sie da zu sein.

»Du kannst dich mir ruhig anvertrauen. Ich werde alles für mich behalten.«

Sie hob ihren Kopf, während sich eine Gewitterwolke in ihren Augen zusammenbrodelte. »Nein. Das geht nicht.« Erneut spuckte sie wie ein angegriffener Drache Feuer und funkelte mich an.

Erschrocken nahm ich den Arm von ihr.

Obwohl ich mich gekränkt fühlte, gab ich mich verständnisvoll. »Das verstehe ich natürlich, wir kennen uns ja kaum.« Ein Pfropfen bildete sich in meiner Kehle. Wie konnte ich nur so unverschämt gedacht haben, sie würde mir ihr Herz ausschütten?

»Weißt du, Lilli. Ich kann dich wirklich gut leiden, aber du bringst mit deiner Anwesenheit gerade alles durcheinander.«

Damit stob sie an mir vorbei und mischte sich in die bunte Masse der Touristen.

Wie angewurzelt starrte ich ihr nach, versuchte ihre Worte zu verstehen, und erst als mich ein Spaziergänger anrempelte, kam Bewegung in mich. Konfus schaute ich auf und entschied, meinen Spaziergang fortzusetzen. Möglicherweise konnte mir das Meer erklären, was sie mit ihrer merkwürdigen Äußerung meinte.

***

Kjells Restaurant war gut besucht. Jeder Tisch war besetzt, und ich brauchte einen Moment, um Nils ausfindig zu machen.

Ich reckte meinen Hals und erspähte ihn etwas abseits am Fenster. Er kritzelte etwas in seinen Notizblock, der vor ihm lag.

Schmunzelnd ging ich auf ihn zu.

»Hi.«

Etwas überrascht schaute er auf. Er war wohl so tief in seinen Gedanken gefangen gewesen, dass er mit mir noch gar nicht gerechnet hatte, obwohl ich mich sogar ein klein wenig verspätet hatte. »Hi.« Seine Miene erhellte sich schlagartig. Er erhob sich, steckte dabei seine Notizen in seine Hosentasche und kam zu mir herum. Mit einem sanften Kuss begrüßten wir uns.

Ich nahm vor ihm Platz und hängte meine Tasche über die Lehne, da kam auch schon Kjell auf mich zugestürmt.

»Ich fass es ja nicht. Lilli, was für eine Überraschung. Hast du es dir doch anders überlegt und bleibst für immer?«

Ich lachte. »Vorerst habe ich eine Woche Verlängerung bekommen.«

»Das ist toll. Darf ich euch etwas zu trinken bringen?«

»Ich nehme ein Wasser.«

»Für mich das Gleiche.«

Kjell zog ab, und ich sah ihm hinterher. »Auch wenn er seinen Stress gut versteckt, auf Dauer wird er das nicht durchhalten können. Er braucht dringend Verstärkung.«

Nils grinste. »Du kannst dich ja bewerben.«

»Auf keinen Fall. Das ist nichts für mich. Ich habe mal einen Probetag meiner Schwester zuliebe durchstehen müssen. Menschen können so unfreundlich sein.«

»Du hast eine Schwester?« Überrascht riss er die Augenbrauen hoch.

»Ja, sie ist eine Weltenbummlerin. Aktuell ist sie frisch aus Neuseeland zurückgekommen. Sie hat sich durch Servieren den Lebensunterhalt dort verdient. In ihrer Studentenzeit hat sie gefühlt nichts anderes gemacht.«

»Hier, eure Erfrischung.« Kjell schob das Tablett auf die Tischplatte und übergab uns die Gläser.

»Lillis Schwester hat Erfahrung im Gastgewerbe«, posaunte Nils ungefiltert an Nils weiter.

»Tatsächlich?« Erwartungsvoll sah er auf mich hinab.

Ich nahm ihm gleich den Wind aus den Segeln. »Vergiss es. Pia würde niemals hier stranden und noch dazu verdrießliche Urlauber bedienen, die nur über das Wetter mäkeln.«

»Du verkennst den Charme des Ortes und der Einwohner. Wenn man Heartnitz ins Herz geschlossen hat, will man gar nicht mehr so schnell von hier weg«, äußerte sich Nils und wiederholte somit, was er an meinem Anreisetag schon einmal gesagt hatte. Niemals hätte ich einen Funken Wahrheit darin erwartet. Und doch war es so.

»Oder man kommt einfach wieder und wirbelt alles auf.« Kjell zwinkerte, notierte noch unser Essen und verschwand wieder.

Mir kamen Mariekes Worte in den Sinn. Sie schossen wie spitze Pfeile direkt in mein Herz. Meine Schultern sackten etwas herab.

»Was ist?«, erkundigte Nils sich sorgenvoll und deutete meinen betrübten Gesichtsausdruck wohl richtig.

Ich rutschte auf dem Stuhl hin und her, unsicher, ob ich Nils von dem Zusammentreffen mit seiner Schwester berichten oder ob ich es ganz einfach lassen sollte. Aber warum sollte ich ihm etwas vormachen und so tun, als wäre alles in Ordnung? Also entschied ich mich für die Wahrheit, was ohnehin das Beste war.

»Marieke ist mir vorhin über den Weg gelaufen. Ihre Augen sind vom Weinen ganz gerötet gewesen. Ich habe euch vom Schlafzimmerfenster aus streiten sehen.« Länger konnte ich Nils' Blick nicht standhalten und starrte auf meine Finger, die ich ineinander verschränkte. »Sie hat gesagt, ich würde alles durcheinanderbringen. Was meint sie denn damit? Stimmt das wirklich? Bringe ich alles durcheinander?« Mit der letzten Frage wanderte mein Blick zurück zu Nils. Seine Miene war unbeweglich.

»In gewisser Weise hat sie recht«, sagte er nach einer viel zu langen Pause.

Ich blinzelte und versuchte mein aufgeregtes Herz irgendwie im Zaum zu halten. »Wenn ich gerade dein Leben völlig auf den Kopf stelle, verstehe ich das natürlich. Du tust es ja mit meinem genauso. Aber was hat Marieke damit zu tun? Würdest du es mir bitte erklären?«, fragte ich in sein ernst dreinblickendes Gesicht.

»Es ist …« Er ließ den Satz unvollendet und sah mich an, als wüsste ich ohnehin, was er sagen wollte. »… für andere Ohren nicht bestimmt, Lilli. Ich möchte es dir ganz in Ruhe erklären. Nicht hier.«

»Okay«, erwiderte ich und schluckte meine Enttäuschung hinunter. Wie lange wollte er mich denn noch an der langen Leine zappeln lassen? Und was in aller Welt hielt ihn davon ab, mir sein Geheimnis anzuvertrauen? Wir saßen doch weit weg von den neugierigen Ohren der anderen Gäste. Erkannte er gar nicht, dass er mit seinem Verhalten unsere Beziehung belastete? Ich fühlte mich ihm so verbunden, dass ich ihm alles anvertrauen würde.

»So, bitte schön. Lasst es euch schmecken.« Kjell servierte uns lächelnd die Gerichte.

Ein herrlicher Duft und leises Besteckklimpern umgaben mich, und schon waren meine Zweifel für diesen Moment wie ein Sandhaufen weggeweht. Hin und wieder trafen sich unsere Blicke, und wenn ich länger in seinen Augen abtauchte, fühlte ich mich unheimlich geborgen, auch wenn Nils mich manchmal mit seiner Geheimniskrämerei in den Wahnsinn trieb. Aber solange er sich sträubte, das Rätsel, das ihn wie eine Aura umgab, zu enthüllen, war ich dagegen machtlos.

Pappsatt ließ ich mich in die Lehne zurückfallen und hielt mir den Bauch. »Puh, das war lecker. Noch einen Happen und mein Knopf wimmert um Gnade.«

»Lass uns doch morgen eine Fahrradtour machen. Nur du und ich. Dann muss ich mir auch keine Sorgen machen, dass du dich neu einkleiden musst.« Frech grinsend steckte er seine Nase in das Glas und leerte es.

Gespielt ernst formte ich meine Augen zu Schlitzen und bewarf ihn mit der Serviette. »Das wird schon nicht passieren.«

Gekonnt fing er das Wurfgeschoss und rollte es zu einer Kugel, während er mich fixierte. »Worauf hast du Lust? Ich kann dir die schönsten Ecken von Heartnitz zeigen. Die Geheimtipps sozusagen.«

»Ich möchte unheimlich gern auf den Leuchtturm. Das letzte Mal, als ich dort gewesen bin, ist er geschlossen gewesen.«

»Den Ausblick musst du auf jeden Fall gesehen haben. Dann ist das abgemacht. Ich hole dich gegen halb zwölf ab. Bis dahin hast du dich von der Nacht erholt.«

Ein kleines verräterisches Ziehen schoss in meine Mitte, und ich biss mir auf die Lippen, als ich in Nils' Blick dasselbe las, was in mir auszubrechen drohte. Verlangen.

Plötzlich hatten wir es ziemlich eilig. Nils legte abgezählte Scheine auf den Tresen, nahm mich bei der Hand und zog mich an die frische Luft. Lachend folgte ich ihm, und der Wunsch, einfach nur eine wunderbare Zeit mit ihm zu verbringen, drängte meine Frage, welches Geheimnis er vor mir verbarg, in den Hintergrund. Ich wollte nur diesen Moment genießen und an seiner Seite sein.

Kapitel 19

Ein Poltern weckte mich mitten in der Nacht. Draußen war es noch stockdunkel, und nur die Sterne und der Mond warfen ein diffuses Licht in den Raum. Blinzelnd hob ich den Kopf und schob mich zusätzlich mit den Armen auf. Nils schlüpfte gerade in seine Jeans und richtete sein T-Shirt. Sein Handy auf der Nachtkonsole vibrierte und leuchtete auf, als wollte es seine Dringlichkeit unter Beweis stellen.

Mariekes Bild erschien auf dem Display. Mit unbewegter Miene ignorierte er sie und steckte das Smartphone weg.

»Ist was passiert?«, fragte ich und gähnte herzhaft.

Nils beugte sich zu mir herunter und gab mir einen Kuss. »Mach dir keine Sorgen. Schlaf weiter. Ich hole dich wie versprochen ab, und dann verbringen wir den ganzen Tag zusammen.«

Ich war so müde, dass ich nicht in der Lage war, Widerstand zu leisten. Wohlig und voller Vorfreude kuschelte ich mich zurück in die Kissen und driftete wieder in das Reich der Träume ab.

Als ich das nächste Mal die Augen öffnete und aus dem Fenster sah, war es grau in grau. Einzelne Regentropfen liefen in Bahnen die Scheibe hinunter. Och, Mist. Dann wurde es wohl nichts mit der Fahrradtour. Gegen einen gemütlichen Fernsehtag mit Pizza und einer guten Serie hätte ich allerdings auch nichts einzuwenden. Angesichts dieser vielversprechenden Vorstellung hüpfte ich gut gelaunt ins Bad und brühte danach in der Küche Kaffee auf. Mein Herz machte einen Freudensprung, als ich die Haustür öffnete und die Brötchentüte an der Klinke baumeln sah. Nils war so unheimlich zuvorkommend.

Obwohl die Terrasse überdacht war und über dem Meer bereits ein blauer Streifen zu erkennen war, machte ich es mir drinnen gemütlich. Ein Zettel flatterte aus der Brötchentüte, als ich sie ausschüttete. Ob er mir einen Liebesbrief hinterlassen hatte? Gespannt faltete ich das viereckige Blatt auseinander. Mein Herz schrumpfte zusammen.

Tut mir leid. Muss unseren Plan über den Haufen schmeißen. Rufe dich an. Lass es dir trotzdem schmecken.

Ich bemühte mich, nicht verzweifelt loszuheulen, obwohl mir wirklich danach war. Was könnte ihm denn dazwischengekommen sein? Ob es Marieke schlecht ging und er deswegen übereilt abgezogen war? Missmutig steckte ich das Messer in das Brötchen und schnitt es auf.

Rufe dich an, wiederholte ich seinen Satz im Geiste. Damit konnte ich heute wohl kaum mit ihm rechnen.

Dabei hatte ich mich so auf den Ausflug und den Ausblick, den wir zusammen vom Leuchtturm genießen wollten, gefreut. Jetzt war das Wetter schön, und ich saß allein zu Hause. Seufzend strich ich mir etwas Marmelade auf die mit Butter bestrichene Brötchenhälfte, da bimmelte mein Handy. Es war Nils.

»Hi«, begrüßte ich ihn nüchtern. Sollte er ruhig merken, dass ich frustriert über seine Absage war.

»Ich weiß. Du bist enttäuscht. Es tut mir wirklich leid. Mir ist etwas dazwischengekommen.«

Ja, so wie immer. »Marieke geht es doch aber gut? Immerhin hat sie dich mitten in der Nacht rausgeklingelt«, versicherte ich mich. Nicht dass ich ihn zu Unrecht verurteilte und seine Schwester seine Zuwendung brauchte.

»Nein, da kann ich dich beruhigen. Es geht ihr bestens. Hör zu. Mach es dir doch gemütlich. Heute ist eh kein Wetter für draußen.«

Ich runzelte die Stirn und blickte in den Himmel, an dem kaum noch Wolken zu erkennen waren. »Richtung Meer sieht es doch schon wieder ganz passabel aus.«

»Für heute sind unwetterartige Regenschauer und Stürme gemeldet. Bleib zu Hause und lass das Rad stehen. Die Kette muss außerdem geölt werden, sonst springt sie garantiert wieder ab.«

»Okay«, antwortete ich kurz angebunden. Ich wollte das Thema beenden, denn letztendlich würde ich ohnehin das tun, worauf ich Lust hatte.

»Okay, was?«, hakte er misstrauisch nach, als ahnte er, dass ich trotz seiner Warnung rausgehen würde.

»Ich werde mich schon irgendwie beschäftigen.«

»Wenn ich fertig bin, machen wir es uns gemütlich, einverstanden?«

»Hm.«

»Ich beeile mich.«

Und als ich schon dachte, das Telefonat wäre beendet, folgte noch ein Satz von ihm. »Ich freu mich auf dich.«

So wie er es sagte, hörte es sich so zweifelsfrei echt an, dass mein schlechtes Gewissen anklopfte. »Ich mich auch«, raunte ich und scheuchte meine Gewissensbisse fort. Denn ich freute mich wirklich.

***

Draußen roch es herrlich nach frischer Luft. Der kurze Regenschauer war längst über Heartnitz hinweggezogen, und die Sonne stahl sich hinter den letzten dunklen Wolken hervor. Und ich sollte bei dem Wetter zu Hause versauern? Nein, sicherlich nicht.

Im Schlafzimmer schlüpfte ich in bequeme Sachen für den Ausflug, den ich wohl oder übel allein durchziehen würde, und hielt in der Bewegung inne, das Fenster zu schließen. Mir stockte der Atem, als ich Nils geradewegs auf die Terrasse zusteuern sah. Nils war zu Hause? Konkret hatte er zwar nicht erwähnt, dass er wegfahren würde, allerdings sah der gedeckte Tisch mit Kaffeeservice für vier Personen eher nach einem gemütlichen Beisammensein aus als nach Arbeit oder einem wichtigen Termin. Den eigentlichen Grund hatte er mir auch gar nicht verraten. Dann erwarteten sie wohl Besuch. Sötje hatte sicherlich Freunde und Bekannte, die sie hin und wieder einlud. Einen anderen Journalisten konnte ich ja ausschließen, wie Nils mir versichert hatte, oder? Wie lange hatte ich darauf gewartet, endlich mit Sötje persönlich zu reden? Doch Nils hatte immer eine Ausrede parat gehabt, warum sie keine Zeit für mich hatte. Wegen ihres angeblich vollen Terminkalenders. Ich fühlte mich enttäuscht und zurückgewiesen. Auch wenn es sich nur um Verwandtschaft handeln könnte, ich war seine Freundin und ein Kennenlernen wäre für mich eine kleine Bestätigung, wie wichtig ich ihm war.

Mein Herz sackte herab. Er würde mir doch keine falschen Versprechungen gemacht haben?

Gerade als ich den Blick senken wollte, tauchte Marieke auf. Sie unterhielten sich und beide schüttelten den Kopf, während Nils sich vehement durch die Haare fuhr. Dann sammelte Marieke das Gedeck ein und brachte es hinein. Nils folgte ihr ebenfalls mit dem restlichen Geschirr.

Oh, dann hatte der Besucher wohl kurzfristig abgesagt. Ein kleiner Hoffnungsschimmer blühte in mir auf und kribbelte bis in meine Haarspitzen. Vielleicht würde Nils sich Zeit für uns nehmen und wir könnten doch noch gemeinsam die unvergessliche Aussicht vom Leuchtturm bewundern. Und ganz nebenbei könnte er mich endlich aufklären, was diese Geheimniskrämerei sollte. Doch so schnell, wie meine Hoffnung aufgeflammt war, verbrannte sie auch schon, und nichts als Asche blieb übrig. Denn was sich jetzt im Haus abspielte, war wie ein Schlag ins Gesicht. Nils verteilte nun drei Teller und drei Tassen auf dem Esszimmertisch und Marieke goss aus einer altmodischen Kanne Kaffee oder Tee ein. Die Gardinen, die sonst gewissenhaft geschlossen gehalten wurden, standen diesmal offen, als würden sie mir ihre Nähe zeigen wollen, die Marieke dann aber doch zu verbergen wusste. Mit Schwung zog sie die weißen Vorhänge zu. Ertappt wich ich zurück.

Eine geraume Zeit wartete ich, ob Nils sich noch meldete, aber er tat es nicht.

Kapitel 20

Ich packte genügend Proviant ein und verstaute die Tasche im Korb des Fahrrads. Bevor ich losfuhr, prüfte ich mit kritischem Blick die Kette. Sie war so schmierig, dass ich die Glieder kaum sah. Was wollte Nils sie noch mehr ölen? Vielleicht war das wieder nur ein Grund gewesen, mich hinzuhalten. Ich schaute auf mein verstummtes Handy, das mir lediglich sagte, dass ich keinesfalls länger auf ihn warten sollte.

Nachdem ich ein paar Meter geradelt war und das Fahrrad für funktionstüchtig befunden hatte, düste ich denselben Weg entlang, den ich auch schon bei meiner letzten Tour gefahren war. Und auch dieses Mal kamen mir fröhliche Gesichter entgegen, die keine Angst vor dem Unwetter hatten. Die Kühe und die Pferde grasten in ihren weitläufigen Gehegen und kauten stoisch. Tiere spürten doch anrollende Wetterumschwünge, oder täuschte ich mich? Bisher sahen alle ganz entspannt aus.

Als ich Malte von Weitem entdeckte, wie er peinlich genau das Gatter verschloss, legte ich einen Zahn zu und bremste so abrupt, dass mein Hinterrad blockierte und einen Streifen auf dem Teer hinterließ.

»Hey, Lilli. Du bist wohl unter die Rennfahrer gegangen«, begrüßte er mich mit einem Schmunzeln.

»Ich habe dich gesehen und wollte dich unbedingt noch abpassen« erwiderte ich und stellte einen Fuß auf sicheren Boden. Just in diesem Moment fuhr ein silbernes Auto auf der Straße an uns vorbei. Es war der Reporter. Gab der denn nie auf? Mein Magen krümmte sich. Er war doch nicht etwa unterwegs zu ... Nein. Ich konnte und wollte es einfach nicht glauben.

Malte drehte sich suchend um, ehe er wieder zu mir zurückkam. »Wo hast du denn Nils gelassen?«

Meine Laune rutschte etwas ab, was Malte mir wohl ansah. »Oh, gibt's Stress?«

»Er hat mich versetzt.«

»Tja, das liegt wohl in der Familie.« Er schürzte die Lippen und fixierte mich, als würde er in mein tiefstes Inneres abtauchen. »Wie siehts aus? Ich schmeiße dein Rad auf die Ladefläche und wir fahren zu mir nach Hause. Es wird Zeit, die Katzenbabys zu besuchen, bevor sie flügge werden.«

Ich lachte. »Wahrscheinlich erkenne ich sie kaum wieder. Vielen Dank für das Angebot. Aber ich habe mir fest vorgenommen heute den Leuchtturm zu besuchen. Später auf dem Nachhauseweg versuche ich gern mein Glück bei dir und den Kätzchen.«

Eine Falte erschien zwischen Maltes Augenbrauen. »Du willst noch auf den Leuchtturm? Für heute Nachmittag sind schlimme Gewitter gemeldet.«

»Fängst du jetzt auch noch an. Nils hat mich darauf schon hingewiesen.« Ich hob den Kopf und steckte die

Nase in den Himmel. »Was habt ihr bloß? Die Sonne scheint und keine Wolke ist zu sehen.«

»Versprich mir, dass du gleich nach Hause fährst, sobald der erste Tropfen vom Himmel fällt. Der Wetterbericht ist ziemlich genau hier.«

Ich rollte mit den Augen. »Ja, Papa.« Was war denn nur los mit den Männern in Heartnitz? Trauten sie uns Frauen nicht einmal einen Ausflug zu? Theatralisch seufzend positionierte ich meinen Fuß auf das Pedal und verabschiedete mich. »Dann bis nachher.«

Zehn Minuten später bog ich in den Wald ein und holperte über den unbefestigten Weg Richtung Leuchtturm. Der Boden war vom letzten Schauer aufgeweicht, sodass ich den Lenker gut festhalten musste, um das Gleichgewicht zu halten. Über mir bedeckten die Baumkronen den Himmel. Hin und wieder stahlen sich Sonnenstrahlen durch das Blätterwerk und tanzten fröhlich vor mir her. Obwohl ich den Weg schon einmal gefahren war, war ich dieses Mal etwas unsicherer. So viele Abzweigungen hatte ich gar nicht in Erinnerung. Seltsamerweise waren auch nur wenige Touristen unterwegs, und die meisten kamen mir entgegen und waren auf dem Rückweg, statt mir zu folgen. Entschieden trat ich fest in die Pedale, und nach einer guten Viertelstunde baute sich der Leuchtturm in seiner vollen Schönheit vor mir auf. Vorsichtig lehnte ich das Fahrrad an den vorgesehenen Zaun, ging zum Vorbau und stand vor verschlossener Tür.

»Das darf doch wohl nicht wahr sein«, rief ich verzweifelt aus. Um sicherzugehen, dass ich mich nicht täuschte, zerrte und rüttelte ich an der Tür.

»Wegen Schlechtwetter geschlossen«, brummelte ein Mann älteren Semesters in dunkler Latzhose und richtete seine Schiebermütze. Er setzte sich in sein Auto, das auf einem Mitarbeiterparkpatz stand, und rollte in die Richtung, aus der ich gekommen war.

Ich hob den Kopf. Ein paar harmlose Wolken zogen etwas schneller als gewöhnlich vorbei. Nichts Besonderes, oder? Doch dann vernahm ich ein Rauschen, das meine Aufmerksamkeit erregte. Dem Geräusch folgend stapfte ich den schmalen Weg entlang zu dem pudrig feinen Sandstrand. Vor mir lag das Meer aufgewühlt, mit riesigen Wellen und schäumenden Kronen. Es schien, als wäre es wegen irgendetwas aufgebracht. Ich schluckte trocken, und es war mir schier unmöglich, meinen Blick vom Horizont zu nehmen. Dunkle Gewitterwolken, mehrere Kilometer aufgetürmt, erstreckten sich über das Meer und rollten bedrohlich auf mich zu.

Mein Herz klopfte wild. Ohne lange zu überlegen, drehte ich mich um und rannte zu meinem Fahrrad. Meine Knie schlotterten, als ich mich auf den Sattel schwang. Hinter mir erscholl ein lauter Donnerknall, der mir durch Mark und Bein ging. Danach folgte ein heller Blitz, und keine Sekunde später fing es an zu tröpfeln, ehe sich die Schleusen öffneten.

Mir war natürlich völlig bewusst, was ich hier eigentlich tat. Bei Gewitter in einem Wald zu sein, war lebensmüde. Weiteres Donnern ließ mich zusammenzucken. Fest entschlossen, dem Irrsinn zu entkommen, trat ich in die Pedale. Überall lagen Steine und Stöcke herum, die der aufkommende Wind aufwirbelte und sogar gegen meine Beine knallte. Meine Arme schmerzten bereits vom Festhalten und Ausbalancieren.

Ich spürte die ersten Tränen hinter meinen Lidern aufsteigen, die mir die Sicht verschleierten, begleitet von Blitz und Donner. Meine Beine gehorchten irgendwie und strampelten weiter, obwohl ich sie kaum noch spürte.

Als ich über einen Gegenstand holperte, verlor ich das Gleichgewicht und stürzte. Der Regen prasselte auf mich ein, während Schrauben des Fahrrads sich in mein Fleisch bohrten. Ächzend schob ich den Rahmen von mir und blieb nach dem Kraftakt schwer atmend sitzen. Ich stützte meine Hände neben mir ab und sah den Bäumen zu, wie sie ihre Wipfel hin und her peitschten und wie der Wind zwischen ihnen jagte. Meine Klamotten und meine Unterwäsche waren bereits klitschnass und klebten an meinem Körper. Eine Gänsehaut breitete sich auf meinen Armen aus. Erneut erhellte sich die Umgebung auf erschreckende Weise. Auf keinen Fall durfte ich hier sitzen bleiben. Irgendetwas musste ich unternehmen.

Mein Handy. Neben mir lag meine Tasche. Sie war wegen des Sturzes aus dem Korb gefallen. Umständlich zog ich sie auf meinen Schoß und kramte es heraus. Ein kurzer Blick auf das Display genügte, um festzustellen, dass ich keinen Empfang hatte. Ich stöhnte, verstaute alles und quälte mich mühsam auf. Ein fieser Schmerz schoss entlang meines Schienbeines, und beim nächsten Blitz sah ich Blut daran hinunterlaufen. Ich hatte mir eine dicke Schramme zugezogen. Auch das noch. Meine Verletzung ignorierend stellte ich das Fahrrad wieder auf und sah jetzt erst das ganze Elend. Ich hatte einen Platten.

Schniefend wischte ich mir über die Nase. Sie tropfte unentwegt. Ich wusste nicht, ob es nur Regen war oder sich um ein Gemisch aus Regen und Tränen handelte.

Unentschlossen, zurück zum Leuchtturm oder nach Hause zu laufen, sah ich mich um. Über mir rauschte noch immer der Wind und wirbelte mit dem Regen heruntergefallene Stöcke auf. Das Fahrrad lehnte ich an einen Baumstamm und humpelte mit schmerzverzerrtem Gesicht weiter, unsicher, ob ich überhaupt den richtigen Weg genommen hatte. Die Arme um meine Taille geschlungen fror ich ganz fürchterlich. Selbst die heißen Tränen fühlten sich kalt an.

Der nächste Donner knallte so laut, dass ich vor Schreck erstarrte. Eine Böe erfasste mich und nahm mir fast den Atem. Trotzend stemmte ich mich gegen den heftig einsetzenden Hagel, der von allen Seiten kam und einzelne Grasbüschel niederdrückte.

Die Körner trommelten schmerzhaft auf meine Kopfhaut, als müsste ich dafür büßen, hierher gefahren zu sein. Ich wünschte, Nils würde kommen und mich retten. Aber ich hatte ihn angeflunkert. Er wusste nicht, wo ich war und dass ich entgegen seinem Wunsch, zu Hause zu bleiben, gehandelt hatte. Ganz bestimmt wähnte er mich sicher im Haus auf der Couch, eingekuschelt in eine Decke. Warum hatte ich bloß alle Warnungen ignoriert? Auch die von Malte. Vor mir verschwamm der Weg.

Verdammt, Lilli, reiß dich zusammen. Jammern hilft auch nicht.

Eine Unebenheit im Boden brachte mich zum Straucheln. Zum Glück konnte ich mich an einem umgekippten Baum fangen, bevor ich erneut in den Schlamm stürzte. Mein gesamter Körper zitterte so sehr, dass ich mich kaum noch auf den Beinen halten konnte. Ich ließ mich auf den Stamm nieder und sackte wie ein nasser Sack in mich zusammen. Tränen schossen wie eine sprudelnde Quelle aus meinen Augen. Über mir grollte es noch immer, aber wenigstens zog das Gewitter ab und dröhnte weniger laut in meinen Ohren als eben noch. Die furchteinflößenden Geräusche in den Gebüschen und Blätterwerken um mich herum waren mindestens genauso schlimm für mich wie die Tatsache, dass ich schutzlos war. Ob es hier freilaufende Wölfe gab? Wildschweine allemal. Ich fürchtete mich.

Ein gleißendes Licht am anderen Ende des Weges ließ mich aufschauen. Eindeutig waren das zwei Scheinwerfer eines Autos. Wie magnetisch angezogen, erhob ich mich und sah den näher kommenden Lichtkegeln entgegen. Meine Rettung! Direkt vor mir blieb das Auto stehen. Mein Blick war von dem Regen und den Tränen derart verschwommen, dass es mir unmöglich war, den Wagen zu erkennen. Die Tür öffnete sich und ein Mann, dessen Kapuze tief in der Stirn hing, stieg aus.

Ich brauchte einen Moment, bis ich verstand, wer mein Gegenüber war. »Nils«, hauchte ich einerseits verblüfft, dass er mich hier mitten in der Pampa gefunden hatte, und andererseits erleichtert, endlich in Sicherheit zu sein. Am liebsten hätte ich mich in seine Arme geschmissen, doch ein weiterer Donnerschlag, gefolgt von einem Blitz, führte dazu, dass Nils mich kommentarlos auf den Beifahrersitz schob. Während ich mich in den warmen Sitz schmiegte und einfach nur dankbar war, im Trockenen zu sein, rutschte er neben mich. Etwas umständlich angelte er eine Decke vom Rücksitz und übergab sie mir genauso schweigsam, wie er mich in den Wagen gedrückt hatte. Offensichtlich war er wütend auf mich. Dann legte er den Rückwärtsgang ein und drehte bei der nächsten Gelegenheit.

Diskret wagte ich einen Seitenblick. Er umschloss fester als nötig das Lenkrad, sodass seine Fingerknöchel weiß hervortraten, während sein Unterkiefer ohne Unterlass arbeitete. Mein Herz zog sich zusammen. Wütend war vielleicht der falsche Ausdruck für sein angespanntes Verhalten. Ungehalten explosiv würde eher passen.

Ich hatte wirklich Angst, wie er reagieren würde, wenn ich das eisige Schweigen irgendwann durchbrach. Deswegen entschied ich, still meine Tränen laufen zu lassen und den Scheibenwischern zuzusehen, wie sie sich gegenseitig das Wasser zuschoben. Schon als Kind hatte mich diese Art von Zusammenspiel fasziniert. Je nachdem aus welcher Perspektive ich die Wischer betrachtete, arbeiteten sie entweder miteinander oder gegeneinander.

Nils hatte ich mit meiner eigenverantwortlichen *Tour* auf jeden Fall gegen mich aufgebracht.

Als er vor dem Haus hielt, war ich der festen Überzeugung, dass er weiterfahren würde, sobald ich ausgestiegen war. Doch ich täuschte mich. Mit langen Schritten ging er voran, öffnete wie selbstverständlich die Haustür und knipste das Licht in der Küche an. Mit Sicherheit besaß er einen Ersatzschlüssel.

»Setz dich«, forderte er mich streng auf.

Ich tat, was er von mir verlangte, und nahm mit dem Küchenstuhl vorlieb.

Er kniete sich vor mich und hob sanft mein lädiertes Bein an. Die Wunde blutete nicht mehr, brannte nur noch ganz fürchterlich, aber mein zerbrochenes Herz übertraf den Schmerz.

»Es ist nicht so schlimm, wie es aussieht«, beschwichtigte ich ihn.

»Sie muss gesäubert werden, sonst entzündet sie sich.« Vorsichtig setzte er das Bein wieder ab und richtete sich in voller Größe vor mir auf. Zurück in tiefes Schweigen gehüllt, drehte er sich weg und füllte den Wasserkocher.

Meine nassen Klamotten klebten unangenehm an mir, und meine Haare hingen strähnig auf meinen Schultern. »Ich gehe mich rasch duschen. Bist du noch da, wenn ich gleich wieder runterkomme?« Zum ersten Mal seit unserer Begegnung trafen sich unsere Blicke. Wenn eben ein Gewitter draußen getobt hatte, dann gab es kein Begriff für das, was in seinen Augen wütete.

»Ich bleibe so lange, bis ich eine Erklärung von dir habe, was du dir dabei gedacht hast.« Auf seiner Stirn pulsierte eine Zornesader, die sein aufgewühltes Inneres erklärte. Er atmete tief aus, kappte unseren Blickkontakt und stützte sich an der Arbeitsplatte ab. Im Hintergrund rauschte der Wasserkocher, wurde immer lauter und schaltete sich unerwartet mit einem lauten Klick ab.

Ich erschrak, und endlich kam wieder Bewegung in mich. Schwer schluckend wandte ich mich ab, schlurfte mit hängenden Schultern hoch ins Bad und drehte das Wasser an.

Fünf Minuten später stand ich vor dem Spiegel und bürstete meine feuchten Haare. Einzelne Wassertropfen perlten meine Schulter hinab und bahnten sich den Weg hinunter auf den Boden. Wie sehr wünschte ich mir, Nils würde hinter mir stehen, mich sanft umdrehten und sie zärtlich mit dem Finger auffangen. Aber er wartete unten auf mich. Höchst aufgebracht, weil ich eine Dummheit begangen hatte.

Meine Schramme sah nach der Dusche weniger dramatisch aus als noch davor. Dennoch sollte ich ein Pflaster darüber kleben. Gut, dass ich in meiner Reisetasche immer ein kleines Erste-Hilfe-Täschchen bei mir trug.

Im Schlafzimmer versorgte ich mein Bein und schlüpfte in eine bequeme Jogginghose. Mein ausgebeulter Pullover, den ich schon seit meiner Teenagerzeit besaß, reichte mir bis zur Kniekehle und gab mir die Geborgenheit, die ich damals wie heute brauchte. Ein letztes Mal atmete ich tief aus, umschloss mit den Fingern den Handlauf und nahm Stufe für Stufe.

Als ich in der Küche ankam, dampften vor Nils zwei Tassen Tee. Eine übergab er mir.

»Danke«, sagte ich und blies den aromatischen, nach Kräutern duftenden Dampf mit gespitzten Lippen fort. Beim besten Willen fiel mir kein vernünftiger Satz ein, um Nils irgendwie aus seinem Schweigen zu holen. Ich sah durch das mit Regentropfen verhangene Fenster, in der Hoffnung, dort die Worte zu finden. Doch draußen wütete nur der Sturm.

Es blitzte. Für den Bruchteil einer Sekunde erhellte sich der Raum, und ich fühlte mich ängstlich und ungeschützt auf mich allein gestellt, wie in dem Wald. Tapfer hielt ich die Tränen zurück und umschlang die Tasse, als wäre sie meine seelische Stütze.

»Hast du eigentlich eine Ahnung, was ich mir für Sorgen gemacht habe?«, brach Nils nun endlich das unangenehme Schweigen.

Ich nickte. Nils wusste, wie sich das Wetter an der Küste entwickelte. Genau aus diesem Grund hatte er mich gewarnt, genauso wie Malte es getan hatte und der Leuchtturmwärter aus Sicherheitsgründen die Aussichtsplattform für Besucher geschlossen hatte.

»Woher wusstest du, wo ich war?« Meine Stimme klang rau und kratzig, als hätte ich im Wald gegen die Naturgewalten angeschrien.

»Ich habe geklopft, geklingelt, dich angerufen. Aber du hast dich nicht gemeldet. Nach einer halben Stunde dasselbe Spiel. Geklopft, geklingelt, angerufen. Nichts. Nach langem Hin und Her habe ich die Nerven verloren und den Ersatzschlüssel benutzt, um nach dir im Haus zu suchen. Ich habe gedacht, du schläfst einfach und hättest mich deswegen nicht gehört. Dann wurde ich panisch und suchte nach Hinweisen, wo du sein könntest. Da fiel mir unser Telefonat ein. Daraufhin sah ich in der Laube nach, ob das Fahrrad noch dort stand. Natürlich war es weg. Ich rief Malte an und fragte nach dir und ob er dich gesehen hatte. Er bestätigte mir, dass du mit dem Rad zum Leuchtturm unterwegs warst und er dich, wie ich es ebenfalls getan habe, gewarnt hat.« Er verstummte und seine Kieferknochen bewegten sich unter seinen Bartstoppeln. »Herrgott noch mal! Lilli, was hast du dir nur dabei gedacht?« Wut flammte in seinen Augen auf, und zu allem Überfluss riss er seine Arme in die Höhe.

Er hatte jedes Recht, wütend auf mich zu sein, weil ich nicht auf ihn gehört hatte. Ich verstand ihn und gab es zu, naiv und unbedarft gehandelt zu haben, weil ich die Naturgewalten an der Küste unterschätzt hatte. Aber was war eigentlich mit mir? Mit meinen Gefühlen. Er war derjenige, der mich ständig versetzte und einen auf geheimnisvoll machte. Er wollte mir doch Erklärungen geben. Er hatte es mir versprochen.

»Ich war sauer auf dich!« Die Wörter purzelten viel zu schnell und unüberlegt aus mir heraus, sodass die nächsten einfach folgten. »Weil du mich wieder allein gelassen hast. Ich habe gesehen, wie Marieke das Kaffeegedeck für euren Gast weggeräumt hat und hinterher nur noch für drei Personen aufgetafelt gewesen ist. Nämlich für Marieke, Sötje und dich. Offensichtlich hat euer Besuch abgesagt. Deswegen habe ich gedacht, du würdest mehr Zeit mit mir verbringen oder mich deiner Mutter vorstellen. Immerhin sind wir ja nun ein Paar.« Ich brach ab und schluckte heftig. O Gott, jetzt dachte Nils bestimmt, ich wäre doch bloß wegen des Interviews zurückgekommen.

In meiner Wut war mir das allerdings egal, und ich fuhr fort: »Langsam kommt mir der Verdacht, dass du mir nur was vormachst und gar nicht beabsichtigst, mich Sötje vorzustellen. Aber warum eigentlich? Hat dieser hartnäckige Reporter nun doch den Zuschlag bekommen? Hat er euch Geld geboten? Er drückt sich die ganze Zeit hier rum. Was soll ich denn da denken? Oder bin ich dir einfach nicht wichtig genug?« Abermals stoppte ich und versuchte, jede kleinste Regung in seiner Mimik abzulesen. Aber bisher blieb sie verschlossen. »Diese Geheimniskrämerei wird mir langsam zu viel. Marieke, mit ihrem gebrochenen Herzen. Warum hat sie wirklich mit Malte Schluss gemacht? Du weißt es sicherlich. Sie liebt ihn, das sieht jeder. Wenn ich sie darauf anspreche, bekomme ich nur ›*Es ist kompliziert, das verstehst du nicht*‹ gesagt. Wie denn auch? Mir erklärt ja keiner was. Frag ich dich, ist alles genauso kompliziert und du willst in aller Ruhe mit mir darüber reden. Und dann, huch, kommt irgendwas dazwischen. Weißt du was? Ich habe die Nase voll. Ich will nicht ständig von dir angelogen werden oder Erklärungen aufgetischt bekommen, aus denen ich einfach nicht schlau werde.«

Mein Herz schlug mir bis zum Hals, und meine Hände zitterten vor Aufregung. Ich schloss die Augen und atmete bewusst ein und wieder aus. Erst als mein Herz sich beruhigt hatte, öffnete ich sie wieder und traf auf Nils' aufklarenden Blick. Ich las so viel Zärtlichkeit darin, dass mir schon wieder die Tränen kamen. »Und jetzt nimm mich endlich in den Arm. Ich habe nämlich mindestens genauso viel Angst gehabt wie du.« Mein Kinn zitterte und aus dem Augenwinkel löste sich eine Träne.

Er hob den Arm und wischte sie einfach mit dem Daumen weg. Mit dem anderen zog er mich an seinen Körper heran und umschloss mich. Es tat so gut, ihn zu fühlen und seinen Duft einzuatmen, wie seine Wärme auf mich übersprang. Tränen der Erleichterung tropften auf sein Shirt. Die Zeit schien stillzustehen, während ich mich an seine Brust schmiegte, doch er löste sich viel zu schnell von mir und schaffte eine Lücke zwischen uns, die mich frösteln ließ.

»Du willst eine Erklärung«, murmelte er und drückte seine vollen Lippen zusammen, sodass nur noch ein schmaler Strich zu sehen war.

»Es ist mir wichtig zu wissen, in wen ich mich verliebt habe«, sagte ich und wischte mir das Gesicht trocken.

»Vielleicht ist es tatsächlich an der Zeit, unser seltsames Verhalten zu erklären. Auch wenn du mich garantiert mit ganz anderen Augen sehen wirst.«

Kapitel 21

Seine Worte wirbelten in meinem Kopf umher wie die tanzenden Blätter in Nils' Vorgarten. Der Wind wehte nur noch gemächlich über die Wiesen und Bäume, und auch der Regen tröpfelte leise vor sich hin. Etwas zu fest umschloss ich Nils' Hand, sodass ich Sorge hatte, er könnte sich beschweren. Doch er tat es nicht.

Als wir vor der Haustür standen, überkamen mich Zweifel. Sötje war überhaupt nicht vorbereitet. Was, wenn sie sich vor den Kopf gestoßen fühlte? »Bist du sicher, Nils? Sie wird dir bestimmt böse sein, wenn du mich unangemeldet mitbringst. Vielleicht ist es besser, wenn du mich vorher ankündigst.«

Auf Nils' Gesicht erschien ein weiches Lächeln. »Nein, es ist schon gut. Sie wird sich freuen. Ich verspreche es dir.«

Ich hatte keine Ahnung, was mich erwartete, dementsprechend schlug mein Herz schneller. Auch wenn Nils mir die Angst ein Stück weit genommen hatte, war ich mir unsicher, ob Sötje mir wirklich wohlgesonnen begegnen würde. Nachdem er aufgeschlossen hatte, sah ich mich erwartungsvoll in dem geräumigen und hellen Flur um. Der Eingangsbereich wirkte in seiner Größe nüchtern und aufgeräumt auf mich. Auf dem restaurierten Sekretär stand ein altertümliches Telefon mit Wählscheibe. Daneben lagen einige ungeöffnete Briefe und ein Autoschlüssel. Eine helle Holztreppe führte in die oberste Etage, wo sich wahrscheinlich die Schlafzimmer befanden. Nils ging voran, und ich folgte ihm.

»Mama?«, rief er mit kräftiger Stimme. Aber nichts tat sich. »Mama?«, versuchte er es diesmal lauter. »Wo ist sie denn?«, murmelte er und wirkte nun nervös auf mich. »Sötje?«

In der Zwischenzeit schaute ich mich um. Das Wohnzimmer war groß und hell, und die Wände waren ebenfalls weiß. Über der Couch hing ein großes Bild mit einer Dünenlandschaft und dem Meer im Hintergrund. Neben mir stand der Tisch, an dem sie Kaffee getrunken hatten.

»Darf ich vorstellen, Mama. Das ist Lilli. Ich habe dir von ihr erzählt«, hörte ich Nils hinter mir sagen.

Überrascht wirbelte ich herum und traute meinen Augen kaum. Da stand sie, die berühmte Bestsellerautorin, und schenkte mir ein Lächeln aus ihrem in Würde gealterten Gesicht. Ihre etwas zu lang gewordene Kurzhaarfrisur ließ sie älter wirken, als sie eigentlich war. Ich überwand meine Scheu und ging mit ausgestreckter Hand auf sie zu. »Es freut mich so sehr, Sie endlich einmal persönlich kennenzulernen. Das ist so eine Ehre für mich. Ich habe alle Ihre Bücher verschlungen.«

»Das freut mich aber, meine Liebe.« Sie kniff die Augen zusammen, als könnte sie etwas aus weiter

Entfernung nicht erkennen. »Wo habe ich meine Brille hingelegt?«, fragte sie und fuhr sich über ihren Kopf. Sie wandte sich Nils zu und sah ihn fragend an.

»Sie baumelt an deiner Kette.«

»Oh.« Rasch nahm sie sie und setzte sie sich auf ihre Nase. Hinter den Gläsern wirkten ihre Augen viel größer, was ihr etwas Amüsantes verlieh. Ich kam mir wie ein hochdatiertes Kunstobjekt vor, was sie gerade begutachtete. »Wer sind Sie? Und was machen Sie in meinem Haus?« Abermals drehte sie sich zu Nils.

Meine Stirn kräuselte sich, und ich drückte mein Kinn auf die Brust.

»Mama. Das habe ich dir doch erklärt. Das ist Lilli. Sie ist meine Freundin.«

Bei dem Wort Freundin quoll mein Herz über, und sofort fühlte ich mich kaum noch missverstanden und fehl am Platz.

»Ach ja«, sagte sie in träumerischer Verklärung. »Sie erinnern mich an eine Figur aus meinen Romanen. Wie hieß sie denn noch gleich? Ach, fällt mir gerade nicht ein.« Sie neigte ihren Kopf und lächelte. »Ich bin nämlich Schriftstellerin, sollten Sie wissen.«

»Ja, das weiß ich«, murmelte ich und runzelte abermals die Stirn. Hilfesuchend wanderte mein Blick weg von ihr, hoch zu Nils in seine unbewegliche Miene, die eine Selbstverständlichkeit ausdrückte, die mich stutzen ließ. Auweia, offensichtlich war es doch ein Fehler gewesen, einfach so bei ihr aufzutauchen. Hoffentlich hatte ich sie nicht bei einer Szene, die ihr gerade durch den Kopf gegangen war, gestört. Sicherlich war sie gerade noch in ihren letzten Gedanken.

»Es ist schon spät, Mama. Lass uns zu Abend essen.«
Nils verschwand in der Küche, um kurze Zeit später mit
einem Tablett zurückzukommen. Ich half ihm, alles auf
den Tisch zu stellen, während Sötje am Kopfende Platz
nahm. Unvermittelt sprang sie wieder auf.

»Fehlt etwas?«, fragte Nils und ließ seinen Blick über
das reichhaltige Angebot von Wurst, Käse und anderen
Leckereien schweifen.

»Ein Gedeck.«

»Nein. Es ist vollständig. Nur Lilli, du und ich sind da.
Wir sind zu dritt. Marieke kommt später.«

»Dein Vater muss auch etwas essen, wenn er hungrig
von der Arbeit kommt. Er hat doch immer einen Bärenhunger nach einem anstrengenden Tag.«

»Dein Vater? Ich dachte, er ist gestorben«, flüsterte ich
ihm zu.

»Das ist er auch«, erklärte er gelassen und stand hastig auf, als Sötje bereits an der Küchentür angelangt
war. Bestimmt, aber sacht manövrierte er sie zurück an
ihren Platz. »Er kommt nicht, Mama. Er ist doch schon
lange tot.«

»Ach ja«, sagte sie und nahm sich eine Scheibe Brot.
»Wo bleibt denn Marieke? Spielt sie wieder draußen
und hat die Zeit vergessen?«

»Sie kommt später. Das habe ich dir ja gerade schon
gesagt.« Nils schien weder verärgert noch verwundert
über Sötjes Fragen zu sein. Und als sie zum wiederhol-
ten Male in die Küche ging, um ein weiteres Gedeck zu
holen, bestätigte sich meine Vermutung, die sich spätestens bei ihrer letzten Frage aufgetan hatte. Sötje war
dement.

Ich brachte keinen Bissen hinunter, und meine Scheibe Brot lag unberührt vor mir. Ich verstand nichts von dem, was sich gerade hier abspielte. Seit wann war Sötje in diesem Zustand? Wie konnte eine an Demenz erkrankte Frau Bestseller schreiben? Nils schien meine Gedanken zu erahnen.

»Ich setze mal Teewasser auf, und du hilfst mir dabei, Lilli.«

»Ja, sicher«, beeilte ich mich zu sagen und folgte ihm.

Vor den Schränken blieb er mit mir zugewandtem Rücken stehen, atmete hörbar aus und strich sich durchs Haar. Er verharrte für einen Augenblick, als wüsste er nicht, was er als Nächstes tun sollte. Schließlich öffnete er eine Tür und nahm drei Tassen heraus, in die er jeweils einen Teebeutel legte. Dann füllte er den Wasserkocher und stellte ihn an. »Mama ist krank. Seit gut drei Jahren leidet sie an Demenz. Es fing ganz harmlos an. Sie vermischte die Realität mit ihren Geschichten und erzählte Dinge aus ihrer Vergangenheit, die, wie wir genau wussten, aus ihren Romanen entsprungen sind. Anfangs machten wir uns keine Sorgen. Wer sie kennt, weiß, dass sie immer in Gedanken und vertieft in ihre Geschichten ist. Es war nie ungewöhnlich für uns, wenn sie dreimal nachfragte, bevor sie sich in unsere Unterhaltung einklinkte. Dann fielen ihr spontan unsere Namen nicht ein, sie ärgerte sich über meinen Vater, weil er angeblich zu spät nach Hause kam, obwohl er vor Jahren gestorben war. Wir kontaktierten schließlich einen Arzt, der uns dann die Diagnose stellte, die wir eigentlich schon erahnt hatten. Als sie dann noch stürzte, konnten wir sie nicht mehr allein lassen. Was schwierig war, von Stuttgart aus.

Zufällig stand das Nachbarhaus zum Verkauf, was die damalige Eigentümerin mir recht günstig verkaufte. Kurzentschlossen kam ich zurück und fing an, es zu renovieren, damit ich immer in Sötjes Nähe sein konnte. Das war ein ziemlicher Kraftakt zwischen der Arbeit am Haus und nach Sötje zu sehen, weil ich nie wusste, was sie gerade machte. Marieke unterstützte mich bei den Arztterminen und passte auf sie auf, wenn ich mal eine Pause brauchte. Irgendwann fing sie an durch das Haus zu geistern, suchte ihren Ehemann, fing an zu kochen oder wollte spazieren gehen, nachts. Also entschied ich mich, in mein altes Zimmer zu ziehen, damit ich sie immer im Blick hatte.

Und dann kam eins zum anderen. Der Verlag meldete sich wegen des Manuskripts, für das sie irgendwann einen Autorenvertrag unterschrieben hatte. Eine Reihe mit vier Bänden! Wir wussten nichts davon. Eigentlich hätten wir wegen ihrer Krankheit zurücktreten können, aber das war für uns keine Option. Wir wollten die Fans nicht enttäuschen. Das Buch war ja schon angekündigt und so gut wie fertig geschrieben. Also beschloss ich, mir ein Bild von dem Ganzen zu machen. Ihr Schreibtisch wimmelte nur so von Notizen, die für mich ein einziges Rätsel waren. Ich las mich in ihr Manuskript ein, sortierte schließlich ihre Aufzeichnungen, machte mir einen Plan und beendete die Geschichte. Dem Verlag hatte ich vorerst nichts davon erzählt. Sie dachten, es wäre Sötjes Handschrift. Ich war so unsagbar nervös.« Er lachte bitter auf und fuhr besonnen fort: »Das Schlimmste, was ein Autor über sich ergehen lassen muss, ist Kritik. Doch die blieb überraschenderweise aus. Das Buch war ein Erfolg auf ganzer

Linie, wir alle feierten. Dass der Roman der erste Teil einer Reihe ist, verdrängte ich so lange, bis der Verlag den zweiten Teil so schnell wie möglich haben wollte. So saß ich in der Klemme und wusste erst nicht, was ich machen sollte. Also erklärte ich dem Verlag die Lage. Der war natürlich erst schockiert. Aber nach langer und reifer Überlegung machten sie mir ein Angebot, die Folgebänder zu schreiben. Ich fühlte mich total überrumpelt. Ein Mann, der schnulzige Liebesromane schreibt? Das glaubt einem doch niemand. Doch der Verlag blieb hartnäckig. Er bestand darauf, die Romane zu haben, da niemand den Schwindel bemerkt hatte. Marieke war ihrer Meinung. Sie schlug vor, einfach weiterhin unter dem Pseudonym zu veröffentlichen. Frei nach dem Motto: Ich schreibe und Sötje räumt die Preise ab. Der Verlag stimmte meiner Forderung zu, dass ich unter strengstem Verschluss der wahre Autor sein würde, was niemand erfahren sollte.«

»Auch Malte nicht.«

Ich drehte mich um. Marieke lehnte im Türrahmen und überkreuzte die Arme. Dem Anschein nach hörte sie schon länger zu. Sie löste sich und stellte sich zu uns. »Du hast es ihr also doch erzählt.«

Er nickte.

Das war also das Geheimnis, das sie vor mir verborgen hatten, und vor allen anderen wohl auch. War es bei den Streitereien um die Frage gegangen, ob ich die Wahrheit erfahren sollte?

Missbilligend schnalzte Marieke mit der Zunge, und eine Träne schimmerte in ihrem Augenwinkel. »Und ich schweige seit Jahren.«

Nils drückte sanft die Schulter seiner Schwester. »Ich weiß. Rückblickend müssen wir alle einsehen, dass es ein Fehler gewesen ist, bestimmte Menschen nicht eingeweiht zu haben.«

Jetzt endlich verstand ich Mariekes gebrochenes Herz und warum sie die Beziehung mit Malte beendet hatte. Sie wollte Nils und Sötje schützen. Sie hatte alles dafür getan, dass das Geheimnis verborgen blieb. Nach und nach fügten sich alle Puzzleteile aneinander, und ich begriff, dass das Ganze hier auf einer Lüge basierte.

»Heißt das etwa, ihr macht uns allen nur was vor? Malte, Kjell, mir, Heartnitz, der ganzen Welt?« Ein schwerer Stein lag mir im Magen.

»Lilli«, hörte ich Nils besänftigend sagen. »Ich bin natürlich der, der ich bin. Wie du mich kennengelernt hast. Jemand, der Fahrräder und Waschmaschinen repariert und Drachen steigen lässt. Ein Bad renoviert und sich um die Familie kümmert. Ich habe das alles getan, um meine Mutter vor schlechten Schlagzeilen und aufdringlichen Reportern zu bewahren. Sie soll so in Erinnerung bleiben, wie wir sie kennen. Als eine warmherzige, fröhliche und aufgeschlossene Person, die leidenschaftlich Wörter in Geschichten verwandelt.«

»Wurde Sötje gar nicht gestalkt?« Meine Gedanken waren ein einziger Wust aus Fragen, die unkontrolliert in meinem Kopf schwirrten. Diese hatte es als einzige geschafft, aus mir herauszubrechen.

Nils schüttelte den Kopf. »Wir mussten einen glaubwürdigen Grund erfinden, warum sie sich plötzlich zurückgezogen hat. Das schien uns am einfachsten und nachvollziehbarsten. Der anstrengende Reporter übrigens hat weder Geld geboten, noch wird er irgendwie an Sötje herankommen. Seit Längerem beobachte ich ihn und bin auf der Hut. Solche Menschen schrecken vor nichts zurück. Es tut mir leid, wenn du tatsächlich gedacht hast, ich hätte ihm den Zuschlag gegeben.«

Nils nahm meine Hand und strich mit seinem Daumen über meine Haut. »Ich möchte unbeschwert mit dir zusammen sein, ohne Sorge zu haben, mich, um Kopf und Kragen zu reden. Morgens möchte ich mit dir an einem Tisch sitzen und den Tag besprechen. Dir dabei in die Augen schauen können. Ohne Geheimniskrämerei.«

»Ich kann das auch nicht mehr. Diese ständige Flunkerei.« Mariekes Haare peitschten ihr gegen die Wangen.

Diese Menge an Informationen war zu viel für mich. Unwillkürlich dachte ich an die Momente, wenn er über seine Mutter gesprochen hatte und ich mir vorstellen sollte, er wäre sie. Ich fühlte mich überfordert und – eine bittere Erkenntnis stieg in mir auf – hintergangen. Ich schob die Einsicht für den Moment fort und fragte mich, wie wohl Sötjes Fans und treue Leser reagieren würden. Sollten sie nicht über ihren Gesundheitszustand informiert werden? Oder ging es sie nichts an? Was dachte ich eigentlich so weit weg? Was war mit Malte und Kjell? Sie waren seine Freunde, und mit Sicherheit gab es noch mehr vertraute Menschen in seinem Leben. Verlangte er etwa von mir dieselbe Verschwiegenheit, die er über Jahre hinweg gelebt hatte? War ich bereit dafür? Schließlich war ich Journalistin. Es war mein Job, zu informieren.

»Du solltest damit an die Öffentlichkeit gehen. Ganz sicherlich profitieren du, der Verlag und die Bücher davon.«

»Nein, auf keinen Fall.«

»Wieso? Du hast doch selbst gesagt, dass du so nicht mehr leben kannst.«

»Ich wollte, dass du es weißt.«

»Und sonst keiner?«, fragte ich verwundert.

»Was glaubst du, was hier los sein wird, wenn die Presse davon erfährt?«, fragte Marieke aufgebracht. »Die neugierigen Paparazzi schrecken doch vor nichts zurück. All die Jahre haben wir mit den dreisten Fotografen kämpfen müssen. Gott sei Dank hat das nachgelassen seit Sötjes *Stalking-Vorfall*. Etwas Gutes hat es ja.«

»Du könntest mit Malte wieder zusammen sein, wenn du ihm den Grund sagst. Ganz bestimmt wird er Verständnis für dein Handeln haben. Er liebt dich genauso wie du ihn.«

So aufgebracht, wie Marieke sich eben gezeigt hatte, tauchte nun eine gewisse Melancholie in ihrem Gesicht auf. Sie drehte ihren Kopf weg und schluckte. »Wenn ich ihm den Grund erzähle, warum ich das alles gemacht habe, wird er mich bestimmt für verrückt erklären und mir vorwerfen, dass ich ihm nicht vertraue.«

Da war es wieder, das sensible Wort: Vertrauen, das so wichtig in einer guten Beziehung war und die Liebe festigte. Der bittere Geschmack von eben kehrte zurück. Nils hatte mich die ganze Zeit angeflunkert, mir etwas vorgespielt. Hatte er denn tatsächlich kein Vertrauen in mich? War er davon ausgegangen, dass ich mit solch sensiblen Informationen sofort an die Öffentlichkeit gehen würde?

»Dann wolltest du mir das Interview nie geben«, stellte ich bitter fest. »Aber warum hast du mich nicht abgewimmelt, wie du es mit den anderen auch machst?« Das wäre doch am einfachsten gewesen, statt sich mit mir herumzuschlagen.

»Na ja, ich habe dich gesehen und schon war es um mich geschehen. Ich dachte mir, wenn ich dir helfe, habe ich Einfluss auf das, was du veröffentlichst, und ganz nebenbei konnte ich Zeit mit dir verbringen.«

Und schon breitete sich ein warmes Gefühl in mir aus. Er hatte sich auf mich eingelassen, obwohl er gewusst hatte, warum ich hier war.

»Dann lass uns doch gemeinsam alles aufklären. Wenn ich die Story richtig verpacke, profitiert ihr alle. Ihr müsst aufhören, so zu leben. Euren Freunden etwas vorzuspielen.«

»Nein, Lilli. Es ist gut so, wie es ist. Wenn ausgewählte Personen Bescheid wissen, kann ich mich damit anfreunden.«

»Die ganzen Lügereien sind doch keine Basis. Wenn du mit der Wahrheit rausrückst, wird bestimmt eine große Last von deinen Schultern fallen, und du kannst wieder ganz ungezwungen sein. Zusammen bekommen wir das hin.«

»Indem du einen Artikel verfasst?« Nils sah mich an, als hätte ich ihm ein Angebot unterbreitet, das ihn für zehn Jahre ins Gefängnis bringen würde.

Warum vertraute er mir nicht? Ich nahm seine Hand und verschränkte meine Finger mit seinen. »Du musst anfangen, zu dem zu stehen, wer du wirklich bist. Ein sensibler, einfühlsamer Mensch. In den ich mich verliebt habe und für den ich sogar die Lichter der Stadt gegen einen breiten Sternenhimmel eintauschen würde.«

Nils' Blick ruhte auf mir. In der ganzen Zeit, in der er schweigend vor mir stand, hätte ich ihm am liebsten die Zweifel in seinem Gesicht mit einer Geste weggewischt.

»Ich weiß nicht, Lilli«, kam es dann doch irgendwann aus ihm heraus. »Das Gerede kann und möchte ich mir nicht antun. Was sollen denn die Leute von mir denken, wenn ich als Mann Liebesromane schreibe. Die Erwartungen der Leser sind sehr hoch. Außerdem befürchte ich, dass die Romane zu Ladenhütern werden könnten.«

»Du hast aber auch betont, dass es sich ausschließlich um Produkte handelt, die einfach nur verkauft werden möchten. Ist es dann nicht auch egal, wer sie geschrieben hat? Du musst anfangen, an dich zu glauben und Privates von Beruflichem zu trennen. Du bist doch so viel mehr als nur ein Autor, der Leser zu einem Happy End führt. Du bist ein Familienmensch, ein kreativer Kopf, ein Freund, ein Bruder, ein Sohn, ein Liebhaber. Jeder hat das Recht, er selbst zu sein.« Als ich meinen Vortrag beendet hatte, spürte ich mein Herz viel zu schnell schlagen. Inständig hoffte ich, dass er mir zustimmte.

Ich sah so viel Zuneigung und doch so viele Zweifel in seinem Blick, dass mir automatisch die Schultern herabsackten und mir klar wurde, was für einen weiten Weg er noch vor sich hatte. »Bitte verlang nicht von mir, dass ich es akzeptiere, wenn du dich weiterhin hinter deiner Mutter versteckst. Ich liebe dich, aber ein Leben mit der ständigen Angst zu führen, dass alles jederzeit auffliegen könnte, da erwartest du zu viel von mir.« Meine Zunge klebte unangenehm an meinem Gaumen, weil mein Mund viel zu trocken war. Wenn ich nur wüsste, was hinter seiner Stirn vorging. Dann könnte ich mich darauf vorbereiten, aber so verspürte ich nur Angst, wie er mich ansah, als hätte ich ihn mit eiskaltem Wasser überschüttet.

Tief getroffen senkte er den Kopf und nickte. »Okay. Vielleicht war es naiv von mir zu glauben, dass du Verständnis hast und dich auf mein Leben einlässt. Es wäre zu schön gewesen.«

»Ich will mich auf dein Leben einlassen und ein Teil davon sein, aber in Freiheit«, erklärte ich ihm hastig, um ihm zu zeigen, wie ernst es mir war. Flehend sah ich ihn an und hoffte, er würde mich verstehen.

»Tut mir leid, Lilli. Aber ich kann nicht riskieren, dass wir alle darunter leiden, wenn wir mit der Wahrheit an die Öffentlichkeit gehen. Es fällt mir wirklich schwer, das musst du mir glauben, aber ich werde der Letzte sein, der dir im Weg steht, ein sorgenfreies Leben zu führen.«

Ich fühlte mich, als würde ich ungebremst auf einen Abgrund zurasen. Der Fall fühlte sich befreiend und schwerelos an, der Aufschlag hingegen brach mein Herz in tausend Fetzen. »Verstehe ich das richtig? Du machst Schluss mit mir?«

»Lass es uns als Pause ansehen. Der Abstand wird uns sicherlich guttun. Dann merken wir vielleicht wieder, was wir wirklich wollen.«

Die ganze Welt um mich herum schien wie eine Sandburg in sich zusammenzufallen. Weggetragen vom Wind. Quälende Sekunden vergingen, in denen ich in Schockstarre vor ihm stand und es mir die Sprache verschlagen hatte.

»Ich vertraue auf deine Verschwiegenheit, Lilli.«

Selbstverständlich konnte er das. Niemals würde ich etwas gegen seinen Willen veröffentlichen. Dennoch fragte ich: »Und wenn ich dich enttäusche?« Meine Stimme klang brüchig, und meine Tränen bahnten sich still ihren Weg über meine Wangen auf meine Bluse.

»Dann weiß ich, dass du nur wegen des Interviews zurückgekommen bist.«

Kapitel 22

Natürlich war das Interview immer Teil davon gewesen, warum ich nach Heartnitz gekommen war. Das konnte ich genauso wenig wie meine Liebe zu ihm abstreiten. Dennoch lag es jetzt an mir, ihm vom Gegenteil zu überzeugen, dass ich nicht nur wegen meiner Arbeit zurückgekommen war, sondern wegen ihm, und dafür musste ich nach Frankfurt.

In der App buchte ich mir ein Ticket für den nächsten Tag, packte meine sieben Sachen und legte mich schlafen. In der Nacht wälzte ich mich hin und her. Das Wort Vertrauen brachte mich noch um den Verstand. Konnte ich Nils überhaupt noch vertrauen? Nachdem er mich so lange mit der Wahrheit hingehalten hatte? Ich zog meine Decke bis hoch zur Nase. Die Antwort war definitiv Ja, weil meine Liebe zu ihm so stark war.

Mit der Gewissheit, dass Nils nur ein paar Hundert Meter entfernt von mir war, fühlte ich mich furchtbar einsam und fror entsetzlich, sodass ich einfach keine Ruhe in meinem Kopf bekam. Ich musste ihn endlich davon überzeugen, Vertrauen in sich und die Leser zu haben. Die Herausforderung lag darin, dass ich dem Verlag eine gute Story liefern musste, ohne Nils oder seine Familie zu gefährden. Und ich wusste auch schon, wie. Mit einem wohligen Gefühl im Bauch fielen mir irgendwann erschöpft die Augen zu.

***

Am nächsten Morgen hatte ich noch Zeit, mich von Malte zu verabschieden. Ich würde ihm zwar nur ganz wenig von meinem Plan preisgeben, aber genug, dass er sich verpflichtet fühlte, mich bei einer kleinen Angelegenheit zu unterstützen.

Ich schlüpfte durch das Gebüsch, hinter dem ich eigentlich Nils auf einem Stuhl und Laptop auf dem Schoß vermutete. Mein Herz raste so schnell wie nach einem Sprint, aber sein Platz war leer. Ich wusste nicht, ob ich froh oder enttäuscht deswegen sein sollte. Insgeheim hoffte ich, er würde jeden Augenblick vor mir stehen, mich in den Arm nehmen und mir sagen, wie albern wir uns alle verhielten. Das passierte natürlich nicht. Außerdem käme mir das ungelegen, da ich mir doch alles schon zurechtgelegt hatte.

Als ich die Promenade entlanglief, hörte ich das Rauschen der Brandung. Über mir kreischte eine Möwe und neben mir spiegelte sich die Sonne auf dem Meer. Ich atmete tief ein, ehe ich ein paar Mal abbog und schließlich vor Maltes Haustür stand.

Jetzt, da ich hier war, fand ich die Idee total bescheuert. Sicherlich arbeitete er in der Praxis. Wie dumm von mir. Resigniert und mit hängenden Schultern drehte ich mich um, als die Haustür von innen aufgeschoben wurde.

»Lilli?«, fragte Malte überrascht.

Abrupt wandte ich mich ihm zu. »Hallo, Malte. Ja, ich ...« Ich kam ins Stottern. Sollte ich gleich mit der Tür ins Haus fallen und ihm meine Bitte vortragen? »Ich wollte die Kätzchen besuchen und dir Tschüss sagen«, sagte ich schließlich.

Malte schob verwundert seine Augenbrauen zusammen. »Wieso Tschüss? Die Woche kann niemals schon zu Ende sein.«

Wie clever er doch war. »Nils und ich ... Wir ...« Ich brachte es einfach nicht über die Lippen, ohne meine Stimme verräterisch zittern zu lassen. Aber ich straffte meine Schultern und sagte so selbstbewusst, wie es mir möglich war: »Wir haben uns auf eine Auszeit geeinigt.«

Sein Blick huschte kurz an mir vorbei, als würde er ein Kamerateam von *Verstehen Sie Spaß* hinter mir erwarten. »Komm rein.« Hinter mir schloss er die Tür.

Malte steckte seine Hände in die Hosentasche und fixierte mich, als wollte er herausfinden, ob ich ihm einen Bären aufgebunden hatte.

Ich schenkte ihm ein schiefes Lächeln.

Zartes Miauen drang durch den Flur, das mich meine Höflichkeit vergessen und mich automatisch in Bewegung setzen ließ. In freudiger Erwartung spähte ich in das Körbchen, das nun anstelle des Kartons die kleine Familie beheimatete. Drei kleine graue Fellknäuel saugten hungrig an Sallys Zitzen, während sie selbst, völlig entspannt, ihre Augen zukniff. Ich kniete mich davor und kraulte Sallys Köpfchen, was sie mit einem lauten Schnurren erwiderte.

»Wie niedlich. Am liebsten würde ich sie alle einfach mitnehmen.«

Malte lachte. »Frühestens ab der zwölften, besser ab der vierzehnten Woche, danach darfst du dir eins aussuchen. Wenn die Kitten zu früh von der Mutter getrennt werden, könnte es sein, dass sie später Probleme in ihrer Entwicklung bekommen und scheu oder gar aggressiv gegenüber Menschen werden.«

Ja, zu frühe Trennung brach einem das Herz, bei Menschen und Tieren gleichermaßen. »In meiner Wohnung darf ich ohnehin keine Haustiere halten.«

Diese Überleitung nahm Malte gleich zum Anlass, um zu fragen, was los war. »Habt ihr euch wirklich getrennt?«

»Es gibt zu viele Hindernisse, die zwischen uns stehen«, sagte ich, ohne Malte anzusehen. Meine Worte klangen überraschend nüchtern.

»Die da wären?«

Ich mochte Malte, und er hatte es verdient, den genauen Grund zu erfahren, was eigentlich hinter den Kulissen gespielt wurde, aber für die Wahrheit mussten Nils und Marieke sorgen. »Es ist kompliziert«, sagte ich stattdessen. Unwillkürlich biss ich mir auf die Zunge und schlug mir innerlich die Handfläche gegen die Stirn. Was redete ich denn da?

Malte schnaubte laut aus. »Wenn ich jemals wieder dieses Wort hören muss, dann sorge ich dafür, dass es aus dem Duden entfernt wird.«

»Sorry«, sagte ich zähneknirschend und beendete die Streicheleinheiten.

Ächzend fuhr er sich über den Nacken. »Schon gut. Allmählich drehe ich noch durch. Ich werde einfach nicht schlau aus dieser Familie. Sobald es ernst wird, verkrümeln sie sich. Ich kenne Nils jetzt mein ganzes

Leben und habe einige Frauen kommen und gehen sehen. Aber dass er dich ziehen lässt, verstehe, wer will. Eine Fernbeziehung kann doch durchaus funktionieren.«

»Es liegt an anderen Faktoren.«

Maltes Augenbrauen fuhren überrascht in die Höhe. Nach einem kurzen Moment erschien ein vages Lächeln auf seinen Lippen. »Ich habe Nils immer schon gesagt, dass er nach dem Pinkeln die Klobrille runterklappen soll. Seine letzte Beziehung liegt gefühlt ein ganzes Leben zurück, sodass es ihm bestimmt schwerfällt, aus seinem Neandertalerbenehmen herauszufinden.«

Ich prustete los und hielt mir den Bauch. »Nein. Das ist nicht der Grund. Es liegt auch nicht an der offenen Zahnpastatube oder den schmutzigen Socken in der Badewanne. Eher soll uns die Beziehungspause dabei helfen, die richtigen Entscheidungen zu treffen.«

Maltes Furche zwischen den Augenbrauen grub sich immer tiefer. »Die Entscheidung wofür? Euch eine Chance zu geben? Ein gemeinsames Leben zu führen, oder doch einen Schlussstrich zu ziehen?«

»Zu sich selbst stehen und die Meinung anderer ignorieren.« Hoffentlich hatte ich damit nicht zu viel verraten.

Malte neigte seinen Kopf und betrachtete mich, als hätte ich nicht mehr alle Tassen im Schrank. »Ich verstehe kein Wort. Hat Nils dir eine Gehirnwäsche verpasst? Dafür, dass du dich gerade getrennt hast, siehst du ziemlich aufgeräumt aus.«

»Glaub mir, innerlich sieht es ganz anders aus. Ich habe nämlich keine Ahnung, ob mein Plan aufgehen wird.«

»Was hast du denn vor? Das hört sich an, als wolltest du dich selbst hinter Gittern bringen.«

Abermals lachte ich. »Ich kann dich beruhigen. Ich werde nur meine Story schreiben, mehr nicht.«

»Was ist mit dem Interview?«

Ich zuckte mit den Achseln. »Da ich keins bekommen habe, muss ich mit dem arbeiten, was ich habe.«

»Und dein Chef akzeptiert das?«

Diese Frage hätte er besser nicht stellen sollen, denn ich erwartete ehrlich gesagt ein Donnerwetter von ihm. Was ich jedoch gern in Kauf nahm, wenn sich alles zum Guten entwickelte. »Manchmal braucht man den nötigen Umweg, um zu erkennen, dass der leichtere doch der falsche Weg ist.«

»Wenn das deine Einleitung zu deiner Story ist, dann bin ich gern bereit, die Zeitung an alle Haushalte zu verteilen.«

»Mir würde es tatsächlich reichen, wenn du sie Nils geben würdest.«

»Du kannst dich auf mich verlassen.«

Kapitel 23

Ich saß im Schneidersitz auf der Couch, balancierte meinen Laptop auf den Knien und klimperte meine Gedanken hinein. Seit meiner Abreise waren fünf Tage vergangen. Eine dicke Erkältung plagte mich seitdem, die ich mir sehr wahrscheinlich bei dem Unwetter im Wald eingefangen hatte. Aus dem Grund, und weil ich niemanden anstecken wollte, arbeitete ich im Homeoffice und verließ meine Wohnung nur, wenn es wirklich wichtig war. Zum Einkaufen oder dem Gang zum Arzt. Wobei mir mein Doktor nur etwas gegen meine Erkältungssymptome geben konnte, gegen ein gebrochenes Herz gab es keine Medikamente.

»Ende und Enter.« Zufrieden ließ ich mich in die Rückenlehne fallen und klopfte mir, wenn auch nur gedanklich, auf die Schulter. Doch ich sollte keine Müdigkeit vorschützen. Heute war Deadline für alle Artikel, die für die nächste Ausgabe in Druck gingen. Also für die morgige. Ich war spät dran, so spät, dass Herr Arend keinesfalls Korrektur lesen konnte. Natürlich hatte er mehrmals nachgefragt, aber ich hatte ihn hinhalten und ihm jedes Mal eine glaubhafte Ausrede liefern können, warum ich mehr Zeit benötigte. Was natürlich auch Sinn und Zweck meiner Verspätung war. Rasch schickte ich den Text ab und wählte Toms Nummer, in der Hoffnung, dass er abnehmen würde. Prompt kam eine Antwort.

»Boah, Lilli. Was soll das? Du weißt, wann Redaktionsschluss ist.« Anhand meiner Rufnummererkennung sparte er sich das freundliche »Guten Tag, Sie sprechen mit …«. Er verzichtete sogar auf das: »Wie geht es dir? Ich habe gehört, du bist krank.« Ich verstand, wenn er wegen mir genervt war, weil ich ihm zusätzliche Arbeit aufgehalst hatte. Um halb zehn Uhr abends.

»Tut mir leid. Kommt nie wieder vor. Sag mir nur, ob meine Story drin ist.«

Ich hörte Gemurmel, kein freundliches! Und Tastenklimpern. »Hat Arend sein Okay gegeben? Das Programm fragt.«

Natürlich fragte das System. Seit meinem Debakel mit dem vermeintlichen Fußballstar immer. »Selbstverständlich. Glaubst du, ich bin aus Spaß so spät dran? Ich musste noch ein paar Details einpflegen. Er lässt dich herzlich grüßen.« Dafür kam ich ganz bestimmt in die Hölle. Einerseits verfasste ich einen Artikel über Ehrlichkeit, andererseits log ich wie gedruckt. Aber es war ja für eine gute Sache.

»Okay. Ist raus.«

Erleichtert atmete ich aus. Mir war gar nicht bewusst gewesen, dass ich die Luft angehalten hatte.

»Bist du dir sicher, dass kein Foto mit Sötje irgendwo noch abgedruckt werden sollte? Ich meine, da war was. Mit geblümter Couch oder so.«

Ich winkte ab, obwohl Tom es gar nicht sehen konnte. »Wir haben uns dagegen entschieden.«

»Okay«, sagte er eine Spur zu misstrauisch.

»Prima«, entgegnete ich und ließ den Daumen bereits über das Display schweben.

»Sag mal, irgendwie finde ich das selt-«

»Wir sehen uns dann morgen.« Hastig drückte ich ihn weg und stellte zusätzlich das Handy stumm, falls er auf die Idee kam, noch einmal anzurufen. Danach legte ich mich schlafen und versuchte meine Nervosität zu beruhigen. Morgen war mein erster Tag nach meiner Krankheitspause, zudem war Erscheinungstag des Magazins – und möglicherweise mein letzter Tag im Verlag. Dieser Gedanke ließ mich lange wach liegen, bis ich endlich einschlief.

***

Mit klopfendem Herzen fuhr ich am nächsten Morgen den PC hoch. Jetzt, genau in diesem Moment, würde Herr Arend die neuste Ausgabe vor sich liegen haben und jedes einzelne Blatt sorgfältig in Augenschein nehmen, bevor er umblätterte. Ich linste auf die Uhr.

»Schääääfer!«

Ich zuckte zusammen. Obwohl die Bürotür fest verschlossen war, hörte ich ihn meinen Nachnamen schreien, als würde er neben mir stehen.

Okay, dann war jetzt der Zeitpunkt gekommen, mich dem Löwen zum Fraß vorzuwerfen.

Entschieden straffte ich die Schultern und ging erhobenen Hauptes in Herrn Arends Büro. Ich klopfte zwei

Mal, drückte die Klinke hinunter und schob die Tür auf. Was ich dann sah, erschreckte mich in gewisser Weise. Herr Arends Kopf hatte die Farbe eines frisch ge-kochten Hummers angenommen, und auf seiner Stirn pulsierte eine Zornesader. Vor ihm lag natürlich das Magazin.

»Wenn ich vielleicht etwas dazu sagen dürfte?«, fragte ich nun etwas kleinlaut. In der Zwischenzeit war mein Selbstvertrauen zu der Größe einer Erbse geschrumpft. Kein Wunder aber auch, so wie der Chef mich an-guckte, als hätte ich den Teufel eigenmächtig zum Papst gekrönt.

»Sie haben es schon wieder getan und diesmal Tom mitreingezogen.«

»Tut mir leid. Mir blieb keine andere Wahl. Ich war mir sicher, dass Sie den Artikel abgeschmettert hätten.«

»Mit ziemlicher Sicherheit sogar. Sie haben mir ein Interview versprochen und liefern mir das hier! Zumal das Titelbild etwas ganz anderes verspricht. Nämlich ein Interview.« Das letzte Wort brüllte er so laut, dass ihm etwas Speichel entwich. Er wirkte, als hätte er sich vor sich selbst erschreckt. Räuspernd richtete er den Kragen seines Hemdes, bevor er in normaler Stimme fortfuhr. »Ich hoffe, Ihr Verhalten ist das Ergebnis eines nächtlichen Fiebertraums gewesen.«

»Nein, ehrlich gesagt meine ich alles ziemlich ernst, was ich geschrieben habe.«

Ohne mich aus den Augen zu lassen, zog Herr Arend das Heft an sich, hob es an und las laut vor, obwohl ich den Inhalt in- und auswendig kannte.

Liebesbrief statt Interview:

Liebe Leserinnen, liebe Leser,
ganz bestimmt kennen Sie Sötje Johansson, die berühmte Bestsellerautorin. Sie schreibt romantische Liebesromane. Von meinem Verlag habe ich den Auftrag bekommen, sie zu interviewen. Anfangs war ich wenig begeistert von der Aufgabe und der Aussicht, in ein verschlafenes Nest zu gehen, weit weg von dem pulsierenden Leben einer Großstadt, die ich so liebe. Aber mir blieb keine andere Wahl. Denn ich hatte mir in den Kopf gesetzt, den Verlag vor dem Aus zu retten.
Natürlich kam es anders als geplant. Ich traf auf Nils, ihren Sohn. Schnell erkannte ich, dass er der wunderbarste Mensch ist, den ich jemals kennenlernen durfte. Er kümmert sich rührend um seine Familie, gerade in schwierigen Zeiten. Mit seiner romantischen und gefühlvollen Art hat er mich sofort verzaubert, als wäre er einem von Sötjes Büchern entsprungen. Vertrauensvoll erzählte er mir einige interessante Dinge über sich und seine Mutter, die ich ihm versprach, nicht weiterzuerzählen.
Wir verliebten uns ineinander und erlebten wundervolle Momente, obwohl wir beide wussten, dass unsere Zeit begrenzt war und die Entfernung uns trennen würde. Dennoch wollte ich eine Beziehung mit ihm, die auf Liebe und Ehrlichkeit basiert. Aber ich machte einen Fehler, indem ich ihm meine Ansichten aufzwingen wollte. Ich bin ein ehrlicher Mensch und versuche, immer die Wahrheit zu sagen, was für mich als Journalistin unerlässlich ist.
Doch manchmal muss man lügen, um etwas zu erreichen. So wie ich jetzt. Denn dieser Artikel ist nur aus

einer Notlüge heraus entstanden. Ich musste einen lieben Arbeitskollegen und meinen Chef Herrn Arend täuschen. Es hat mich Kraft und Mut gekostet, diesen Schritt zu gehen, auch wenn ich dafür meinen Job verlieren oder ausgelacht werden könnte.

Ich will, dass alle wissen, wer diesen Artikel geschrieben hat und was ich fühle. Deshalb habe ich mich entschieden, ein Foto von mir abzudrucken. Lilli Schäfer. Eine Journalistin, die in Nils verliebt ist und ihm zeigen will, wie wichtig es ist, authentisch zu sein und seiner Arbeit zu vertrauen.

Nils, ich respektiere, was du machst. Auch wenn du nichts änderst, bin ich immer für dich da und bereit, mit dir ein neues Kapitel zu beginnen.

Mein Chef legte die Zeitung beiseite und fixierte mich mit einem Blick, der mich frösteln ließ. »Sie wissen etwas Brisantes über Sötje Johansson und schweigen, weil Sie in ihren Sohn verliebt sind«, sagte er in einem ruhigen, doch unmissverständlichen Ton, der seine Empörung widerspiegelte.

»Weil ich ihm mein Wort gegeben habe, nichts zu verraten.«

»Das muss eine starke Liebe sein, wenn Sie dafür bereit sind, Ihren Job aufs Spiel zu setzen.«

Das gesamte Blut stieg in meinen Kopf und ließ meine Wangen heiß werden. »Herr Arend …«, fing ich an und leckte mir über die Lippe.

Gerade als ich zum Reden ansetzen wollte, hob er gebieterisch seine Hand und brachte mich zum Schweigen. »Ich schlage Ihnen vor, nach Hause zu gehen. Sie hatten genug Aufregung für heute. In der Zwischenzeit überlege ich mir, was ich mit Ihnen machen werde. Ganz ohne Tadel werden Sie mir diesmal nicht davonkommen.« Er klappte das Magazin zu und schob es beiseite, als wäre es die Tageszeitung von gestern und unbedeutend.

Gerade als ich zu einer Erklärung anheben wollte, klopfte es zwei Mal, woraufhin Herr Arend mit »Herein« antwortete. Frau Specht trat ein, die Haare zu einem strengen Knoten gebunden und die Lippen knallrot geschminkt. Sie wirkte wie eine strenge Lehrerin, die uns jeden Moment einen Verweis geben würde. In ihrer Hand hielt sie einen Zettel, den sie ihm vor die Nase legte. Herr Arends Augenbrauen fuhren überrascht hoch, als könnte er nicht glauben, was er gelesen hatte. Er sah mich kurz an, dann wieder den Zettel. Gedankenversunken starrte er auf die Nachricht, die für mich ein Geheimnis bleiben würde.

Nach einem langen Moment fand Herr Arend seine Stimme wieder. »Danke, Frau Specht. Geben Sie durch, dass ich mich umgehend melden werde.«

Sie nickte, dabei warf sie mir einen freundlichen Blick zu, der so gar nicht zu ihrer strengen Erscheinung passte. Sie schien mir sagen zu wollen: »Kopf hoch, alles wird gut.«

Das bezweifelte ich jedoch, und das bestätigte mir Herr Arend nochmals, als wir wieder unter uns waren. »Sie haben mich auf ganzer Linie enttäuscht.«

Mir war nicht danach, nach weiteren Entschuldigungen zu suchen, die möglicherweise alles verschlimmerten. Für einen kurzen Moment blieb ich reglos stehen, versuchte einen klaren Kopf zu bewahren und mich an Frau Spechts aufmunternde Geste zu klammern.

Meine Sicht verschwamm, während ich ein »Tut mir leid« herauskrächzte. Bemüht, nicht in Tränen auszubrechen, drehte ich Herrn Arend den Rücken zu und torkelte zur Tür. Dass ich den Chef enttäuscht hatte, war die eine Sache. Die viel dringlichere Frage war: Was dachte Nils über den Artikel, und hatte er ihn überhaupt gelesen?

Kapitel 24

Fünf geschlagene Tage waren mittlerweile vergangen, die mir wie eine Ewigkeit vorkamen. Fünf Tage voller Ungewissheit, ob Nils überhaupt nur einen Blick auf das geworfen hatte, was ich ihm gestanden hatte. Nämlich meine Liebe. Immer wenn ich an ihn dachte, überkam mich eine tiefe Traurigkeit, und mein Herz, das wie zusammengeschrumpft in meiner Brust kauerte, stach jedes Mal. Sicher, ich könnte ihn ganz einfach anrufen und mich bei ihm erkundigen, oder auch bei Malte. Er hatte mir ja versprochen, Nils das Magazin zu geben. Aber ich traute mich nicht, aus Furcht vor der bitteren Wahrheit, dass er mich nicht mehr sehen wollte. Aus der Pause würde wohl eine lebenslange werden. Ich sollte mich besser schon mal daran gewöhnen.

Seufzend setzte ich einen Fuß vor den nächsten und starrte auf den Teer, der durch die Hitze schon zu flimmern begann. Die Sonne protzte mit ihrer Kraft und lockte die Kinder in den Springbrunnen, wo sie sich jauchzend gegenseitig mit Wasser bespritzten.

Heute traf ich mich mit Pia in einem Café in der Fußgängerzone. Sie hatte natürlich von meiner Niederlage mitbekommen und meinte, mich aufmuntern zu müssen. Das recht bekannte Café war gleich um die Ecke. Seltsamerweise fühlte ich mich heute beobachtet, als würden die Leute hinter mir herschauen oder gar ihre Köpfe zusammenstecken, wenn sie mich sahen. Ich schüttelte den Kopf. So ein Blödsinn, niemand gaffte mich an und niemand tuschelte hinter vorgehaltener Hand. Das machte man ja auch nicht. So etwas war unhöflich. Meine Laune hob sich schlagartig, als ich Pia auf einem klassischen Rattanstuhl entdeckte, die man aus den französischen Bistros kannte.

»Hey, wie schön, dich endlich zu sehen.«

Wir umarmten uns lange und herzlich zur Begrüßung, bis ich schon wieder meinte, aller Augen wären auf uns gerichtet. Eventuell waren wir etwas überschwänglich bei unserer Begrüßung gewesen, was kein Wunder war, wenn man sich nur sporadisch traf. Da war die Freude eben groß. Besser, wir fielen weniger auf, und ich setzte mich schnell. Verlegen klemmte ich mir eine Strähne hinter das Ohr und rückte mir den Stuhl zurecht. Aus dem Ständer zog ich die Getränkekarte heraus und ließ den Blick über die großen, laminierten Seiten gleiten, die verlockende Kunstwerke von allen möglichen Kaffeespezialitäten zeigten. Von einem einfachen schwarzen Kaffee bis hin zu exotisch klingenden Köstlichkeiten mit bunten Toppings, gab es alles, was das Herz begehrte.

Die Bedienung kam recht schnell zu uns, trotz des großen Andrangs im Café. Sie tippte unsere Bestellung in ein Mini-Tablet ein und eilte wieder davon.

Unweigerlich dachte ich an Kjell, der altmodisch mit einem Kellnerblock hantierte. Ich stieß einen kläglichen Seufzer aus.

»Sag mal«, riss mich Pia aus meinen Erinnerungen und kam auf mein unerwünschtes Thema zu sprechen, das ich einfach nicht ignorieren konnte. »Bist du eigentlich beurlaubt oder gefeuert?«

»Beurlaubt«, antwortete ich knapp und spielte mit der Ecke einer Serviette. »Diesmal habe ich allerdings das Gefühl, dass es auf eine Kündigung hinausläuft.« Worauf ich vorbereitet gewesen war, als ich die Liebeserklärung geschrieben hatte. Doch dass ich am Ende ohne Job und ohne Mann dastand, war weniger mein Plan gewesen. Natürlich hoffte ich inständig, dass nichts dergleichen passieren würde.

»Hast du dich schon anderweitig umgeschaut? Die Stellenausschreibungen gecheckt?«

Ich nickte. Das hatte ich in der Tat getan, aber nur halbherzig, denn im Grunde wollte ich keinen anderen Job.

Die Servicekraft brachte uns unsere Tassen mit einer perfekten Milchschaumkrone darauf und verharrte einen Moment, während sie mich unschlüssig anlächelte. Ob sie noch etwas von uns wollte? Gab es hier vielleicht auch eine Eiskarte? Das Wetter war perfekt für eine Abkühlung.

»Sie haben den Artikel geschrieben, stimmt's?«

Mein Mund klappte auf. Sprach sie etwa von *dem* Artikel, wegen dem ich überhaupt hier saß und nicht im Büro? »Äh ... ja«, antwortete ich zögernd und schaute mich misstrauisch um. Ich fühlte mich mal wieder als Kandidatin von *Versteckte Kamera*, was ja prinzipiell passen würde, denn ich fühlte mich ohnehin die ganze Zeit beobachtet.

»Mir hat er gut gefallen.« Sie nahm ihr Tablett wieder auf und zwinkerte.

Ehe ich die Chance ergreifen konnte, sie zu fragen, was sie genau meinte, war sie bereits mit dem Nachbartisch beschäftigt.

Verwundert schaute ich meine Schwester an, die mindestens genauso verblüfft aus der Wäsche guckte wie ich. »Scheinbar gibt es wohl doch noch echte Fans deines Käseblatts.«

»Ja, scheint so«, murmelte ich und spürte, wie weitere Blicke mich durchbohrten.

Pia lächelte mich kurz an und schaute sich dann ebenso unbehaglich um. Sie nippte an ihrem Kaffee, und ein weißer Schaumklecks hing an ihrer Nase, was mich zum Lachen brachte und die Situation ein wenig entschärfte.

Ich reichte ihr eine Serviette, die sie dankend annahm. Und während sie ihre Nase sauber tupfte, fragte sie völlig unvermittelt: »Dein Job hängt am seidenen Faden, was wirklich doof ist, aber was ist eigentlich mit deinem Herzen?«

Mein Cappuccino rann mir viel zu heiß die Kehle hinunter, sodass mir die Tränen hinter den Lidern aufstiegen. »Nils?«, fragte ich überflüssigerweise und wünschte mir, ich könnte mich wie die Kids in den Springbrunnen werfen, um die Hitze in mir zu löschen. Denn sein Name ließ mich immer wieder glühen.

»Natürlich. Oder hast du in der Zwischenzeit, in der du dich in deiner Wohnung eingesperrt hast, einen anderen kennengelernt?«

»Er hat sich nicht gemeldet.« Seufzend bohrte ich meine Faust in die Wange und hielt mir mal wieder vor Augen, wie aussichtslos die Aktion gewesen war, obwohl ich der festen Überzeugung war, meinem Herzen gefolgt zu sein.

»Es tut mir wirklich sehr leid.« Pia drückte tröstend meine Hand und schenkte mir einen Blick voller Mitgefühl, sodass ich mich gleich viel besser fühlte. Wie gut, dass ich meine Schwester hatte.

Während sie noch beruhigend meine Hand tätschelte, lenkte sie irgendetwas ab. Stirnrunzelnd schaute sie an mir vorbei. Ich folgte ihrem Blick und beobachtete die Leute, wie sie erstaunt in ihre Handys starrten und sagten: »Das gibt's doch nicht. Das hätte ich niemals gedacht.«

Andere hielten die aktuelle Ausgabe unseres Magazins in den Händen und lasen eifrig.

Was war denn passiert, dass sich die Leute so urplötzlich und brennend für dieses Heft interessierten? Es war ja nun schon etwas länger auf dem Markt.

Die Bedienung trat an uns heran und legte freundlicherweise ihr Handy in die Tischmitte, damit wir verstanden, was los war.

»Was hat das denn zu bedeuten?«, fragte Pia verwundert.

»Der Verlag von Sötje Johansson gibt gerade eine Stellungnahme ab. Besser gesagt ihr Sohn.«

»Was?«, entfuhr es mir viel zu laut.

»Wo?«, fragte meine Schwester.

»Facebook, Instagram. In den Nachrichten«, zählte die Bedienung auf.

»Nils?« Mein Herz schlug Purzelbäume, und für den nächsten Moment vergaß ich zu atmen.

»Es geht um seine Mutter. Sie ist wohl krank.«

Eine Gänsehaut zog über meinen gesamten Körper, als ihre Sätze allmählich in mein Bewusstsein sickerten. Pressetermin? Nils? Kranke Mutter? Was hatte ihn denn dazu bewogen, nun doch mit der Wahrheit herauszurücken? Hatte mein Plan etwa doch funktioniert?

Als ich das Spektakel verfolgen wollte, bimmelte das vor uns liegende Handy.

»Sorry. Aber ich brauche das wieder.«

Entsetzt musste ich mitansehen, wie sie das Gerät an sich nahm und damit wegging.

So ein Mist!

Während in meinem Kopf ein heilloses Durcheinander herrschte, schien Pia die Ruhe selbst zu sein. Sie wischte und tippte so schnell auf ihrem Smartphone herum, dass ich schon bewundernd zu ihr aufblickte.

»Hat Nils ein Insta- oder Facebook-Profil?«

»Keine Ahnung«, antwortete ich wahrheitsgemäß und erntete daraufhin einen verwunderten Blick. Er war so bodenständig, ich war davon ausgegangen, dass er so etwas gar nicht kannte.

Pia verdrehte genervt die Augen. »Wie heißt der Verlag?«

Es war wirklich wie verhext. In meinem Hirn herrschte das reinste Chaos. Mir fiele wahrscheinlich noch nicht einmal mein Geburtstag ein, wenn sie mich danach fragen würde.

»Ich habe es gefunden. Das gesamte Interview gibt's auf YouTube.«

YouTube? Mann, waren die modern.

Pia positionierte ihr Handy so, dass wir unser eigenes Kino auf dem Tisch hatten.

Erst mal sah ich nichts, außer einem schlichten Tisch, auf dem sich ein Mikrofon befand. Im Hintergrund leuchtete das neue Buch von Sötje auf einer riesigen Leinwand. Das Cover war in ein zartes Rosa gehalten und zeigte eine idyllische Meerlandschaft. Ich hörte regelrecht das Rauschen und die leichte Brise in meinen Haaren wehen. Dann erschien Nils, und mein Herz fing an, beängstigend schnell zu schlagen. Wie gut er aussah, wie ein Filmstar auf dem roten Teppich, doch nicht so souverän wie ein echter, denn seine Augen verrieten seine Nervosität. Er war so aufgeregt, dass er unruhig auf dem Stuhl hin und her rutschte. Am liebsten hätte ich ihn in den Arm genommen, um ihm sein Lampenfieber zu nehmen. Aber uns trennten mehrere Hundert Kilometer.

Als Nils das erste Wort von sich gab und ich seine Stimme hörte, wurde mir bewusst, wie sehr ich ihn vermisste, wie sehr ich das Bedürfnis hatte, ihm beizustehen. Zudem schnürte es mir die Kehle zu, wenn ich mir vorstellte, was er jetzt wohl durchmachte. Ich lauschte gespannt, wie er seine letzten drei Jahre mit seiner demenzkranken Mutter und Schwester schilderte, die mir zwar bekannt waren, doch für den Rest der Welt eine Neuigkeit. Er wirkte so verletzlich und ehrlich, dass vor mir alles verschwamm. Er entschuldigte sich dafür, dass er sich nicht zu erkennen gegeben hatte, aus Angst, ausgelacht zu werden, und dass es ihm furchtbar leidtat, seine Freunde angelogen zu haben. Aber damals hatten der Verlag und er geglaubt, es wäre die richtige Entscheidung gewesen. Mich hatte er bisher mit keiner Silbe erwähnt.

»Wow, das ist echt krass«, staunte Pia. Ihr Kopf fuhr hoch und sie musterte mich eingehend. »Ich bin mächtig stolz auf dich, dass du dichtgehalten hast. Dein Magazin hätte eine goldene Nase an deiner Geschichte verdient, wenn du sie veröffentlicht hättest.«

»Und ich hätte somit Nils ein für alle Mal verloren«, gab ich zu bedenken. Möglicherweise war das längst passiert. Er sprach die ganze Zeit nur über den Verlag, über seine Mutter, aber nie von mir. Dabei war ich diejenige, die den Stein ins Rollen gebracht hatte. Ich konnte nur hoffen, dass er das mit mir allein klären wollte.

»Psst«, mahnte mich meine Schwester, damit ich das Interview weiterverfolgte.

Sich räuspernd richtete Nils sich hinter dem Mikrofon auf und straffte seine breiten Schultern. Seinen Blick richtete er direkt in die Kamera. Etwas Ernstes lag in seinen Augen. Als er gerade zum Reden ansetzen wollte, lärmte mein Handy. Obwohl ich mich erst gestört fühlte, kramte ich es hastig aus meiner Handtasche, in der Hoffnung, dass es Nils war. Da das Video eine Aufzeichnung sein musste, war die Aussicht nicht von der Hand zu weisen. Aber die Realität holte mich sofort ein. »Herr Arend«, sagte ich und riss die Augen auf, während das Handy ungeduldig in meiner Hand bimmelte.

»Geh halt mal ran«, drängte Pia mich.

Eilig befolgte ich ihren Rat. »Hallo, Herr Arend. Was für eine Freude.« Oje, ich klang bestimmt total verzweifelt in seinen Ohren.

»Guten Tag, Frau Schäfer. Ich hoffe, ich komme Ihnen nicht ungelegen.«

»Nein, nein. Keine Sorge.« Aufgeregt strich ich mir eine störrische Strähne aus dem Gesicht. Mein Herz klopfte mir bis in den Hals. Weswegen rief er mich an? Wollte er mir anbieten, zu bleiben?

»Dann kommen Sie doch bitte in mein Büro. Ich möchte etwas mit Ihnen besprechen. Wenn es Ihnen passt«, setzte er hintendran.

»Natürlich passt mir das.«

»Gut, dann sehen wir uns gleich.«

»Geben Sie mir zwanzig Minuten.« Schnell beendete ich das Gespräch und steckte das Handy weg. »Sorry, ich muss los. Mein Chef will was von mir.«

»Was ist mit dem Video?«

»Das gucke ich mir später zu Ende an.«

»Erzähl mir alles«, hörte ich sie noch hinter mir rufen. Ich war längst unterwegs.

Es war mir viel zu umständlich, die richtige Busverbindung und die Uhrzeit herauszusuchen, deswegen entschied ich mich, die Beine in die Hand zu nehmen und an den Passanten vorbeizurennen. Manch einer fühlte sich belästigt von mir, wenn ich ihm versehentlich zu nahe kam und ihn an der Schulter anrempelte. Aber es war mir egal. Meine Zukunft hing von dem Gespräch ab, und ich wollte wissen, ob Herr Arend mir wohlgesonnen war, oder ob ich demnächst unter der Brücke schlafen würde.

Völlig außer Atem kam ich an dem hiesigen Bürogebäude an, in dem noch einige andere Firmen ihren Sitz hatten. Ich drückte den silbernen Knopf des Fahrstuhls, der sich mit einem leisen *Ping* auch schon ankündigte. Die Türen öffneten sich, und ich trat hinein. Ich wählte die dritte Etage, und im nächsten Augenblick setzte sich der Lift in Bewegung. Nervös tippte ich die Fußspitze auf, aber dadurch beschleunigte er sich auch nicht. Mir stieg der vertraute Geruch des abgelaufenen Filzteppichs in die Nase, sobald ich angekommen war. Sofort fühlte ich mich heimisch.

Je näher ich Herrn Arends Büro kam, desto wilder klopfte mein Herz und desto mehr Gedanken schwirrten mir durch den Kopf. Was, wenn er mir nur die Papiere übergeben und mich gar nicht länger beschäftigen wollte?

Das würde ich wohl herausfinden müssen. Ich klopfte, und als ich die Türklinke bereits heruntergedrückt hatte, vernahm ich leise Stimmen. Ehe ich einen Rückzieher machen konnte, stand ich plötzlich in der Mitte des Raumes, umgeben von einigen Leuten, die ich noch nie gesehen hatte und die auf den gemütlichen Besuchersesseln saßen. Schlagartig fühlte ich mich unwohl und wünschte, der Boden würde sich unter mir auftun. Wäre ich mal weniger vorschnell gewesen. Was waren das bloß für Leute? Meine Mundhöhle fühlte sich wie sandgestrahlt an, sodass es mir schier unmöglich war, nachzufragen.

»Schön, dass Sie so schnell hier sein konnten«, begrüßte mich mein Chef, als wären wir zu einem lässigen Umtrunk hier. »Wenn ich Sie kurz bekannt machen darf? Das sind Frau Brinke und Herr Brinke mit ihrem Kollegen Herr Schanze.«

Die circa sechzigjährigen Männer, in ihren dunklen feinen Anzügen und auffälligen Krawatten, erhoben sich und schüttelten mir abwechselnd die Hand. Die schlanke Frau, die ich auf Mitte fünfzig schätzte, im schwarzen Hosenanzug wirkte sehr wohlhabend auf mich, aber nicht arrogant. Sie begrüßte mich ebenfalls per Handschlag, wie es ihre Kollegen vorgemacht hatten. Brinke und Schanze? Vom *Brinke & Schanze Verlag*? Sötjes Verlag! Mein Herz gefror zu Eis. Was hatte das alles zu bedeuten? Wollten sie etwa eine Entschuldigung von mir, weil ich den Skandal aufgedeckt hatte? Aber eigentlich hatte ich das ja gar nicht. Es war Nils' Entscheidung gewesen. Ich hatte ihn lediglich dazu gebracht.

Plötzlich fühlte ich mich in meinem Freizeitlook total underdressed. Obwohl mein Rock wenigstens bis zu den Knien reichte, empfand ich mein weißes Spaghettiträger-Top als zu freizügig. Ich hätte mich vorher zu Hause umziehen sollen. Aber woher hätte ich denn auch wissen sollen, dass bei dem Gespräch noch andere Menschen anwesend sein würden.

Meine Hände schwitzten, und ich versuchte sie unbemerkt am Polyesterstoff meines Rockes abzuwischen.

»Wir warten noch einen kleinen Moment«, sagte Herr Arend, während er in seiner Kladde blätterte.

Verwundert kräuselte ich meine Stirn. Erwarteten wir denn noch mehr Personen?

»Frau Schäfer, setzen Sie sich doch«, schlug mein Chef mir freundlich vor, dabei deutete er auf einen freien Platz neben Frau Brinke.

»Danke«, entgegnete ich lächelnd. Ich wandte mich dem Stuhl zu und setzte schon ein Fuß vor, da wurde von außen die Tür aufgeschoben. Da sich meine Beine ohnehin schon wie Wackelpudding anfühlten, versagten sie nun völlig. Mein Herz nahm einen unnatürlichen und ungesunden Rhythmus an, als ich in Nils' braune Augen sah. Meine Gefühle fuhren Achterbahn, wie er so vor mir stand und tat, als hätte er mich erwartet.

»Hi, Lilli«, begrüßte er mich mit einem zufriedenen Lächeln und setzte sich.

Noch immer brachte ich keinen Ton heraus und schaute wahrscheinlich für andere einfach nur dümmlich aus der Wäsche.

»Nehmen Sie doch jetzt endlich Platz, damit wir anfangen können. Frau Schäfer, bitte!«

Wie peinlich. Ich stand noch immer wie eingefroren auf dem Fleck und starrte Nils an, als wäre er eine Sinnestäuschung, die jeden Augenblick verschwand. Aber er blieb, wo er war.

Mit klopfendem Herzen setzte ich mich auf die Kante des Stuhls und verschränkte meine schweißnassen Hände in meinem Schoß.

»Frau Schäfer«, fing Frau Brinke erstaunlicherweise an und erhob sich. Sie lehnte sich an den pompösen Schreibtisch und schob die Ärmel ihres Blazers hoch. Sie wirkte zwar autoritär, doch auch freundlich, sodass sie es schaffte, mir etwas von meiner Angst zu nehmen. Was jetzt wohl kommen würde?

»Aufgrund Ihres Artikels sind wir heute hier zusammengekommen, wie Sie sich das bestimmt schon denken können. Vorab muss ich sagen, haben Sie sehr gute Arbeit geleistet, und ich bin mir sicher, ein anderer hätte mit Ihren Informationen etwas anderes draus gemacht. Sie jedoch haben Ihr Wissen für sich behalten. Das zeichnet Sie und Ihre Arbeit aus. Natürlich sollte Ihnen klar sein, dass der Verlag noch nicht bereit gewesen ist, die Katze aus dem Sack zu lassen. Doch Ihr Artikel hat uns vor Augen gehalten, dass es nicht auf ewig so weitergehen kann. Nach langem Hin und Her, und auf Herrn Brandts Drängen hin, haben wir uns nun doch zu dem Schritt entschieden, die Wahrheit zu sagen. Mut zur Ehrlichkeit bedeutet aber auch immer, Kritik einzustecken. Wie die Leser damit umgehen, ist ungewiss.«

Ich nutzte Frau Brinkes Unterbrechung, ihre Lobesrede – jedenfalls nahm ich sie als solche wahr –, um sie zu verinnerlichen. So ganz verstand ich nicht, warum sie mit der ganzen Chefetage angereist war, noch dazu mit Nils im Schlepptau, wenn sie mir lediglich erklären wollte, dass ich die treibende Kraft gewesen war, endlich das Geheimnis zu lüften.

»Dann ... äh ... bin ich also nicht gefeuert?«, fragte ich und ärgerte mich auch schon im nächsten Moment, das gesagt zu haben. Am liebsten hätte ich mir selbst einen Tritt verpasst.

Herr Arend räusperte sich und erhob sich aus seinem Chefsessel. »Ihre Reihe über das Nachtleben in Frankfurt ist jedenfalls gestrichen.«

Seine Worte brachten meine Träume zum Platzen. »Oh«, war das Einzige, was ich über die Lippen brachte. Die Enttäuschung war zu groß. »Dann bekommt sie Sabine?« Wieder so eine dämliche Frage, über die ich mich ärgerte. Was war denn nur los in meinem Kopf?

Frau Brinke, die noch immer an der Tischkante lehnte, stieß sich elegant ab und ging um den Schreibtisch herum. Bis eben hatte ich die Person noch gemocht, die trotz ihrer Autorität Sympathiepunkte bei mir gesammelt hatte, bis sie sich frech auf Herrn

Arends Stuhl setzte. Ich runzelte die Stirn und fragte mich, warum mein Chef das tolerierte. Das ging doch eindeutig zu weit. Aber augenscheinlich störte er sich recht wenig daran.

»Ich habe mit Herrn Brandt lange über den Artikel gesprochen. Er hat mir in aller Ruhe von Ihnen und dem Grund, warum Sie Frau Johansson interviewen wollten, berichtet.«

Automatisch suchte ich Nils' Blick. Er sah noch immer recht entspannt aus und lächelte wie immer.

»Wussten Sie, dass ich riesengroßer Fan ihrer Frankfurter-Nachtleben-Reihe bin?«, fragte sie nun.

»N ... nein«, stotterte ich verdattert.

»Ja, von der ersten Stunde an. Immerhin habe ich zwanzig Jahre meines Lebens hier gewohnt, ehe ich nach Hamburg gegangen bin. Das ist schon eine beachtliche Zeit. Einigen ihrer Ausgehtipps bin ich tatsächlich auch schon gefolgt, wenn es mich hierher verschlagen hat. Ich muss sagen, Sie bringen es mit Ihren Beschreibungen auf den Punkt.«

»Danke«, murmelte ich und rutschte nervös auf dem Stuhl hin und her. Warum in Gottes Namen nahm Herr Arend mir dann meine Reihe weg, wenn sogar Frau Brinke begeistert darüber war? Keine Ahnung, wohin das Gespräch noch führen würde und was das Ganze sollte, aber allmählich wollte ich es endlich wissen.

»Ich sehe schon, Sie fangen an sich zu fragen, was das Ziel dieser Unterhaltung ist.«

Meine Güte, konnte sie auch noch Gedanken lesen? Ich nickte.

»Seitdem ich weiß, dass der Verlag in Schieflage geraten ist und wir unser Repertoire ohnehin erweitern wollen, habe ich Herrn Arend ein reizvolles Angebot für eine Übernahme unterbreitet. Es bleibt alles, wie gehabt. Der Standort, die Mitarbeiter, die Rubriken des Magazins«, zählte sie auf und erhob sich schließlich. Wie eine wendige Katze schlich sie um den Schreibtisch herum und lehnte sich wieder an die Tischplatte. »Ein paar kleine Änderungen wird es allerdings geben.« Ihr Blick klebte an mir, als versuchte sie meine Emotionen aus dem Gesicht abzulesen.

»Die da wären?«, fragte ich mit rauer Stimme und war überrascht, dass ich überhaupt mehr als ein Krächzen hervorbrachte. Nervös zupfte ich an meiner Nagelhaut. Ich wusste überhaupt nicht, was nun kommen könnte.

»Das Gesicht und der Name des Magazins werden sich ändern, und Sie werden eine neue Serie bekommen.«

Ehe ich zum Sprechen anheben konnte, redete sie einfach weiter. Automatisch klappte mein Mund wieder zu.

»Diese Serie wird später die Grundlage zu Sötjes Biografie sein, die der Leser als Buch kaufen kann.«

Ich glaubte, mich verhört zu haben. »Eine Biografie?«, wiederholte ich ungläubig.

Frau Brinke lächelte. »Dafür benötigen Sie natürlich Informationen aus erster Quelle.«

Langsam dämmerte es mir, was hier vor sich ging. Mein Herz nahm Anlauf, es überschlug sich fast, als ich meinen Kopf zu Nils drehte, der sich plötzlich erhob und sich neben Frau Brinke gesellte.

»Und somit komme ich ins Spiel.«

»Dann lassen wir Sie jetzt mal allein. Sie haben ja bestimmt einiges zu bereden.« Frau Brinke zwinkerte mir zu und schnappte sich ihre Handtasche, die aussah, als hätte sie ein kleines Vermögen gekostet, und zog die anderen Herren mit sich nach draußen.

Die Tür fiel ins Schloss. Nils und ich waren allein.

Jetzt, da ich mir sicher sein konnte, dass er keine Sinnestäuschung war, türmten sich die Tränen hinter meinen Lidern auf. Ich konnte mich noch so sehr anstrengen, sie zurückzuhalten, sie liefen bereits in Bahnen meine Wangen hinunter. Schniefend wischte ich sie mir mit dem Handrücken fort. Meine Gefühle überwältigen mich nahezu, sodass ich kein Wort herausbrachte.

»Schhh«, beruhigte er mich und trat so dicht vor mich, dass allein sein vertrauter Duft sich wie eine Umarmung anfühlte. Er fing eine Träne mit seinem Daumen auf und lächelte. »Ich habe dich vermisst.« Seine Hand ruhte auf meiner Wange, und ich legte meine auf seine.

»Warum hast du dich nicht gemeldet?«, raunte und schluchzte ich zugleich.

»Ich wollte es so sehr, glaub mir. Aber es gab so viel zu bereden und zu planen.«

»Nils, ich bin vor Unsicherheit fast verrückt geworden. Ich dachte, ich hätte alles falsch gemacht und dich verloren.«

»Du wirst mich niemals verlieren. Und jetzt erst recht nicht mehr.« Sanft umschloss er mit seinen Händen mein Gesicht und schaute mich eindringlich an. »Du hast mich zum Umdenken gebracht. Eigentlich schon bevor du deine Story veröffentlicht hast. Es hat etwas länger gedauert, bis ich verstanden habe, was es bedeutet, so weiterzuleben wie bisher. Ich habe mich viel zu egoistisch verhalten. Nicht nur, dass ich mich ständig hinter dem Namen meiner Mutter versteckt habe, im Grunde habe ich ihr ein Stück Freiheit genommen. Sie liebt das Meer und alles, was dazugehört. Ob sie dem Wellenspiel zusieht oder einfach nur den Zeh ins Wasser hält, nur dann ist sie glücklich. Ich kann ihr das nicht länger nehmen. Sie muss sich fühlen, als würde sie in ein schwarzes Loch fallen. So, als würdest du unerwartet aus meinem Leben verschwinden.« Nils unterbrach sich und betrachtete mich, dass mir ganz schummerig wurde. »Es war die schlimmste Zeit meines Lebens, seit du weg warst.«

»Du hast mir auch so sehr gefehlt«, schniefte ich.

»Dann können wir doch zusammenbleiben.«

Mein Herz schmolz dahin. »Nils«, krächzte ich und wischte mir das Gesicht trocken. Ich war so glücklich, dass er mir das Gefühl gab, alles richtig gemacht zu haben und Teil seiner Erkenntnis zu sein.

Dennoch waren die Informationen noch so frisch, dass ich etwas brauchte, die winzige, aber bedeutsame Konsequenz zu verinnerlichen. »Du möchtest wirklich, dass ich für die Zeit bei dir bleibe, in Heartnitz?«

»Nein. Nicht nur für diese Zeit. Für immer.«

Ich biss mir auf die Lippe. »Und wo soll ich wohnen?«

»Bei mir.«

»In deinem Zimmer?«, fragte ich in einem Anflug von Panik. So sehr ich Marieke mochte und Sötje verehrte, mit allen unter einem Dach zu leben, war dann doch etwas zu viel von mir verlangt.

Nils' Brust vibrierte, weil er ein lautes Lachen unterdrückte. »In meinem Zimmer wird künftig eine Pflegkraft wohnen. Sie wird sich ausschließlich um Sötje kümmern. Wir beide beziehen das Ferienhaus und sanieren nach und nach die Zimmer. Es ist bereits alles organisiert.«

»Darf ich die Einrichtung aussuchen?«

»Ich bestehe sogar darauf.«

Lächelnd versank ich in seinen Augen, die so voller Hoffnung und Liebe waren, dass mir schon wieder die Tränen kamen. Ich wollte nicht länger über mögliche Zimmerdekoration nachdenken, die zweitrangig und unbedeutend war. Ich wollte Nils endlich küssen.

Als hätte er meine Gedanken gelesen, zog er mich dicht an seine Brust heran. Federleicht fuhr er mit seinen Fingerkuppen meine Kinnlinie entlang und glitt sanft über meine Lippen. Ich genoss seine Berührungen und schloss die Augen, als seine Hand in meinen Nacken wanderte. Er zog mich noch ein Stückchen höher, und endlich senkte er seine Lippen auf meine.

Viel zu früh lösten wir uns schließlich voneinander und sahen uns verliebt an. Dann legte er seine Stirn gegen meine und umschloss abermals mein Gesicht mit seinen Händen. »Wir sollten den anderen Bescheid geben, wie du dich entschieden hast«, sagte er und nahm bereits meine Hand.

Ich hielt Nils am Arm zurück und lächelte schelmisch. »Die haben mich so lange zappeln lassen, da können sie sich auch noch ein paar Minuten gedulden. Außerdem muss ich noch das Video von dir zu Ende gucken. Ich weiß gar nicht, wie es ausgeht.«

Nils schlang seinen Arm um meine Taille und zog mich wieder näher an sich heran. »Na, so«, flüsterte er mir ins Ohr, und unsere Lippen fanden sich erneut.

Kapitel 25

»Komm schon, ich will heute unbedingt noch den Drachen steigen lassen, bevor es dunkel wird«, drängte ich Nils ungeduldig, der beharrlich auf seinen Bildschirm starrte.

»Das Wort Ende muss ich aber heute noch unter mein Manuskript setzen. Es dauert nur noch eine halbe Stunde. Ich habe es fast geschafft. Wirklich«, beteuerte er und legte demonstrativ seine Finger auf die Tastatur.

»Beeil dich, bitte.« Ich warf einen Blick aus dem Fenster. Das schöne Wetter lud regelrecht dazu ein, den sonnigen Tag draußen zu verbringen. Der Herbst hatte die Landschaft in ein Farbenmeer aus Rot und Braun verwandelt, dass ich es kaum erwarten konnte, durch die ersten gefallenen Blätter zu streifen und das feine Knistern unter meinen Schuhen zu hören. Aber ich wollte Nils auch nur ungern aus seinem Schreibfluss reißen, denn ich verstand, dass er mit seinem Manuskript fertig werden wollte, das er auch schon in wenigen Tagen abgeben musste. Mittlerweile war er als Liebesromanautor genauso anerkannt wie seine Kolleginnen. Das Interview und mein Artikel hatten dazu geführt, dass der Verlag schon nach wenigen Wochen eine zweite Auflage des neuen Romans drucken musste. Diesmal stand Nils als Co-Autor auf dem Cover, was den Verkauf noch mehr anheizte. Seine Bedenken, er könnte als Mann, der Liebesromane schreibt, belächelt oder nicht ernst genommen werden, blieben unbestätigt. Dennoch war die Überraschung bei den Einheimischen groß. Kjell nahm es gelassen und kapierte endlich, warum Nils stets mit Block und Bleistift in seinem Restaurant saß.

Das Magazin *Ella, die beste Zeit im Leben* war zum Verkaufsschlager geworden, seit es von *Brinke & Schanze* herausgegeben wurde und nun *Ella, exclusive for you* hieß. Herr Arend hatte die Veränderungen dankend angenommen, sonst hatte sich in der Magazin-Spate für uns kaum etwas verändert. Abgesehen von meiner neuen Serie. Jeden Monat veröffentlichte ich eine spannende Episode aus Sötjes Leben, die mir vorher im Detail von Nils und in einem wachen Moment von ihr erzählt worden war. Ich war sehr beeindruckt von ihrer Lebensgeschichte. Wie sie unter schwierigen Verhältnissen aufgewachsen war. Und obwohl sie von ihren Eltern keine Liebe erfahren hatte, war sie für ihre Kinder eine gefühlvolle und fürsorgliche Mutter. Außerdem hatte sie mit viel Mut und Kraft den Verlust ihres geliebten Mannes überstanden und den Tod zum Anlass genommen, neue Wege zu bestreiten. Ich war so stolz und dankbar, dass ich diejenige war, die ihre Geschichte aufschreiben und mit der Welt teilen durfte.

Während Nils das letzte Kapitel fertigstellte, besuchte ich Sötje, Marieke und Mira, die neue Pflegekraft. Sie war ein wahrer Schatz, eine geduldige Seele. Sie sorgte liebevoll für Sötje und erledigte nebenher den Haushalt.

Kaum dass ich geklingelt hatte, öffnete Mira mir auch schon. Ihre dunklen und warmen Augen strahlten eine sanfte Ruhe aus, die selbst mich erfasste, sobald sie mich freundlich anlächelte.

»Hallo, Lilli. Komm nur herein. Ist Nils noch am Schreiben?«, fragte sie und führte mich ins Wohnzimmer, in dem ein gemütliches Feuer im Kamin knisterte.

»Er ist gleich fertig, dann wollen wir zum Strand gehen und den Drachen steigen lassen. Habt ihr Lust mitzukommen?«

Sötje saß in ihrem Ohrensessel und schaute den Flammen zu, wie sie tanzten. Als sie mich entdeckte, erschien ein Glanz in ihren Augen, der ihre Freude widerspiegelte. »Guten Tag, meine Liebe.« Sie erhob sich und lächelte mich an. »Früher haben wir die lustigsten Figuren steigen lassen.«

»Dann heißt das wohl ja.«

»Ich komme auch mit«, ertönte es hinter meinem Rücken.

»Hey, Marieke. Prima. Je mehr, desto besser.« Insgeheim hoffte ich, Malte würde ebenfalls zufällig zu uns stoßen. Nachdem auch er von der Nachricht erfahren hatte, war ihm ein Licht aufgegangen, warum sich die Familie so sonderbar verhalten hatte. Ein klärendes Gespräch hatte noch nicht zwischen den beiden stattgefunden. Er brauchte Zeit zum Nachdenken, wie er betont hatte. Seitdem ließ er sich kaum blicken und verschanzte sich, was Marieke zusehends zu schaffen machte. Aber ich war zuversichtlich, dass es auch bei ihnen irgendwann ein Happy End geben würde. Vielleicht dauerte es einfach etwas länger.

Die Kätzchen entwickelten sich prächtig. Asha war das größte, verspielteste und frechste. Nils und ich hatten Malte in Aussicht gestellt, es zu adoptieren, sobald es reif war, sich von der Mutter zu lösen.

»Ich bin dann auch so weit.«

Überraschenderweise trat Nils mit Sack und Pack ins Wohnzimmer und sah uns erwartungsvoll an.

»Bist du fertig?«, fragte ich erstaunt und schaute auf die Uhr. Die halbe Stunde war doch noch nicht vorbei.

Er winkte ab. »Die Geschichte ist schon fertig geschrieben gewesen, bevor ich überhaupt angefangen habe.« Zwinkernd verpasste er mir einen Kuss auf die Wange und schob mich sanft, aber bestimmt aus dem Wohnzimmer.

Mira half Sötje beim Anziehen, und gemeinsam gingen wir zum Auto.

»Äh, ernsthaft? Wir fahren mit dem Wagen zum Strand?«

Nils öffnete mir gentlemanlike die Tür und schob mich hinein, während die anderen drei auf der Rückbank Platz nahmen.

»Nicht ganz«, entgegnete Nils schmunzelnd.

Ich drehte meinen Kopf und betrachtete meinen Fahrer. Was heckte er nun wieder aus? Gespielt beleidigt verschränkte ich die Arme vor der Brust. »Wir hatten abgemacht, dass wir keine Geheimnisse mehr voreinander haben.«

»Es wird eine Überraschung«, sagte er augenzwinkernd.

»Oh, na dann.« In freudiger Erwartungshaltung schaute ich aus der Frontscheibe und überlegte fieberhaft, was er wohl vorhatte.

Nachdem wir das kleine Waldstück passiert und einigen Fahrradfahrern den Vorrang gelassen hatten, rollte Nils auf einen der wenigen freien Autoparkplätze.

Umständlich verrenkte ich meinen Kopf, dann fiel es mir wie Schuppen von den Augen. Er würde doch nicht ... »Nils, du willst mit mir auf den Leuchtturm?«

»Das Wetter ist ideal. Wenn wir das noch länger auf die lange Bank schieben, wird das dieses Jahr nichts mehr.« Zwinkernd stieg er aus dem Wagen, während Mira Sötje beim Aussteigen half. Marieke lief unbekümmert mit dem Drachen in der Hand hinter den beiden her. Wir gingen zum Eingang des Leuchtturms.

»Wie ich mein Glück kenne, hat die Aussichtsplattform eh geschlossen.«

»Das werden wir wohl rausfinden müssen.«

Die nächsten Schritte waren voller Vorfreude, die sich mit dem Schild *Heute geschlossen* winkend verabschiedete.

Das konnte doch nicht wahr sein. »So ein Mist«, rief ich lauter aus, als ich es beabsichtigt hatte. »Lass uns gehen.« Trotzig versuchte ich, Nils am Arm wegzuziehen, aber er blieb beharrlich stehen.

»Warte doch mal.« Nils klopfte eine Art Zeichen an die dunkle Holztür. Erst drei schnelle Schläge, gefolgt von zwei langsamen.

Wie von Geisterhand wurde die Tür aufgeschoben.

Ein bärtiger Mann mit Schiebermütze und dunkler Latzhose ließ uns hinein. Es war genau derselbe Mann wie beim letzten Mal.

»Danke, ich bin dir was schuldig«, sagte Nils.

»Vielleicht finde ich ja mal Erwähnung in einem deiner Romane.«

»Da lässt sich was machen«, rief er über seine Schulter und lächelte.

»Siehst du, selbst die Einwohner wollen jetzt in deinen Romanen mitspielen.« Ich zwinkerte und ignorierte meine brennenden Beine, als wir nach ungefähr einhundertfünfzig Treppenstufen in Rekordzeit am höchsten Punkt angekommen waren.

Der atemberaubende Ausblick entschädigte meinen hohen Puls für den Aufstieg. Der Wind verfing sich in meinen Haaren, während ich meinen Blick über die naturbelassenen Dünen, den angrenzenden Wald mit den windschiefen Bäumen, den weißen Sandstrand und die Weite der Ostsee wandern ließ.

»Wow, es ist so viel beeindruckender, als ich erwartet hatte.«

Nils stellte sich hinter mich und umschloss mit seinen Armen meine Taille. Ich spürte diese tiefe Zuneigung, die mich ganz erfüllte und mir bewusst machte, wie sehr ich ihn liebte. Wie glücklich ich war, zu seiner Familie zu gehören, mit der ich eine Leidenschaft teilte. Das Schreiben.

In der Zwischenzeit ließen Mira und Marieke den Drachen steigen, während Sötje gedankenverloren im Sand saß.

»Übrigens brauche ich noch einen Titel für den Roman, den ich heute beendet habe«, hauchte er mir ins Ohr.

»Worum geht es denn?«, fragte ich mit ehrlichem Interesse. Eigentlich erzählte Nils mir jedes kleinste Detail seiner Geschichten, aber dieses Mal hatte er sich in Schweigen gehüllt.

»Um die Liebe.«

»Tatsächlich. Erzähl mir doch etwas über die Protagonisten.«

Ich spürte sein Lächeln auf meiner Haut. »Ach, du weißt doch, wie das läuft. Sie, aus der Stadt, wird in das hinterste Nest Deutschlands strafversetzt. Dann taucht ein wirklich gut aussehender Mann auf, der ihre Hormone durcheinanderwirbelt. Es kommt zu Spannungen. Sie lieben sich, dann trennen sie sich, und schließlich siegt die Liebe.«

Ich verzog gespielt angewidert den Mund. »Es ist aber auch immer das Gleiche und so vorhersehbar.« Breit grinsend drehte ich mich zu ihm herum und drückte ihm zur Versöhnung einen Kuss auf den Mund. Nils legte seine Hände auf meine Hüften und grinste ebenfalls. »Du kennst die Geschichte und das Ende.«

»Wie wäre es mit *Liebe entsteht auf dem Leuchtturm*?«

»Zu gewöhnlich.« Nils sah kurz weg und fing kaum einen Lidschlag später meinen Blick auf. »*Meer Liebe auf den ersten Blick* hat was.«

Meine Mundwinkel hoben sich. Der Titel passte wie die Faust aufs Auge. »Einverstanden.«

Lächelnd schmiegte ich mich noch ein bisschen enger an Nils, und gemeinsam beobachten wir, wie der

Drache sich lustig drehte und mal höher und tiefer
seine Kreise zog. Von Ferne kreisten Möwen über das
Meer. Sie bewegten sich so frei, wie Nils sich nun endlich fühlen konnte. Ich war so glücklich über seine Entscheidung, dass er den Mut gefunden hatte und endlich
zu dem stand, was er in seinem Kopf jeden Tag aufs
Neue erschuf. Ohne ihn und seine Liebesromane wäre
die Welt ein Stückchen grauer.

-Ende-